U0146336

长篇历史小说

何辉·著

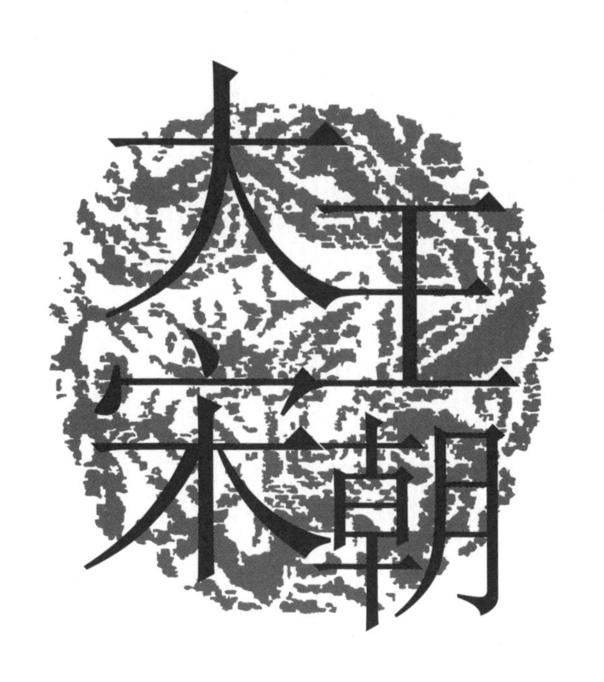


# Ⅲ

# 天下布武

作家出版社

图书在版编目（CIP）数据

大宋王朝．天下布武 / 何辉著．—北京：作家出版社，2021.11（2022.2重印）

ISBN 978-7-5212-1341-6

Ⅰ．①大… Ⅱ．①何… Ⅲ．①长篇历史小说—中国—当代 Ⅳ．① I247.5

中国版本图书馆 CIP 数据核字（2021）第 019642 号

大宋王朝．天下布武

作　　者：何　辉
策划统筹：向　萍
责任编辑：向　萍
装帧设计：曹永宇
出版发行：作家出版社有限公司
社　　址：北京农展馆南里 10 号　　邮　　编：100125
电话传真：86-10-65067186（发行中心及邮购部）
　　　　　86-10-65004079（总编室）
E-mail:zuojia @ zuojia.net.cn
http://www.zuojiachubanshe.com
印　　刷：唐山嘉德印刷有限公司
成品尺寸：152 × 230
字　　数：207 千字
印　　张：17.75
版　　次：2021 年 11 月第 1 版
印　　次：2022 年 2 月第 2 次印刷
ISBN 978-7-5212-1341-6
定　　价：50.00 元

# 目　录

卷　一……………… 1

卷　二……………… 83

卷　三……………… 163

# 卷一

# 一

“如果真的可以，就让我把心切开吧，一块儿一块儿，分给那些我爱的人。宁愿做一个空心人啊！就让我做一个空心人吧！以这无心的躯壳活在这世上，去为那些我爱的人，和那些可怜的人努力奋争吧！”

赵匡胤离开淮南的时候，就是这样仿佛跟老天斗气一样想着。

他怀着无比惆怅、无比哀伤、无比无奈又无比坚决的心情，任由马儿背负着自己，一步一步，一丈一丈，一里一里，慢慢远离那个让他进一步看清自己内心的地方。在那里，他看到了自己的懦弱、自己的虚伪。他为自己的情欲所困扰，他为自己的责任所压迫。

他骑着马，挺着肩背，茫然地盯着前进的方向。他感到，随同他的几个近臣，好像慢慢往无边的白色的深处退去，隐没在诡异的、浓浓的大雾中。路上仿佛只剩下他，一人一骑，寂寞孤独地穿行在白茫茫的大雾中。在这漫天的大雾中，他默默地回想着遇到她的那一刻，回想着与她短暂相处的一幕幕。他没有想到会再次爱上一个人。这种爱，不同于他与年少时恋人阿琨之间单纯却又被命运捉弄的爱，不同于他与亡妻贺氏之间平淡浑厚的爱，也不同于他与现在的妻子如月之间沉郁忧伤的爱。这种爱，出乎自然，出乎感觉，在一两次眼光相遇之后，彼此便注定被吸引，而当彼此都意识到时，实际上早已经深陷其中。他想起她生气时微微噘起的嘴，他想起她开心时灵活流动的眼波，他想起她指尖传来的丝丝温馨。他的心颤抖起来，他的身体颤动起来。他感到心燃烧起来，心火很快要从口中喷薄而出。他使劲地咬紧牙关，闭紧嘴，仿佛只要这样，就可以将心火咽回去，压下去。他的心是那么热，热得像锻铁的熔炉；他的脸色却像十一月里阴沉的天空，透着清冷与寒气。

天下布武，实是不易。在感情面前又何尝不是如此，心里再严密布武，再坚固设防，也会变得脆弱无比，变得一触即溃啊！

“爱，如果是深不可测的海，我愿意一头扎下去再也不浮上来。爱，如果是永无光明的夜，我愿意一世迷失在其中再也不见白天。”那一刻，他想把这个想法告诉她。可是，他终于还是没有机会说出来。或者，根本不是没有机会，而是他错过了机会。他没有说。他眼睁睁地看着机会从身边流过。

为了胜利和荣誉，他愿意赌上自己的生命。为了开创一个太平的时代，他愿意赌上全部的人生。为了爱，他愿意赌上自己的心。可是，为了爱，他能赌上整个王朝和天下的百姓吗？

他没有想到，在暗访淮南短短的日子里，会发生他没有想到的事情，会遇到自己没有想到会遇到的人，也没有想到会在遇到这个人后又如此突然地分离。能用什么来解释呢？他能怪谁呢？怪自己？怪她？怪他的重臣与侍从？怪谁都没有用啊！也许，这就是所谓的命运吧……

半个月之前，赵匡胤在接见南唐使者之后，暗暗担心南唐会与淮南节度使李重进勾结，因此力排众议，带着几个心腹，微服暗访淮南。对于淮南，赵匡胤并不算陌生，他与他的父亲，都曾在这片土地上战斗过。但是，如今，坐镇淮南的不是昔日的敌人，而是昔日的战友，或者说亦可能成为未来对手的昔日战友——李重进。

南唐江北十四州于三年前尽落于后周的控制中，这块富饶之地，由那时起成为后周版图的一部分。赵匡胤受禅登基之后，这块土地理所当然地归属于新的王朝——宋。赵匡胤要暗访的地方，是淮南节度的镇所扬州。

像中国许多著名城市一样，扬州的历史可以说上几天几夜。在中国这个历史悠久的国度，一片土地、一个地名，它们的渊源往往可以上溯到上古。自从有了文字，中国人便不厌其烦地记录下它们的历史。不同时代，不同的人，记录着同一个地方的名字在历史长河中的变迁，记录着同一片土地上的物产、名胜，记录着生长在同一片土地上的著名的人物、他们的事迹、他们的文章和诗句，记录着他们的生与死。于是，在各种方志、史书上，一片土地、一个地名，便渐渐有了不朽的生命，它们是土地，它们是物产，它们是山川，它们是那些舍生取义的勇士，它们是那些为国为民的政治家，它们是那些文采飞扬的文学家。人们有时也将它们与奸臣、恶棍、杀人犯、嗜血狂魔联系在一起，那完全是为了警醒后人。有些人给这片土地和这个地名带来了耻辱，他们应该遭到唾弃和鄙视。于是，一片土地、一个地名，便有了喜怒，有了哀乐，有了豪壮，有了温柔，有了乖戾，有了平和，有了洒脱，有了残暴，有了宽仁，有了一个人可能拥有的一切性格和情感。于是，一片土地、一个地名，便将中国人的前世、今生、后世紧紧联系在一起，它们超越家族的血缘，它们超越民族的分别，它们超越了时间。于是，它们从古到今，从东到西，从南到北，穿越无数春秋冬夏，彼此相连，彼此呼应，渐渐形成一个容纳了无数记忆的共同体。这个共同体中的每一片土地、每一个地名，对于这个共同体而言，都是那么重要。对于这个共同体中的每一个人而言，往往想到一片土地、一个地名，便会热泪盈眶，便会百感交集，因为，就在这片土地上，就在这个地名中，他或她可以感受到数千年来祖先血脉的流动，可以感受到无数欢喜与悲伤。伴随着时光的洪流，它们冲击着在时间中旅行的孤单的个体。扬州，也正是这样一个地名、这样一片土地。

扬州，古又称广陵郡。《禹贡》称："淮海维扬州。" 唐虞时期，淮水与大海之间，都是扬州的州域。《尔雅》云："江南曰扬州。" 这说的是江南之气多燥劲，厥性轻扬，所以叫扬州。战国时，扬州之地属于楚国。秦朝时扬州属九江郡。西楚霸王项羽，曾将这片土地封给英布。汉景帝四年，此地更名为江都国。从此之后，扬州地域或者为郡，或者为国，置废不定。前汉时期，扬州地域的行政隶属多变动。到了后汉，扬州理历阳，后又改理阴陵。曹魏时期，扬州刺史理寿春。司马懿曾孙，司马觐之子司马睿十五岁袭封琅琊王，"八王之乱" 后期依附于东海王司马越。司马越任命司马睿为平东将军，监徐州诸军事，留守下邳。扬州历史上一个重要的发展时期是东晋。在汉赵主刘渊起兵后，西晋朝廷处于风雨飘摇中，王导向司马睿献上计谋，请移镇建邺。西晋朝廷遂于永嘉元年以司马睿为安东将军，都督扬州诸军事。司马睿于九月南下，都督扬州。司马睿在王导、王敦辅佐下，终于在江南立足。316 年，汉赵刘曜攻入长安，俘晋愍帝，西晋亡。次年，司马睿即晋王位，始建国，改元建武，并于 318 年即皇帝位，改元大兴，据有长江中下游以及淮河、珠江流域地区，史称东晋。这一时期，江都郡改为南兖州。南梁末，扬州地域入北齐，改为东广州。归陈后，又改回原来的名字。577 年，北周灭北齐，统一北方。此前，扬州地域复归北齐，入北周后，又改为吴州，并设立了总管府。581 年，杨坚受禅代北周称帝，改国号隋，北周亡。隋朝开皇九年，吴州改为扬州，仍然为总管府。隋炀帝将扬州改为江都郡，在州内大建宫殿，号为江都宫，扬州繁华，盛极一时。隋朝末年，天下义军蜂起，各地政权分立。唐高祖武德初年，大小十四个政权各自为主。天下一片混乱，群雄争夺势力，唐当时尚是一个地方政权，唐武德二年，义军首领李子通从海陵率兵攻破州城，并占领了江都。武德三年，另一支义军首领杜伏威率兵打败李子通。不久，杜伏威归附唐朝，任和州总管、淮南安抚大使。唐朝在润州江宁县设立了扬州，而改隋朝时的江都为南兖州，设立了东南道行台。同年，杜伏威进封使持节，总管江淮以南诸军事，任扬州刺史、东南道行台尚书令，封吴王。唐朝平定各地势力后，杜伏威为消除朝廷猜忌，主动进京觐见，却被软禁在了京城。武德六年，杜伏威起兵时的伙伴辅公祏起兵叛唐，自称皇帝，国号宋。辅公祏占据了江北诸州，毁掉了江南的宫殿，江都城遂荒废。624 年，李孝恭讨平辅公祏，改南兖州为邗州。626 年，唐朝取消江宁县的扬州，改邗州为扬州大都督府，督扬州、和州、楚州、滁州、舒州、庐州、寿州等七州。唐贞观十年，改大都督为都督，督扬州、滁州、常州、润州、和州、宣州、歙州七州。在唐开元年间，扬州属于淮南道，淮南道分为十四个州，分别是申州、安州、沔州、光州、黄州、寿州、蕲州、濠州、庐州、舒州、楚州、滁州、和州、扬州。扬州北接楚州，西邻滁州和舒州，东面是大海。唐龙朔二年，扬州升为大都督府。唐天宝元年，扬州改为广陵郡，依旧为大都督府。唐乾元元年，广陵郡复为扬州。从此后，唐朝在扬州设置了淮南节度使，以亲王为都督，担任节度使，以长吏为节度副使，知节度事。扬州一直都是淮南节度使的治所。到了五代南唐时期，扬州又称为江都府。

入宋后，扬州还叫扬州，扬州城依然是淮南节度的镇所。作为区域“州”的扬州，范围却比唐代缩小了许多。它的北面是淮水，西边是另一个著名的古都江宁（金陵），东面是长江之口，这种独特的地理位置，使它毫无疑问成为淮南最为重要的城市之一。这个古老的城市，经历了太多的历史沧桑。在它和它周边的这片土地上，城墙、街道、楼阁、山川，乃至那来去无踪的风雨，一切之中，都仿佛弥漫着挥之不去的伤感故事。可是，不了解那些过往的人，眼中看到的便只有它秀丽温婉的风景。

初唐扬州诗人张若虚有《春江花月夜》一诗，诗中所提到的春江、长江，恐怕都不是指具体的某条江，然而，不论是写哪里的江，哪里的人，哪里的月光，哪里的花林，细读此诗，都不免让人联想到扬州。也许，正是扬州的生活、扬州的水、扬州的月光、扬州的人，令诗人感怀至深，终于成就千古绝唱。诗云：

春江潮水连海平，海上明月共潮生。
滟滟随波千万里，何处春江无月明。
江流宛转绕芳甸，月照花林皆似霰。
空里流霜不觉飞，汀上白沙看不见。
江天一色无纤尘，皎皎空中孤月轮。
江畔何人初见月，江月何年初照人？
人生代代无穷已，江月年年望相似。
不知江月待何人，但见长江送流水。

白云一片去悠悠，青枫浦上不胜愁。
谁家今夜扁舟子，何处相思明月楼？
可怜楼上月徘徊，应照离人妆镜台。
玉户帘中卷不去，捣衣砧上拂还来。
此时相望不相闻，愿逐月华流照君。
鸿雁长飞光不度，鱼龙潜跃水成文。
昨夜闲潭梦落花，可怜春半不还家。
江水流春去欲尽，江潭落月复西斜。
斜月沉沉藏海雾，碣石潇湘无限路。
不知乘月几人归，落月摇情满江树。

唐代诗人罗隐《故都》则是寥寥数句，道出千古兴废的沧桑。诗云：

江南江北两风流，一作迷津一拜侯。
至竟不如隋炀帝，破家犹得到扬州。

唐代诗人孟迟有《广陵城》，写出了“生命”有限的人与王朝在无情的大自然面前的幻灭感，诗云：

红绕高台绿绕城，城边春草傍墙生。
隋家不向此中尽，汴水应无东去声。

还有很多诗人借扬州写友情、爱情和自我的情怀。

唐代诗人杜牧有《寄扬州韩绰判官》诗云：

青山隐隐水迢迢，秋尽江南草未凋。

二十四桥明月夜，玉人何处教吹箫。

杜牧又有《遣怀》一诗云：

落魄江湖载酒行，楚腰纤细掌中轻。

十年一觉扬州梦，赢得青楼薄幸名。

唐代诗人李白有《黄鹤楼送孟浩然之广陵》诗云：

故人西辞黄鹤楼，烟花三月下扬州。

孤帆远影碧空尽，唯见长江天际流。

三月的扬州，正是烟花烂漫、草木酥然的好时节。白日里，全城街道两旁处处垂柳；夜晚，万家灯火几乎照亮城池上方的整片天空。城市之中，可谓迷楼九曲，珠帘十里，绛纱万户，旖旎繁华之景，足可称誉天下。唐代诗人杜牧有描写扬州的诗句“街垂千步柳，霞映两重城”“纤腰间长袖，玉佩杂繁缨”，它们于宋初时依然在天下流传。然而，这个古城的烟雨与风华，也足以令人睹物怀古，为之伤感惆怅。后周征讨南唐的淮南之役中，扬州几次易手。如今，淮南节度使兼中书令李重进正坐镇扬州。

陈桥兵变之时，后周侍卫亲军马步军副都指挥使韩通在被杀之前，派出密使向李重进通报了赵匡胤兵变之事。自从韩通的密使来了之后，李重进便整日心神不定。随后，韩通被杀的消息更令他几天无法入睡。没过几日，新皇帝的诏谕又至，令韩令坤取代了他马步军都指挥使的要职。又过几日，昭义节度使李筠的密使又自西北潞州到了扬州，传递了李筠欲与其结盟起兵反宋的意思。接二连三的变故和消息，使李重进心神不定，不知如何是好。

上个月，李重进终于按捺不住，为向朝廷表忠心，急急请求入朝觐见赵匡胤，却始料不及地吃了一个闭门羹，这令他寝食难安。

当时，赵匡胤不知出于何意，并不想见李重进，只是对翰林学士李昉说："你就为我妥善地拒绝他吧。"李昉便拟了个诏书，把皇帝不愿意接见他的意思委婉含蓄地表达了，书云：

君为元首，臣作股肱，虽在远方，还同一体。保君臣之分，方契永图，修朝觐之仪，何须此日。

李重进得到诏书后，更是坐立不安。他弄不清楚，这个旧日的同僚、昔日的战友、如今的皇帝，内心究竟打着什么样的算盘。这叫他如何才能安心呢？昨日，京城的使者竟然又送来诏书，命令他早日处理相关事务，不久将调任青州。

这日，李重进带着几个贴身卫士，去城西北的秤平寺拜了佛后，又在城内漫无目的地走马游荡。每当心中烦闷时，李重进便有这个习惯。卫士们早已经清楚了主公的脾性，因此也不过问，只是慢慢骑马跟随而行。

此时，扬州的春光美景在李重进眼前缥缈起来。李重进人在马上，茫然望着路两旁嫩黄或翠绿的树叶，两眼却是心不在焉地掠过眼前的一切。

"听说陛下原本调李筠去青州任节度使，可是不知怎么又让李筠回了潞州。而让我去青州，不知安的是何心思？莫非对我起了疑心，担心我举兵谋反？"想到这一层，李重进的心中疑虑重重，毕竟此前他曾收到了昭义节度使李筠的密信。

李重进骑在他最喜爱的那匹青骢马上，想起了一件往事：那一年，他来淮南任职，经过泗州，泗州刺史张崇诂私下给出了个主意，让他到淮南后务必储备兵力，修缮城池，难道张崇诂早就料到了天下局势会大变吗？这样想来，这积聚兵马修缮城池确实有利于巩固他在淮南的位置，但同时也令新皇帝赵匡胤起疑心了。新朝廷让他离开淮南，下手也够快的。

昨日的调任诏书不断地浮现在李重进眼前，他的想法渐渐清晰起来：

“赵匡胤一定是不信任我。”

“我是周太祖郭威的外甥，他怎么可能放心我呢？”

李重进素来被周太祖信任，周太祖郭威病重的时候，暗中召来李重进听取临终遗命。在那次秘密的会见中，郭威让李重进拜见了后来的世宗柴荣。

李重进不会忘记，正是那次见面，他与比他年纪小的世宗柴荣定下了君臣的名分。世宗即位后，出于对李重进的信任与依赖，立刻任命他为侍卫亲军马步军都虞侯。李重进随后跟随世宗讨伐刘崇，在高平与刘崇的军队作战。第一场战役中，周军失败，周军大将樊爱能与何徽带兵逃走，但是李重进与另一个将军白重赞却稳住了阵脚，按兵不动。随后，赵匡胤率部赶到，以迅雷不及掩耳之势向敌人发起猛攻。白重赞见机会来了，也率军出击，而此时世宗也亲自带兵与他们会合。这次进攻，重重打击了刘崇的军队。李重进对那场战役中赵匡胤的表现印象深刻。在这场战役之前，他还没有见过赵匡胤带兵作战，正是那一次，他看到了。在此后的岁月里，他常常会想起那场战役的残酷，常常会想起赵匡胤在那次战役中令人战栗的砍杀。在李重进的眼里，赵匡胤在战场上简直是个完美的杀手，他冷酷地毫不犹豫地向敌人挥舞着大刀、长剑，劈开敌人的胸腹，斩断敌人的手脚，砍下敌人的头颅。他知道，那次战役，如果没有赵匡胤率兵勇猛突进，是不可能取得辉煌战果的。他知道，自己在那场战役胜利后被封为忠武军节度使，这其中至少有一半功劳离不开赵匡胤。可是，他不知道究竟是因为什么，自己心里就是无法对赵匡胤表示感谢，不仅没有感谢，甚至还有些嫉恨。李重进后来跟世宗征讨太原，被任命为行营马步军都虞侯。凯旋后，李重进被加官同中书门下平章事，由忠武军节度使改任归德军节度使兼任侍卫马步军都指挥使。侍卫马步军都指挥使是禁军首脑之一，地位更在副指挥韩通之上，由此亦可见世宗对李重进的器重。按理说，这些加官晋爵应该让李重进很满意了，但是，实际情况并非如此。他始终感觉有个阴影让他无法释怀，恐惧和担心时刻跟随着他。因为，在高平战役之后，他就意识到，赵匡胤身上有种可怕的力量，这种力量让他感到压抑。陈桥兵变后，世宗柴荣的得力大将韩通被杀，他内心的恐惧进一步加剧了。

“尽管我已经向赵匡胤示好，可是他终究还是不信我啊。看样子，是到了该应对的时候了。”李重进骑在青骢马的马背上在扬州城溜达了足足有一个时辰，终于在脑海中形成了一个想法。

回到府邸，李重进匆匆写了一封信。随即，他将亲信翟守珣叫到身边。他将自己那张宽宽的大黑脸凑到这个亲信面前，左手拿着信，右手搭在翟守珣肩膀上，用鹰一般的眼睛看着他的眼睛，用既亲密又非常严肃的口吻说道：“此封书信关系我淮南的命运。守珣，你速将此信送至潞州上党城。切记，要亲自交到李筠将军手中，中途不得让任何人得到此封书信。否则，淮南休矣！”

“大人放心，小人必不辱使命。”翟守珣拍胸应诺。他跟随李重进多年，深得李重进的信任。他知道，要获得信任，就必须做好主人吩咐的每一件事情——不论大事还是小事。这次，主人叮嘱这件事的表情与态度，让他清楚地意识到了这件事在主人心中的分量。

李重进说完这话，朝翟守珣摆了摆手，示意他赶紧出去。随后，他走到椅子面前，仿佛精神垮掉一样，一屁股重重地坐了下去，脸上的肌肉不听使唤地微微抖动起来，两只巨大的眸子仿佛隐藏在那张黑脸上的两个黑洞中，洞口蒙上了一层因怨恨和疑惧而升腾的烟雾。

# 二

太阳刚刚升起，那些熬过了寒冬而没有凋落的绿叶和那些早春刚刚长出的嫩叶、小草在阳光中爽快着、呼吸着。

招幌挂起来后，钱阿三的生意顿时好了许多，每日的收入比之前增加了足足三成。当然，更多的生意也稍稍打乱了他几年不变的生活节奏。为了满足客人的需要，他与老太婆，还有他新认没有多久的干儿子阿言——也就是化名为韦言的韩通的儿子韩敏信——都起得更早了。白天忙活的时间更加长了，因为他们要准备更多的面粉，揉更多的面，做更多的饼，煮更多的肉，说更多的话，操更多的心，当然，也收更多的钱。

这日，当钱阿三站在自己店头的窗口往外张望悬挂在店头竹竿上那面黄底红字的招幌时，他不禁微微露出了得意的笑容。

“多漂亮的招幌啊！钱阿三爊肉夹蒸饼！俺这干儿子写的字还真像个样啊！张裁缝缝制得也真不错啊！”钱阿三心里美滋滋地想着。

“爹，咱这生意越做越大啦！”

“多亏你小子出了个好主意啊！俺怎么就想不到呢？唉，读书人毕竟脑子好使啊！”

"爹，我又有个主意，一定可以使生意更好！不知你同不同意啊？"

"哦？说来听听啊！"

"我是想，如果我能够进皇宫的待漏院的厨房做蒸饼该多好呀，那时，您再这么跟街坊一说：俺儿子是在皇宫里做蒸饼的！那样一来，生意一定比现在还要好好几倍！"

"哎呀，你这小子还有这野心！"钱阿三对自己干儿子的打算颇为吃惊。

"阿言呀，你真这么想？皇宫那地方，好是好，可是——干娘不放心啊！况且，在那里，恐怕比在家里做事还辛苦。你想啊，那些当官的四更就要到待漏院等候开宫门。这早点还不得更早就要开始准备！"老太婆被韩敏信的话吓了一跳，忍不住插嘴。

韩敏信扭头看了干娘一眼，只见她核桃皮一般的老脸上，一双小眼睛露出紧张的神色。他的心猛地收缩了一下。这眼神，让他想起了死去的母亲。这世上的一切情感中，恐怕只有母亲对孩子的情感最是无私而真挚吧。在这一刻，韩敏信觉得，死去的母亲似乎还在。她在何方，他说不清楚，但是，她一定就在哪里看着他呢。"过去、现在，还有未来，死去的亲人，化为泥土的亲人的血肉，是否都经由某种神秘之物联系在一起呢？若不是如此，我为什么如此真切地觉得母亲还在呢？"这个念头，像个大锤在他心头重重击打了一下，泪水顿时模糊了他的眼睛。"莫非，眼前的这一切，都不过是假象，看上去逝去的，都还在？过去的所有的一切，被杀死的人、病死的人、老死的人，被战火摧毁的房屋、被洪水淹没的原野，所有的所有，都存在于另外一个世上？"

韩敏信低下头，愣了好一会儿后，尽量用平稳的声音说道："娘，您就放心吧。待漏院的厨房，也就是给那些等着进皇宫的官员们烧烧早饭，做做小吃，能有啥事啊！你们老两口在这里做蒸饼，儿在待漏院厨房做蒸饼，也就离了两三里地。但是，那样，咱们的生意就可以越做越大，爹娘就可以雇些帮手，自己慢慢腾出手来，管管账就是了。钱挣多了，也可安安心心养老啊！”

“老太婆，阿言说得有道理！咱们年纪也大了，如果能有机会把生意做大，雇几个人，那会轻省好多啊！再说，即便咱们不能把生意做得更大，阿言进了御厨房，也是一个出息的着落。俺老儿也可沾沾阿言的光，也算得光宗耀祖啊！”钱阿三心想，那最大的一处待漏院在东华门的南边，离自家也不算远，便心安了不少。

“娘，您看，爹都同意了！”

“只是，只是——那待漏院厨房如何就能轻松进得去啊？”钱阿三想到这层，脸上一下子浮现出沮丧的神情，说话的声音也蔫了。

“爹，您看，咱客人里面不是有宫里人吗？”

“这又怎样？是有宫里人，但是人家可都是官！咱说不上话啊。”

“不打紧，儿自有办法。”

“有办法？”

“可以让他们引荐啊。只要慢慢从他们口中打听，一定会有人认识待漏院厨房的人的。待漏院厨房嘛，也不是什么朝廷机要部门，又不是翰林院，非得考试才有机会进。”

“如果没有人认识御厨房的人呢？”

“爹，这个您就放心吧。我自有办法！”韩敏信左边的嘴角微微往上翘了一下，眼睛里的光芒倏忽闪了一下。

在厨房的白色氤氲中，钱阿三夫妇没能看到韩敏信眼中闪过的那道光芒。如果他们看到的话，一定会被吓到的。因为，在韩敏信眼中闪过的那道光芒，充满着寒气、冷酷与恶毒，足以让炽热的火焰在瞬间冻成寒冰。

# 三

出了李重进的府邸，翟守珣将密信在怀中仔细塞好，急匆匆回了家与老母亲及妻子告别。之后，他又匆匆赶往城东的风月楼。

风月楼乃扬州烟花柳巷中最著名的去处。这是一座非常高大的两层木结构建筑。这个庞大建筑的一层是摆设了三十多张酒桌的开放式大堂，与设置了众多雅座和包间的二层相比，一层的结构更宽更大。一楼通往二楼的楼梯，有三处，其中一处设置在一楼大堂正中，另外两个楼梯设置在大堂的两侧。厨房设置在一楼，二楼客人需要的酒菜，是通过这个大堂正中的楼梯送上去的。为了提高效率，一楼的伙计将酒菜送至二楼楼口的时候，就会有二楼的伙计负责接手。负责传递酒菜的伙计，楼下的被称为下店伴，楼上的被称为上店伴。至于一楼大堂两侧的楼梯，是留给客人上下用的。

从风月楼外面看，一层与二层相连接处，像鱼鳞一般铺着片瓦的屋顶如同在酒楼腰间围上了一圈围裙。在这圈屋檐之上，是悬空探出数尺的围着精美栏杆的二楼回廊。风月楼的两侧，各有几株高大的槐树和旱柳。大树的一部分枝叶，一直探到二楼的回廊上，仿佛要一窥风月楼内不时会春光乍现的绝色美人。人若是站在二楼回廊临街的一面，倚靠着栏杆，可以远望数里之内的街景。风月楼二楼的结构，中间部分是雅座，周围一圈是包间，每个包间都设置了卧室与会客室。卧室乃专门为留宿嫖客设计的，根本没有窗户。包间的会客室倒是有窗户和一个可向外打开的格门，可以通过回廊。包间外的回廊，是连着的，中间没有隔断。也就是说，要走到二楼的悬空回廊上，只能打开包间会客室的格门，从会客室中出来。没有专门的楼梯直通二楼的回廊。为了保护每位嫖客的隐私，每个包间会客室的钩窗都糊上数层厚厚的窗纸。这样一来，没有专门楼梯可上去的连通的回廊，既方便客人走到回廊上观望风景，也较好地保护了客人的隐私。

每当夜晚降临，风月楼临街的正面中间部分，十数串大红栀子灯从二楼屋檐上垂下来，一串一串紧紧地挨着，在夜色中闪烁着一片红光。远远看去，就像一片巨大的红色瀑布在黑色的夜空中从天而降。这一片红灯笼从二楼屋檐一直垂到近地面处，仅仅让出了酒楼大门以方便客人进出。从远处看，红色瀑布被酒楼前的屋舍挡住了位于一层的部分，就仿佛在半空中骤然断了流，莫名其妙地消失在黑黢黢的夜色中。

原来，翟守珣在风月楼有一个相好名叫小凤。翟守珣心知此次出使责任重大，且凶多吉少，因此便想去与小凤再缠绵一番，也算是话别。

这个情圣赶到风月楼时，虽然已是戌时将尽，但是风月楼上依然红灯高悬，灯火通明，莺歌燕语。

翟守珣是风月楼的常客，一进门，便大声招呼老鸨。老鸨知他是为小凤姑娘而来，马上迎了上来："哎哟，是翟将军呀！不过，今日可不巧，从京城来了几位大爷，小凤正与几位姑娘作陪呢。

要不将军今日尝个鲜？”

翟守珣听了，气不打一处来：“去他娘的！何方神圣，竟然动本将军的人。那小凤难道也愿意了不成？”

“哎哟，动恁大气做什么？也就陪陪酒，唱个曲。小凤也得图个生计呀！要不将军干脆给小凤赎了身，带回府上如何？”老鸨咯咯笑着，知道翟守珣虽是武人却很怕老婆，绝不敢再纳妾，便拿为小凤赎身的事来取笑他。

翟守珣听了老鸨的话，蔫了一半，却依旧不依不饶，怒目圆睁喝道：“少啰唆！不管怎样，我现在定要见小凤，你带我去找她。”说罢，一只铁钳般的大手一把捏住老鸨的肩膀。

老鸨哇哇叫痛，连道：“行行行，就在二楼的芍药屋里，这就带你去。”

翟守珣跟着老鸨上了二楼，顺着长长的走廊，来到拐角处的芍药包厢。翟守珣二话不说，一把推开门，进了芍药屋，只见里面坐着四位客人，每人身边各坐了一位姑娘。中间的两张长案上摆满了菜肴、点心和酒水。翟守珣瞟了一眼那些菜肴点心，见有拆烩鲢鱼头、蟹粉狮子头、千层油糕、双麻酥饼、糯米烧卖、蟹黄蒸饺、蟹壳黄、鸡丝卷子、桂花糖藕粥、豆腐卷、笋肉锅贴、扬州饼、萝卜酥饼、笋肉小烧卖、葱油酥饼等。每样一小碟，都是扬州本地的名点，品种倒是丰富，一看便知是风月楼的姑娘们所点。

老鸨是个奸猾之人，带翟守珣一进包间便溜得不见踪影。

只见那四个客人，其中一位三十四五岁，方脸大耳，额头宽阔，两道剑眉之下一双眼睛炯然有神，目光虽然温和，却自有一番不怒自威的气度。旁边一位大约四十左右，留着山羊胡须，面容清瘦，神情颇为儒雅。另两位相貌平平，却都体格健壮，看上去也自有一番气度，其中一个长着方方的斗大脑袋。

小凤姑娘就倚在那个山羊胡须的身旁。在那方脸大耳之人身旁坐着的姑娘，翟守珣也认识，名叫柳莺。翟守珣曾一度想要亲近柳莺，可始终未能得手。此时，他拿眼看了看，只见柳莺那张线条柔和的鸭蛋形的脸上正露出浅浅的微笑，一双大而美丽的眼睛波光流动。她的眉毛，不粗不细，如同含烟的青山，守候在两池碧水之上。粉嫩的双颊，只施了淡淡的胭脂，颈部露出的一截肌肤，仿佛牛奶一般光滑。柳莺头上梳绾着一大髻，乌黑的发髻高耸，稍稍往后倾着，正是当时扬州流行的流苏髻。她的发髻装饰简单，却颇为精致，只斜斜插了一支金凤钗，又用两条红色的丝带扎着，长长的，从乌黑的发髻上垂下。她的耳垂上，各垂着一颗小小的金荔枝耳环，头微微一动，耳环的金色碎光便倏忽闪耀。她身穿一件绣着明亮的黄色碎花的红褙子，乍一看，仿佛无数的小蝴蝶飞舞在一片红色的花海中。

翟守珣见柳莺坐在那方脸大汉身旁低头浅笑，便移开了目光。

这屋子里的四个客人是谁？翟守珣无论如何也想不到。他们是大宋皇帝赵匡胤、赵匡胤的第一谋臣赵普、亲信楚昭辅以及李处耘。原来，赵匡胤自派使者向李重进发出调任的诏书后，便与赵普等三人乔装打扮，潜行到了扬州。

赵普知道赵匡胤想要微服私访扬州之初，曾经极力阻谏，虽说淮南已经名义上属于赵宋王朝，但是他却认为李重进乃奸雄之辈，其心多变，微服私访扬州，万一被李重进知晓，吉凶难测。这次，赵匡胤并没有听从赵普的劝解，坚持要成扬州之行。

赵匡胤此行的目的，共有三个：

一是了解淮南的地理民俗，以便能够施行体察民情的政策，稳固对淮南的统治。

二是通过了解淮南的人心，来进一步摸清南唐的情况。毕竟淮南本是南唐领地，被南唐统治多年，当地的百姓，自然对南唐有很多的了解。赵匡胤的长远打算，是将南唐也纳入中央王朝的统治，因此他想要知道如果今后对南唐动武，淮南的百姓会有什么样的立场。

第三个目的，赵匡胤是为心中的一个谜团寻找答案。

这后两个目的，赵匡胤甚至没有向赵普透露。不过，赵匡胤下了决心，总有一天，他要让南唐归属大宋。只是，这一天，将在何时到来，他并不清楚。

赵匡胤心里有一个谜团，自从那次见了南唐使者之后，就开始在他心中形成了，一直令他迷惑万分。他将周世宗与南唐的往来文书反复看了多遍，也没有找到可以破解这个谜团的蛛丝马迹。

当年，周世宗本有统一天下之心，淮南一役，苦战寿春，最后终于赢得南唐江北十四州。世宗英年早逝，南唐以残留的三分之二国土，依然雄踞南方，乃后周不容忽视之对手。可是，显德六年南唐使者李从善与钟谟入贡后周时，却发生了一件即使后世之人也迷惑不解的事情。这件事，赵匡胤早有耳闻，但是，直到那次南唐使者来贺登基的时候，他才正式从南唐使者口中确认了这件事情，尽管南唐使者的说法与传闻中略有差异。

那件事情在传闻中的版本是这样的：

当时，周世宗问使者："江南也在整治兵马，大修战备吧？"

钟谟答道："既然我们已经臣服大国，不敢再如此了。"

未料，周世宗对钟谟说道："那就错了。我们之前是仇敌，如今却是一家了。朕与汝国大义已定，已经没有什么担心。然而，人生难以预期，至于后世，事情将如何发展我就不知道了。回去告诉汝主，可以在朕在位时，好好将城郭修得坚固一些，将甲兵装备得精锐一点，要据守要害的地方，这都是为了子孙考虑，应该下功夫干的大事。”

南唐使者说，周世宗后面的一番话是暗中派人传给李璟听的。传闻中却说，那段话是钟谟在周未归时周世宗当众与他说的。

“如果真如传闻中所说，周世宗是在钟谟在周驻留时说这样的话，很可能是显示自己的大度。如果是等钟谟回南唐后，周世宗暗中派人传话给李璟，那么，周世宗的想法就显得奇怪了！”赵匡胤心中翻来覆去揣摩当年周世宗的心思。在来祝贺他登基的南唐使者回去后，赵匡胤为此多日辗转反侧无法安眠。

按理说，南唐已然臣服于周世宗，周世宗就不应该让其大力修缮城池、整治甲兵。这不是令潜在敌手强大，使自己被削弱吗？这个问题，赵匡胤百思不得其解。

“难道，世宗早已经预料到他将早亡，而在他去后，国将易手？”

“难道，世宗与南唐有了秘密约定，一旦发生帝位易手，就令南唐找合适之机起兵拥护幼主？”

“难道，世宗与南唐国主李璟惺惺相惜，认为在他故去之后，统一天下的宏志将由李璟继承，出于要完成统一天下、消除战乱的宏愿，世宗才消除宿敌之成见，令李璟积蓄力量？”

“难道，这里面还包含着某种更深的谋略与智慧？”

因久被这些问题困扰，赵匡胤便坚持要微服私访扬州。因为，他知道，这些问题关系着他统一天下、开创太平盛世的宏愿。

这次微服私访，赵匡胤化名为“赵忠礼”，身份乃是一个做锦绮买卖的大商人。赵普化名为“赵德”，乃为“赵忠礼”的管家。李处耘、楚昭辅二人分别化名为“李云”“楚车”，身份是“赵忠礼”的贴身仆从。他们一行四人很快来到扬州，按照赵普的建议，他们已经在街头巷尾、风月场所转悠好几天了。根据赵普的说法，这些地方乃是打听消息的好去处。正如赵普所言，这几天，他们的确从这些地方了解了不少关于李重进和淮南的情况。这晚，他们刚好进了扬州的风月楼。





翟守珣见那几个人相貌不凡，心中记着送信的大事，便强压住火气，向四人一抱拳道："四位朋友，今日我找小凤姑娘有急事，得罪了！"说罢，从怀中掏出一包铜钱，咣啷一声扔在几案上。

"你是何人？怎恁无礼！也得有个先来后到吧！""李云"大怒，腾地立了起来。

赵匡胤一见翟守珣进屋，便愣了一下，赶紧将头低了下去。只看了一眼，赵匡胤便觉得此人颇为眼熟，却想不起在哪里见过，心里七上八下。当下，担心被识破了身份，便一言不发。他焦急地在记忆中搜索着这个人的形象，在模模糊糊的时间隧道中向着往昔飞奔。一个个人影在他的脑海中如烟雾般浮现，有的人影倏忽消散，有的跟着他，拽着他的衣襟、环绕着他的身体，与他一起在时间隧道中恍恍惚惚地奔走。人的记忆多么奇妙啊！它好像是一种幻象，又让人觉得并不是完全虚无，而是有着真实的感觉——这种感觉一定是在过去哪个时候发生过，但后来被淡忘或者被遗忘了。直到某一刻，某种形象如太阳照亮黑暗，记忆就如在黑暗中隐藏许久的物体一样，一下子显现出自己的样子。可是，偏偏在这个时候，这个显出样子的物体在人的眼中，往往反而又会显得有些陌生了。

正当赵匡胤低头深思时，小凤姑娘的腰肢一扭，站起身拉住了"李云"的袖子，圆场道："哎呀！哎呀！官人休要急。这位乃是如今淮南节度使帐下的翟守珣将军，定是有什么急事找奴家。诸位大官人休要见怪呀。"说话间，丹凤眼半怒半嗔地瞪了相好一眼。

翟守珣心中记着大事，本不想道出身份，见小凤口无遮拦为自己报了家门，不禁心怀恼怒地瞪了小凤一眼。

小凤姑娘的话，使赵匡胤的心咯噔跳了一下。“难道，这个就是我孩提时的玩伴阿珣？难怪看着眼熟。这可真是巧了。这么多年过去了，不知道他还是否记得我的样子。那个爱欺负人的家伙，原来变成了这个样子。”赵匡胤此刻突然想起，眼前这个翟守珣正是昔日孩提时的玩伴之一。

尽管这个乔装成商人的皇帝心中忐忑不安，翟守珣却显然没有认出这个孩提时的朋友。毕竟，已经过了二十多年，两个人都是沙场上风来雨去，与小时候相比，早已经面目全非。赵匡胤已统率三军，问鼎天下，气质更是和从前大不相同，翟守珣哪里认得出来！

小凤的话，却令赵普心下大喜。赵普心想：“这可是得来全不费工夫，且想法子留住他，定能从他口中套出些东西。”这么一想，这个“赵德”便哈哈一笑，赶紧立起身，作揖道：“原来是翟将军大驾光临。只是，我等已经先请了小凤姑娘，将军怎么也得照顾一下我等的脸面吧。在下倒有个主意，如不嫌弃，将军不如与我等小坐，还让小凤姑娘陪在将军身边，咱们再叫个姑娘上来。反正大家都是来寻个乐子、图个开心，人多不是更好吗？我等初来乍到，能够得逢将军，也算是有缘啊。我等愿意陪将军一醉方休！”说罢，不等翟守珣答话，便在身侧拉了一下通往楼下的绳索。那绳索的一头有个悬铃，铃铛一响，老鸨便知道客人有要求了。

赵匡胤立即明白了赵普的用心，向李处耘、楚昭辅二人使了个眼色，又冲李处耘做了手掌下压的手势，示意他也坐下。李处耘嘟囔了几句，狗熊般粗壮的身体往下一沉，重重地坐了下来。

旁边的小凤何等精明，察言观色后早明白了客人无意于让她离开，便一把拉翟守珣坐了下来，嘻嘻笑道：“这样也好！哥哥就不要恼了。”

这风月场所与赌场相似，有自己的规矩，付了钱的，就是说话的主，不管你多大的官，坏了规矩便为人所不齿。

翟守珣本想扔下钱便强带上小凤马上离开，眼见旁边“李云”与“楚车”二人怒目相向，心想：“若是闹起来，我倒不怕几个商人，只是便耽搁了我的大事。”当下顺水推舟，强忍怒火，坐在了小凤姑娘身边。“赵大管家”自然又叫了位姑娘坐在一旁伺候。

当下，“赵大管家”将赵匡胤等人的假身份报了一遍。旁边的几位姑娘喜笑颜开，不停地给诸位劝酒。

这当中，只有冷美人柳莺一人神色忧郁，似是心事重重。

赵匡胤见柳莺愁眉不展，便道：“怎么了？姑娘看起来并不开心呀。”

“多谢大官人的关心。奴家没事。大官人不用管我。”柳莺说话时，露出妩媚的笑容，头微微地摆动，晃动的金荔枝耳环在烛光照耀下一闪一闪，更衬托出人的娇艳。

“这样吧，我喝我的。姑娘随意。别不开心就是了。”

旁边的“李云”哈哈大笑，忍不住插嘴道：“老爷，这你就说错话了。在这种地方，姑娘们哪舍得自己花钱喝酒呀。客人们不让她们喝，她们就只有看着客人喝了。”

赵匡胤一听，颇为不好意思，忙将柳莺杯中满了酒，带着歉意道：“先满上，酒钱自然是我们付。姑娘能喝多少就喝多少吧。”

在风月场所，少有人流露朴素的真情。柳莺感觉到了这位“赵忠礼”出自真诚的关切，心中不禁一颤，微微收敛了那娇媚的笑，柔声说道：“你不用管我的。在这里，客人开心就是了。我们也是为了客人们开心。”

“哦……真是对不住姑娘了。”

“别这样说，大家开心就好……你——一看你，就知道很少上这种地方吧？”她瞥了一眼周围，微微垂下了头去。

赵匡胤顺着柳莺的眼光看去，见“李云”一只手臂圈过芍药姑娘的粉颈，另一只大手正放在芍药姑娘的右胸前，放肆地抚摸着芍药高高隆起的乳房。这个本应在私室中的举动出现在众目睽睽之下，看见的人难免尴尬。赵匡胤不禁脸一红，感觉到柳莺正盯着自己看。他扭过头，眼光正撞上柳莺那双大而明亮的眼睛。就在这一瞬间，他感觉到身体内燃起熊熊欲火。他几乎感觉到了热血在所有的血管中奔腾，经由手臂、双脚，涌向身体的每一部分，刺激着每一根经络的每一个末梢，翻滚着奔腾着的热血，像海浪一样拍打着脑门，拍打着心脏。他感觉到一阵眩晕，生命中所体验到的所有香味仿佛一下子从四面八方涌来包围了他，生命中所见过的一切明亮灿烂的颜色也仿佛一下子聚集到了眼前。

为了掩饰尴尬的神色，赵匡胤慌乱地举起手中的酒杯，猛地喝了一大口酒。所谓欲盖弥彰，他笨拙的动作并没能掩饰住他在柳莺面前的不知所措。

柳莺察觉出了“赵忠礼”的尴尬，不禁低头莞尔，拿一双妙目不时瞟着这个男人。她在风月楼里待了多年，也算得上阅人无数，可是，眼前这个大汉却让她觉得与常人不一样。伟岸的身躯、沧桑的脸庞使他看起来不像是商人。可是，他的雍容气度，确实也像拥有着万贯家财。他的眼神，平和而威严，常常还不自主地流露出深沉的忧郁。他对人的关心，显得真挚而笨拙，似乎平常并不懂得如何去关心一个人。他的气息，仿佛来自一片广袤的沙漠，让在旖旎扬州待久的柳莺感到莫名的新鲜与兴奋。她在短短的时间内心思百转，揣摩着眼前这个男人究竟是什么样的一个人。

赵匡胤又猛喝了两口酒，方将酒杯放下，环视了一下席间，一本正经地说道："我有一个问题向诸位姑娘讨教，不知可否听我一问？"

几位姑娘正嘻嘻哈哈地说话，根本没有将他的问话当作一回事，直到被各自的身边人喝止，才安静下来。

赵匡胤这才说道："扬州自入周以来，不……现在应该说是入宋才是，有些地方虽还可见到三年前战争中留下的断壁残垣，可市井之间，歌舞升平，仿佛早已经忘记了几年前的大战，诸位姑娘能否说一说，这究竟是何原因呢？"

"对平民老百姓来说，最重要的是有口饭吃，有个稳定的营生。一旦安定下来，谁会去想那打仗的事呀。"

"不错，不错，像我们这般草儿的命，哪管是谁做皇帝，只要每日能得几个安生钱，便已经很知足了。"

"也不能这样说吧，如不是那个周世宗减免了税收，恐怕扬州老百姓的日子现在没有这般舒坦吧？"

"别打仗，减减赋税，老百姓的日子就好过了。"

"不知道现在那个姓赵的皇帝到底是怎样一个人。哎呀，听说那个新皇帝可威武了，还俊着呢。骑在那高头大马上，那可真是天人下凡呀。"

"哎哟，瞧你这眼里火，好像说自个相好似的。"

"姐姐，你还不是整天价做春梦呀，还说小妹呢！你那哥哥好阵子没来了吧？不定被哪个狐狸迷了呢！"

"小草儿，别做美梦了。那新皇帝再威猛，也不会上你的床呀！人家身边自然三宫六院，美色如云呢。”

……

小凤、芍药等几个姑娘七嘴八舌议论起来，没说几句便嘻嘻哈哈离了正题。只有柳莺心不在焉，在娇媚的笑脸上，忽闪着一双忧郁的眼睛，而这双忧郁的眼中，似乎藏了无数的心事。

赵匡胤听她们竟然以猥亵的神色说到自己，顿时哭笑不得。“赵德”“李云”“楚车”三个人却是强忍着不笑出声来。

翟守珣心里有事，也无心听姑娘们的说笑，自顾搂着小凤喝酒。

“赵德”咕噜猛喝了一口酒，问柳莺道：“柳姑娘，你说说，这扬州在目前的节度使李将军的治理下，比以前好了，还是不如前了？”他这个问题，明着问柳莺，实际乃为刺激翟守珣，以期从其口中套出一些有价值的情报。

果然，不待柳莺开口，翟守珣突然抬起头来道：“废话！自然是比在南唐手中好了！你等做生意的，少论政事，免得丢了脑袋。”

“赵德”呵呵一笑道：“翟将军，我见将军相貌非凡，为人豪爽，乃是信任于你，才敢于你面前议论李将军。你不会告发我吧？再说了，在这楼里，说过的话权当放屁，不就是图个热闹，大家有个聊嘛！要不然聊啥呢？咱老百姓，不就聊聊那些当官的事儿图个乐吗？不管好官坏官，不管好事糗事，总之是官、是官的事，老百姓总是爱聊的。要是个贪官坏官，老百姓还要骂呢！憋在心里不痛快啊！”他故意用话来激翟守珣。

翟守珣听了，品出了话语间对他的恭维，不禁仰头哈哈一笑。

“对了，你说这淮南的老百姓，心里服的究竟是那个周世宗，还是如今的新皇帝呢？”“赵德”又问道。

“哈哈，这个世道，哪个手中的刀快，哪个手里的枪利，老百姓就服谁，不服也得服，”翟守珣道，“是吧，小凤？”说着，他顺手在小凤姑娘脸上捏了一把。

“哎哟，将军，你弄疼我了。”小凤娇嗔道。

“这扬州的百姓，当年可都是南唐的子民，难道就不思念故国吗？”“赵德”又问道。

“汴京那个新皇帝上台后，有些扬州人不知道前景怎样，确实起了思念故国之心。我的客人之中，常常有人会在酒后垂泪呢！要说咱扬州啊，虽然是个温柔乡，但百姓也是个个有血性的。若新朝廷对不起咱，咱还真说不定归了故国呢！还有啊，有谣言说，如今那个新皇帝与现在的淮南节度使李将军合不来，说不准何时，在新皇帝与李大人之间还要打一仗呢！看样子，新皇帝新朝廷是容不下咱淮南的李将军啊。哪天咱李将军举兵投了南唐也未可知啊！翟将军，你说对不对？”芍药姑娘将身子从“李云”怀抱中挣了出来，说了自己的看法。

翟守珣本想发怒，转念一想，讪笑道：“芍药姑娘休要胡说！节度使李将军一直深得朝廷信任，哪会与新皇帝不合呢？姑娘休要听信坊间谣言了。”

赵匡胤听在耳内，心中暗想：“看来，南唐国人心尚在，近日难图呀！莫非周世宗早就看到了这一点，所以在夺得淮南十四州后，宁愿接受割地议和，而不轻进？他临终之前要南唐修缮城池铸炼甲兵，莫非是为了异日与南唐联合以图天下？只是，他未料到自己大限将至。或者是，那个时候，他已经在考虑自己的子嗣了？”

只听“赵德”又问道：“哦？民间竟然有新皇帝将与李大人开战的谣言？”

“那都是民间的胡传，怎会有这等事！李节度对朝廷忠心耿耿，怎可能与新皇帝对着干？各位休要听信谣言。”翟守珣心中有鬼，再次辩解，说话时下意识地摸了一下怀中搁密信的地方。好几年以来，翟守珣心中其实一直在揣测那个跟随周世宗征战四方的赵匡胤是否就是自己儿时的玩伴。及至赵匡胤登基，他更是心神不定，揣摩着刚刚登基的新皇帝赵匡胤究竟是否认识自己。他心神不定的原因是，当年的赵匡胤是自己欺负的对象，如果那个新皇帝就是自己的儿时玩伴，自己可就要多加小心了。因为有这种顾虑，他从来不敢将心中的这个秘密告诉他人，更不用说是告诉李重进了。当李重进让他送信去潞州时，他已经揣测到了李重进的意图。他心中打着小算盘，心想："如果李重进能够问鼎中原，对自己未尝不是一件好事；即便最后的大赢家是李筠，如李重进与李筠联合，也定能分得半壁江山。"

"楚车"久未说话，至此终于按捺不住："任他是谁，怎可能敌住王师的雷霆之军？正月时，我在京师曾亲见王师出征，那可真叫威风凛凛，状若天兵。我看普天之下，无有可与王师相抗衡者。"

"不错！说得好！如今王师兵强马壮，甲精盾坚，天下自然无可匹敌。""李云"附和着说道。

翟守珣听在耳里，脸色微微变了，心想："这样看来，密谋起兵恐怕并无胜算。这可叫我如何是好呀？"他心中顿时对与潞州联合起兵之事充满疑虑，连饮了几杯酒，心情一下子仿佛跌入了谷底。

翟守珣觉得该是自己离开的时候了，一抱拳说："鄙人有要事急着离开扬州，这就与各位告辞。小凤，你与我来，我有些话与你说。"说话间，他拉起小凤姑娘，起身告别。

赵普知道此刻已经不能勉强相留，当下起身抱拳道了声："翟将军保重！"

席间，其他人皆以目相送翟守珣与小凤姑娘。

待翟守珣与小凤出了房间，赵匡胤瞥了柳莺一眼，只见她凝眉低首，脸上的笑容已经消失，残留着的表情，是若有若无的忧郁。

“怎么了，柳姑娘，你好像心里有事呀？”赵匡胤问道。

“我没事。”

“没事怎不开心一点呢？也说说话嘛。”

“我恨打仗！不管新皇帝、旧皇帝，打仗不就是为了满足自己的权力欲望吗？有什么区别呢？！那新皇帝，不就是站在无数人的坟垒上登上宝座的吗？”

“……”赵匡胤心里一紧，竟然一时说不出话，心想，“难道这姑娘的话竟然刺中了我内心？难道我争取统一天下、恢复太平的宏愿只不过是权力欲望的借口吗？我所做的一切只不过是野心在作祟？不，不，我不会，我不会，我的宏愿绝不能被欲望所左右。绝不！”

柳莺的这句话，片刻之间对赵匡胤产生了巨大的心理影响。赵匡胤心中仿佛突然多了一块巨石，呆了一呆，重重叹了口气道：“姑娘说得也是。这世界上，又有几个人能摆脱这欲望二字？皇帝也是人，终究可能被欲望打败呀！”说罢，拿起酒杯连连喝了几口。

“您别喝多了。伤身体。”柳莺见“赵忠礼”神色黯淡下来，内心不禁感到微微一颤，不知怎的竟然生出了一份怜悯爱护之情。

“难道我竟然不知不觉爱上了眼前这个人？”柳莺自己都不太相信，不敢再多想，只是眼中多了份温柔，身子不由向“赵忠礼”微微依了过去。

此刻，李处耘突然摇摇晃晃立起身来，搂着芍药，走到柳莺身旁，一把抓住柳莺的头发，口中嘟囔道：“大胆，竟敢胡言乱语冒犯当今皇帝。我看你今晚还是跟赵老爷走，好好服侍老爷睡觉才好。休得再胡言乱语！”

柳莺被抓了头发，痛得“哎哟”叫出声来：“大爷，别抓我的头发呀！”

赵匡胤缓过神来，腾地立起身，一只手握住李处耘手腕，另一只手将柳莺一把搂在怀里，喝道：“休要胡来！你喝多了。快去坐下！”

李处耘见皇上起身亲自护着柳莺，心中一惊，赶紧松开了手，一声不响地退了回去。

“今晚，今晚……”柳莺怯生生地说道，“可是我……”

“……”赵匡胤一时间说不出话来。他的一只手臂依然搂在柳莺的腰间，从娇柔的肉体传过来的丝丝暖意，让他身体内欲望的火焰慢慢燃烧起来。

“可是我……”柳莺涨红了脸，伸手微微去推赵匡胤搂在自己腰间的手臂。

“好了，他只是说说而已，酒后胡言罢了。”赵匡胤口中这样说道，手臂却舍不得离开温软如玉的腰肢。可是，他也感到了来自柳莺手上推开自己的力量，尽管心旌依然在摇晃，嘴上却说道：“姑娘不喜欢这行吧？如不喜欢，不如另谋营生。”

赵匡胤话刚说出口，便立即觉察到说错了话，觉得一阵愧疚。“这样说，不是看不起人家了吗？我不愁吃不愁穿，我有什么资格去说这个弱女子呢！”他随即在心里责备自己。

柳莺却似乎并不在意无意间的冒犯，轻轻挣脱赵匡胤的搂抱，颇为感激地看了“赵忠礼”一眼，柔声道：“做这行，好赚钱。不过……”她指了指腰间的一块黑色木质小腰牌，继续道，“我们这些系黑牌的草儿，是可以自己决定是否跟客人过夜的。那些系红色牌子的姐妹，只要客人提出，就是一定要陪客人过夜的了。

我……你的确是个好人……其实，我的名字并不叫柳莺，我姓和……”

赵匡胤未想到这个萍水相逢的风尘女子竟要对自己说出真名，心中顿时一阵感动，不等她说完，用手指轻轻放在了她的唇边，道：“没有关系，别说了，不管你叫什么，我都知道你是个纯洁的、好心的姑娘。”

听了这话，柳莺刹那间泪光盈盈，道：“我不是汉人，是纳西族人，家乡在大理。”

“那可在千里之外呀！你怎么流落到了扬州呢？”此时，赵匡胤仿佛已经完全听不见周围的嬉戏与打情骂俏声了。他的眼前，只有这个名叫“柳莺”的女子。他已经被眼前这个女子吸引住了。

“四年前，我随爹爹到扬州谋生，不料，没过一年，便打起了仗……爹爹他被乱军所杀……”柳莺声音哽咽，“我在扬州无依无靠，为了谋生，只得将自己卖到了这风月楼。”

赵匡胤见柳莺神情悲伤，想要安慰，却不知如何安慰，叹了口气道：“姑娘要是不介意，不如明日我给姑娘赎了身子……”

话说至此，突然旁边咣啷一声，原来是赵普的酒杯掉落在了地板上。

只听得赵普口中嚷道：“哎呀，哎呀，确实不胜酒力，醉了！醉了！要不是醉了，我定将姑娘你赎了出去……也不做什么生意了，那些都是些屁事，哪及与姑娘逍遥快活呀！我这就与赵大老板说说，过几天我就不干了……天下有那么多事，谁管呀？！谁爱管谁管！老板，我看咱们都别干了……你，你……也别干了……你就帮柳姑娘和这几位都赎了身，干脆与这几位姑娘泡在温柔乡，逍遥到老，那多快活啊！”

赵匡胤眼见赵普似醉非醉地斜了自己一眼，心中一惊，暗想：

“这个掌书记，这不是明摆着在劝谏我吗！”当下，硬生生将后半截话收了回去。

他本想对柳莺说：“不如明日我给姑娘赎了身，便与我去京城罢。”

可是，在赵普的提醒下，赵匡胤突然间意识到，自己已经永远不可能再是以前那个赵匡胤了。“我是大宋的皇帝呀！王朝新立，如果这就将柳莺姑娘带回了宫，那今后又如何于天下人之前立威立信？我想帮天下的百姓，可是，今天，我却连一个弱女子也帮不了！”他这样想着，一股浓重的悲伤袭上了心头。除了悲伤，他也为自己的懦弱而感到羞愧！

柳莺再也不可能听见“赵忠礼”的那后半句话了。不过，她却似乎对这句话并不抱有希望，只是痴痴地看着“赵忠礼”。

赵匡胤眼中一热，说道：“其实，我的名字也不叫赵忠礼。我……不过，我的确姓赵……”

这一刻，赵普、李处耘、楚昭辅三人几乎都屏住了呼吸，不知如何是好。难道，皇上要将真实身份说出来？

不过，柳莺却在这个时候将“赵忠礼”的话打断了。她的一双美丽的眼睛闪烁着奇异的神采，动情地说道：“有官人这半句话，奴家已经满足了。奴家会将官人永远记在心里……”

赵普本想继续装醉，可是，现在他已经顾不上装醉了。得赶紧让皇上转移注意力，否则，真可能泄露了身份，那可麻烦了！李重进说不定已经与李筠或南唐有了勾结，万一知道皇帝在自己的地盘上私访，还真不知会发生什么事情呢！他心中暗暗着急，忙接了柳莺的话头，说道：“柳莺姑娘，今日大家萍水相逢，不如你给大家唱一曲吧。”

李处耘、楚昭辅和芍药姑娘顿时齐声赞同。

柳莺默默点了点头，从座位旁边拿起了一只琵琶，低首凝思片刻，边弹边唱起来：

> 柳丝长，春雨细，花外漏声迢递。惊塞雁，起城乌，画屏金鹧鸪。
>
> 香雾薄，透帘幕，惆怅谢家池阁。红烛背，绣帘垂，梦长君不知。

此词乃是温庭筠所作之《更漏子》，从柳莺口中唱出来更是动人，令人仿佛沉醉在春雨霏霏、寂寥惆怅的春梦中。

一曲完了，众人喝彩，只有赵匡胤怅怅然心头沉闷。

柳莺双目含情，偷偷瞟了“赵忠礼”一眼，又弹唱起了一曲：

> 晴雪小园春未到，池边梅自早。高树鹊衔巢，斜月明寒草。
>
> 山川风景好，自古金陵道。少年看却老。相逢莫厌醉金杯，别离多，欢会少。

这首词，却是冯延巳的《醉花间》。柳莺将词和着曲子唱了两遍，只听得满座之人个个默然不语，忘记了喝彩。人人均想着自己的心事，柳莺的声音一停，屋里刹那间陷入了沉寂。此时，如果有针掉在地上，恐怕也能听得见。

> 山川风景好，自古金陵道。少年看却老。相逢莫厌醉金杯，别离多，欢会少。

赵匡胤的心头，盘旋着这句词，惆怅满胸。他知道，他这一辈子，再也不会忘记柳莺，再也不会忘记这句伤感的词。在以后的许多夜晚，他都会一次次在寂静中想起这句词、这首曲子，还有，这个不幸的、充满柔情的善良女子。可是，他此刻没有想到，他与眼前这个女子的缘分，并未自此终结。

赵匡胤也不知道，在他转身告别离去后，柳莺躲到了自己的屋里失声痛哭。她刚刚为一个人动了心，刚刚感受到无私地去爱一个人的甜蜜，刚刚从另一个人的眼中读到了深深的爱意——她相信自己的感觉没有错。可是，刚刚来到的美好，便在一瞬间失去了，这让她怎能不感到心痛？她非常后悔，反复地在心里追问自己当初为什么不让他说出名字，为什么不询问他的具体去处，也许这样来日或可相见？她究竟是害怕什么？难道是自己一开始就知道美好的一切转瞬就会失去，所以她不问，她不求？她抱着枕头，思来想去，哭了很久，泪水不停地流淌，浸湿了枕头，留下一大片印迹，仿佛是要刻意以此来提醒她爱的悲伤和命运的无常。

# 四

一盏白纸灯笼在黑黢黢的夜色中渐渐靠近了钱阿三的蒸饼店。钱阿三看到白色灯笼发出的光华里出现了一个人影，接着又看清了一个马头，然后是马身子，马背上的人影也渐渐清晰了。

这时候，钱阿三看清了白色灯笼上用墨书写着几个楷书大字：中书舍人。钱阿三不是第一次看到这个灯笼。可是，在自己的干儿子提出要进待漏院厨房的打算之前，钱阿三几乎从来没有想过要琢磨这些灯笼上的文字，也没有想到要从那些来买蒸饼的官员口中套出什么信息。他与那些来买蒸饼的官员们的聊天，仅限于套近乎的寒暄。所以，尽管这已经不是他第一次看到“中书舍人”这几个字了，但他还是不明白“中书舍人”到底是什么意思，只知道这个人是朝廷里的一个官员，经常一大早就到他的店里来买蒸饼吃。在以前与这个年轻官员的聊天中，钱阿三只知道他住在外城东北的昭庆坊，每次上朝，他都是从安远门进内城，然后去待漏院等待宣德门开门。

举着灯笼的仆人在店门口停了下来。钱阿三看到仆人的背上还背着一个竹编的盒子，看上去像个书匣。马背上的中书舍人身子一动，轻巧地翻身下马了。那中书舍人看上去三十六七岁，眉目清秀，留着三绺长须，一脸和气。

“钱老板啊，来两个蒸饼。”中书舍人微笑着对钱阿三说道。

“哎哟，是您来啦。稍等啊，一会儿就好。”

“啊，竟然下起小雨啦！”那中书舍人仰起脸，往黑黢黢的夜空中看了看。

“果真是啊。那您就在俺这屋檐下歇歇吧。正好吃完蒸饼再走。”

“就怕雨下大咯！”

“不会，俺看这天，下不了大雨。给您，您拿好嘞！”

“好吧，那就歇会儿，反正时间还早，到了待漏院也是等着。来，这个给你。”那年轻官员从钱阿三手中接过一个蒸饼，先递给了仆人，然后才又接过一个蒸饼放到嘴里吃起来。

韩敏信此时将一屉刚刚蒸好的蒸饼捧了过来。待他将蒸笼搁在案板上后，用手肘轻轻碰了碰钱阿三的后腰，又使了眼色。

钱阿三愣了一下，方才想起之前与干儿子商量好的与官员搭讪的计策。

“听说待漏院也给各位官爷准备了早点，待遇可真好啊！”钱阿三满脸堆笑问道。

“哎呀，钱老板，你可别提那待漏院的早点了。粥还不错，但是那肉和饼，真是太难吃啦！纯粹是安慰安慰我们这些官员的。”

“哦？不会吧！”

“我跟你说啊，那早点，夏日还可以。到了冬天，那羊肉冻得简直就像冰块！所以有些人拿了那羊肉，都用纸包起来，放在怀里焐热了才吃。还有那果子，简直能把牙给咬崩了。唉，别提了，要不怎么常常到你这儿买蒸饼吃呢！嗯，这热气腾腾的蒸饼夹爊肉就是香！”

“敢情是这样啊！”

“那是！”

“官爷，那待漏院厨房怎么就没有考虑改善一下呢？”

“唉，有好些官员都提了意见，可是没有办法啊！待漏院厨房给官员发的早餐，纯粹是安慰，不是专门为了提供好伙食的。待漏院的厨师俸禄也一般，没几个钱，好厨师都不愿意上那儿干。你瞧，你在这儿开个店，不比在那里赚得少。”

“话不能这么说，那毕竟是大内的厨房啊！咱这不是没有机会去干嘛！俺——俺是年纪大了，大内估计是看不上俺的。您要能给介绍介绍就好了，俺儿子一定愿意去干！进了待漏院厨房，怎么说也算是进了皇宫，也算光宗耀祖啊！”

“钱老板是当真？”

“那哪能跟官爷说着玩儿啊！官爷要是给介绍介绍，小老儿我感激不尽啊！”钱阿三见那年轻官员似乎来了热情，不禁喜笑颜开。

“我一般可不愿意推荐熟人的哦！不过，这又不是推荐什么朝廷官员，不打紧的。哈哈哈——谁让我在你这儿吃了这么多次蒸饼呢！我在待漏院厨房里有个老乡，回头我帮着问问。咦，这就是你的儿子吧？不错，不错，手脚麻利，挺能干的！”

“那真是多谢您咯。这个……呵呵，这个……您来了这么多次，俺还未敢问官爷贵姓呢！”

“哦，免贵姓李，单名一个‘昉’。”那年轻官员道。

“原来是李大人啊。阿言，快来拜见李大人！”钱阿三的后半句是扭过头对干儿子说的。

韩敏信将手在身上蹭了蹭，转过身来，低头抱拳向李昉作了揖。

“不知李大人在朝廷中任什么官职啊？这‘中书舍人’是什么意思啊？”钱阿三露出惭愧羞怯的神色，用沾满面粉与油腻的手指指了指那白纸糊的灯笼。

“哈哈哈——这叫我如何说好呢？”李昉被钱阿三的问题逗乐了。

在主人边吃边聊的时候，李昉的仆人已经三口并作两口吃完了手中的蒸饼夹爊肉，此时忍不住插嘴了：“钱老板，这中书舍人可是正五品的大员啊！什么叫中书舍人，我告诉你，中书舍人就是帮助皇帝主管制词，与学士一同起草诏令文书的大官啊！”

钱阿三吐了一下舌头，心想：“帮皇帝起草诏令文书！哎哟，我的妈呀，这可是我见过的最大的官员咯！来了这么多次买蒸饼，俺怎么就看不出来呢？”

“哎呀，哎呀，俺真是有眼无珠，有眼无珠啊！大人恕罪，大人恕罪！”钱阿三忙不迭地作揖起来。

“呵呵，这有什么罪啊！你也别听他瞎说，我这中书舍人，就目前来说，差不多就算是个闲职了，只是朝廷暂时安排的一个职位而已。实际上朝廷还另设了知制诰和直舍人院，他们才真正负责制词与起草诏令呢！唉，不说这个了。不说这个了。”李昉笑着摆摆手。

“是！是！”

“钱老板啊，你放心，进待漏院厨房的事情，我看八成没有问题。你也不用谢我，这都是因为你与你儿子的蒸饼夹爊肉做得香！”李昉哈哈大笑道。

“是！是！有李大人举荐，事情一定能成！一定能成！”钱阿三笑着应和道。此时，他那张胖乎乎的敦厚的脸已经涨得通红，大汗淋漓，一方面因为知道自己的干儿子有机会进皇宫待漏院的厨房而感到兴奋，一方面是因为第一次意识到自己面对面见到了朝廷大员而感到紧张。他的身后，老太婆也早已经停了手里的活儿，傻傻地站着不知如何是好了。

“谢过李大人！”韩敏信也是满脸堆笑，再次低头作揖向李昉表示感谢。

“好了，好了！看样子真不会下大雨。蒸饼也吃完了。再不出发，就要迟到咯！”李昉哈哈一笑，走到马的旁边，将左脚踩在马镫上，两手拽出铁鞍头，身子一跃，翻身上了马。他勒了一下缰绳，在马背上扭过头看着钱阿三与“阿言”，然后摆摆手表示告别。

韩敏信看着李昉的白色灯笼慢慢在夜色中远去，心中琢磨着一个新的念头：“好了，我的冒险现在开始了。一旦进了待漏院的厨房，下一个目标就是殿中省，我要进殿中省尚食局，只有在那里，我才能真正靠近赵匡胤。我一定要成为尚食局里的膳工！”

入宋以来，殿中省六尚局包括尚食、尚药、尚衣、尚舍、尚乘、尚辇六局。这“六尚”中的“尚”字，即是掌管天子之物的意思。“六尚局”据说最初是秦朝所设，当时为尚衣、尚冠、尚食、尚沐、尚席、尚书六局。到了汉代，六尚变为五尚，为尚食、尚冠、尚衣、尚帐、尚席五局。隋炀帝大业三年，皇宫设置了尚食、尚药、尚衣、尚舍、尚乘、尚辇六局。北宋初的六尚局之名，正是沿用了隋朝的六尚之名。韩敏信之前曾仔细查阅过朝廷典章制度的文献，知道殿中省六尚局中的尚食局乃是掌管天子用膳的部门，因此在心里打着如意算盘，下定决心要混入尚食局。不过，在一开始，他的如意算盘就有个地方打错了。因为，他不知道，入宋以来，朝廷虽然保存了六尚局之名，但这六尚局在当时其实是空存其名，真正为皇帝供应御膳的部门，乃是御厨，而负责掌领御厨职事的官员叫勾当御厨官，由内侍、诸司副使或者京朝官担任。韩敏信错打的算盘，看起来似乎无关紧要，却意想不到地改变了几个人的命运，当然，首先就包括他自己。这个计划上的、思想上的小小错误，一个环节的小小的失虑，其危害性并没有在最初暴露，而是在其后的某个时刻被突然引爆，并产生了一系列始料不及的后果。

## 五

嘭，嘭，嘭！

检校司空柴守礼的府邸门前，一个穿着右衽短衣的人使劲拍打着大门。此时正值辰时末，正是很多人的午休时间。可是，那人仿佛有急事，丝毫没有顾及这个时间如此大声敲门是否合适。他放肆地高举着拳头，敲门敲得很急，仿佛要把整个洛阳城的人都给敲醒似的。

过了片刻，钉满大铜钉的乌黑大门咯吱一声打开了。

“什么人？大中午催命鬼似的敲门？”门里探出个仆人打扮的人，满脸怨气地问道。

“我有急事要见司空大人。”敲门的人说道。

仆人上下打量着敲门的人，见他戴着小帽，穿着黑边右衽短衣，一副平常打扮，眼中不禁流出轻慢之色。

“司空大人是随便就能见的吗？你到底是什么人？”

“我是司空大人的亲戚，刚从汴京来，有急事要通报司空大人。”来人抹了一把汗。

这时，仆人注意到这个不速之客身后几步远的地方，还站着一匹马。那匹马耷拉着脑袋，呼哧呼哧喘着粗气，一看便知是刚刚结束长途跋涉。

“从京城来？好吧。稍候，我去通报一下。”仆人一听是京城来，不敢怠慢，尽管眼中还有轻慢之色，脚下却不敢耽搁，说着话赶紧往里跑去了。

不一会儿，那个仆人就匆匆跑出来，对来人说道：“你随我来吧。”

来人随着那个仆人进了大门，迎面见到的是一丈余的一字影壁。那一字影壁似由数块花岗巨石砌成，朝门一面以浮雕样式雕出两只栩栩如生的长角梅花鹿，梅花鹿旁边，是数株形态各异的罗汉松，松叶片片清晰可辨。

过了影壁，是一个宽敞的大院，院子两边，各种植着两株高耸入云的槐树。每株槐树都很粗，看上去要两个人才能合抱。槐树粗大的树干上，长满了厚厚的青色苔藓，显然都是有了上百年树龄的古木。

顺着中轴的石砖道，正前方是一座五开间正屋，东西两侧槐树后面各有一溜厢房。正屋建在两三尺高的台基之上，有六根立柱，中间三间为主，两边各有一间。中间三间的屋顶比左右两间的屋顶稍稍高出，屋顶是双坡顶悬山式，屋檐往外伸出，屋顶铺的都是上好的筒瓦。

“好一座大宅！这柴司空真能享受啊！”来人不禁在心里暗暗感叹。

仆人带着汴京来客走上六级台阶，到了正屋的台基之上，又带着来客迈过高高的门槛，走入正屋的中堂内。

“司空大人一会儿就到。稍等。”那仆人轻视来客的身份，并不招呼来客落座。他自己也陪着来客在中堂侍立着。

汴京来客也不在意，趁着等待之机拿眼继续观望四周的陈设。

只见正堂内北面当中摆着一条长木案，木案颜色紫黑，色泽凝重。长案中间放着一个巨大的堆塑十二生肖铜香炉，每个生肖塑造得栩栩如生，袅袅的香烟正从香炉中升腾而出。香炉左边，摆着一个高大的玉石麒麟雕塑；香炉右边，则摆着一个器形优美的大白瓷瓶。那白瓷瓶大腹细颈，洁白如玉，一看便知绝非俗品。长木案前面，放着一张像缎子般散发着黝黑紫光的大方桌。大方桌中间，摆着一个巨大的果盘，果盘里面是时鲜果子。大方桌两边，各摆着一把大靠背椅。中堂的中间，是一块空地，两边摆着四把大靠背椅，另外东西两边挨着两面侧墙，也摆着四把大靠背椅，两把椅子之间，都摆着一张茶几。这几把大椅子，是给客人坐的。所有的靠背椅，与长木案、大方桌都是同样的材质，看上去都是用上好的紫檀木制作的。

不一刻，只听得咚咚的脚步声从地板上传来。

“什么人来找老夫啊？”

随着一句问话传出，一个高大魁梧的红脸白髯老人从后堂转了出来。此人正是金紫光禄大夫、检校司空、光禄卿柴守礼。

“就是你？好，先坐下吧！你退下吧！让小梅上茶！”柴守礼一挥手，招呼来客坐下，又朝仆人挥挥手，示意他下去。

那仆人退了下去。

“从汴京来？说是我的亲戚？老夫怎么不记得有你这么个亲戚？”柴守礼手捋胡须，眯着眼睛盯着来客。从走出来开始，他说了一连串话，根本没有给来客开口的机会。

来客拿眼警惕地看了看四周，仿佛想要看看有没有什么人在偷听似的。他看着刚才那个仆人正飞快走下台阶，又走上了院子中间的砖道，随后拐了弯往东边的一间厢房里走去了。那间厢房开着门，隐约可见有两三个婢女或仆妇在走动。此外，至少在中堂的近处，已经没有其他人了。

“司空大人恕罪！在下自称您的亲戚，实在是为了掩人耳目。在下其实是韩通将军的门客陈骏！”

“什么？！你是韩通的人？”柴守礼听了，腾地站了起来，下意识地拿眼看了看两边，呆了一呆，又缓缓地坐了下来。

“我家将军全家被害的事情想必司空大人已经知道了。在下这次来——”

“且慢，老夫怎么知道你是韩通的人？再说了，老夫与韩通也没有什么交情。”柴守礼冷冰冰地打断来人的话。

“司空大人，你这是在怀疑我吗？”

“如果你真是韩通的人，老夫正好将你拿了献给陛下！”柴守礼冷笑了一下。

“哦？既然如此，司空大人就将我献给朝廷吧！”陈骏压制住紧张情绪，强作镇静地说道。

柴守礼冷哼一声，用眼睛盯着陈骏，却不说话。

陈骏感到背脊上升起一股寒意，但是他知道，这只不过是柴守礼为了自保，在试探他是否真是韩通的人。

两人冷冷地僵持了片刻，柴守礼淡淡地问道：“你与老夫说说，你是如何得脱的？”

陈骏见柴守礼问起，暗暗松了口气，心知柴守礼已经相信了他的身份，当下将自己侥幸得脱的经历言简意赅地说了说，但是他隐去了韩通儿子韩敏信的事情。这是事先与韩敏信商量好的。为了保险起见，他们必须小心行事。

“你这次来，是为了找老夫为韩通将军复仇吗？皇帝已经厚葬了韩通，老夫看这事就不用再提了。老夫已经致仕，不问政事了。你还是请尽快离开吧！”柴守礼冲着陈骏摆摆手，阻止他将话说下去。

“司空大人，恕在下多嘴，这次在下来，不是为了韩将军，乃是为了柴大人的亲孙儿！”

“嗯？你说什么？为我孙儿？”柴守礼一听，额头立刻冒出了冷汗。

“不错，在下说的正是从前的恭皇帝，现在的郑王，还有郑王的三个兄弟：曹王熙让、纪王熙谨、蕲王熙诲。”

“朝廷已经做了安排，你又何必再提此事！郑王现在老夫府内过得很好！他的三个兄弟，也过得好好的！”柴守礼有些恼怒。

“司空大人休要骗小人了。”陈骏冷然一笑。

柴守礼微微一愣，方才他的话中确实有不实之处，熙让和熙诲两个孩子自陈桥兵变那日便失踪了。柴守礼私下安排了许多人寻找，可至今杳无音讯。

“此话怎讲？”柴守礼口头并不承认，装出一副疑惑的样子。

陈骏笑道：“关于熙让和熙诲失踪的传闻，已在汴京坊间流传了有些日子了！”

“坊间谣传不足道。”柴守礼摆摆手，掩饰自己的尴尬。

“此言差矣，司空大人，关于您孙儿们过得好好的话，可不能随便乱说啊！如果司空大人真是找到了两位失踪的孙儿而不上报朝廷，恐怕是欺君之罪啊！”陈骏再次刺激了一下柴守礼。

“谢谢提醒！”柴守礼冷笑一声。

“好了，且不说这些。司空大人可知道，潞州李筠将军入了汴京，又被朝廷放回潞州了吗？”

“不知。老夫已经不过问政事了！”柴守礼这次又说了谎话。自从符皇后被封为周太后，带着郑王和熙谨来到洛阳后，他可谓天天提心吊胆，不时让人进京打听朝廷动向，生怕皇帝不知什么时候突然变卦。因此，关于京城的一些大事，柴守礼其实早已经知道了。可是，他心里也知道，现在若是让朝廷知道他还关注着天下大事，那恐怕会有杀身之祸。如今突然来了一个陌生人，自称是韩通的门客，柴守礼怎么能够不心生疑惧！

“哼，司空大人还是信不过在下了！”

“不管你是谁，请即刻离开。老夫只想安享晚年，休要用政事来打扰我。送客！”柴守礼不耐烦地大喝道。

这个时候，一个婢女正端着一个茶盘从厢房中走出来，听柴守礼这么一喊，顿时不知如何是好。

先前那个开门的仆人听到叫声，慌忙从厢房中奔出来。

“司空大人，你若不听我将话说完，恐怕不日就有血光之灾啊！”陈骏心里抱着最后一丝希望，说出一句带有威胁的话。

柴守礼愣了一愣，疑窦大生，心想：“此人看来真是韩通的门客！这个时候，恐怕不会有什么人愿意主动与韩通扯上关系吧？看这人的样子，也不像朝廷派来试探我的。难道他真有什么重要消息关乎我家存亡？也罢，且听他如何说，老夫小心应对就是了。”

“且慢！管家，你回去吧，老夫还有话与客人说说。小梅，茶端上来吧！”

那仆人听后只好又掉头走回厢房。这柴守礼平日颐指气使惯了，仆人也早已经习惯了他的脾气。

婢女小梅低着头，一声不响地将茶端了进来。她先给柴守礼上了茶，然后才走到陈骏椅子旁边，将一碗茶放在陈骏面前。陈骏抬头看了一眼婢女，只见她也就十四五岁大小，长着一张清秀的圆脸。婢女小梅见客人看她，羞怯地低下头，匆匆拿着茶托盘退了出去。

上茶的过程中，正屋中堂里的气氛有些怪异。柴守礼、陈骏没有一个人说话。柴守礼一手端起茶碗，一手揭开茶碗盖，微微低着头，轻轻吹着气，装出品茶的样子。陈骏也是静观婢女上茶，并不言语。

等婢女小梅走回厢房中，柴守礼才放下手中茶碗，瞪大眼睛盯着陈骏。

“说吧。”柴守礼冷冷地说道。

“司空大人，你一定知道，李筠将军乃是世宗的托孤重臣，也是世宗的好友。据在下所知，李筠将军如今正在潞州招兵买马，恐怕不日就会起兵对抗朝廷。赵匡胤放李筠回潞州，那是为了安抚天下节度使的心，他也不敢在京城杀了李筠将军。李筠将军对这种局面何尝不清楚，所以，一回潞州，他与朝廷之间的战争实际上已经无法避免了。司空大人想一想，如果李筠将军真的起兵造反，朝廷会如何对待世宗的子嗣呢？”

柴守礼听着陈骏的话，沉默不语，一粒粒汗珠慢慢从额头渗了出来。他如此紧张，不是没有原因。陈骏的话，的确挑起了他心中对柴氏家族未来的担忧，但这只是部分原因而已。其实，就在陈骏到来之前，李筠根据闾丘仲卿的计谋，已经派出说客秘密拜访过他。他当时给予的答复是：如果李筠起兵，对朝廷的战争能够占有优势，他就暗中联络与柴氏家族利益紧密的节度使，以拥护恭帝复辟为由支持李筠；若李筠没有优势，他与柴氏集团也会念及旧好，不落井下石。李筠的说客百般力争，也无法获得柴守礼对潞州起兵之初即给予支持的保证。李筠的说客离开后，柴守礼一直对自己给予李筠的答复惴惴不安，一方面担心李筠报复，一方面又担心朝廷知道后立刻对柴家下毒手。所以，当陈骏再次点明朝廷可能对柴家进行制裁，柴守礼又怎能不感到紧张呢？

陈骏也不等柴守礼说话，继续说道：“您在西京洛阳已经定居多年，朝廷怎能心无顾忌？哪怕司空大人与李筠将军真的毫无来往，可是当今的皇帝会相信吗？当年，周太祖反汉，世宗随着周太祖到了魏州，世宗的贞惠皇后留在京城，汉兵诛杀了她全家。现下，如果李筠将军起兵反抗朝廷，朝廷最可能担心什么呢？郑王虽然年纪还小，但毕竟是世宗的亲子。他那时就是周王朝复辟的一面旗帜。不论到时郑王愿不愿意，天下节度使都可打出他的名义勤王复辟。如果朝廷怀疑李筠将军起兵与司空大人或与符皇后有关系，大人想一想，恭皇帝，或者说现在的郑王，还有曹王、纪王、蓟王，您的亲孙儿们，还有符皇后，他们难道还能得以保全吗？我家韩通将军当时在京城起兵对抗，一日之间被诛杀全家，只有我侥幸得脱。当时乃兵变之时，我家韩通将军满门被害，司空大人可能会认为赵匡胤的做法理所当然。不错，逐鹿中原，不是你死就是我活。关键时刻，赵匡胤可能没有什么选择的机会。可是，如果李筠将军现在起兵，那就是蓄意谋反。您还认为朝廷会姑息周世宗的子嗣吗？赵匡胤说不定早已经对将恭帝迁至西京的假仁假义之举感到后悔了。司空大人，如今您已经大祸临头，难道不该早做准备吗？”

陈骏话不停歇地说了一大通，柴守礼听着听着，已经冷汗淋漓，仿佛有一千只蚂蚁在背上咬噬，身子不禁在靠背椅上扭来扭去，再也难以安坐。

“且慢，且慢。老夫不想听这些，如今皇帝英明圣武，天性仁慈，因禅位而得大宝，此乃天意。你休要多说了。”柴守礼不敢大意，依旧不露口风，但是口气已经变了，也没有了要立刻将陈骏轰走的意思。

“既如此，在下告辞！”陈骏察言观色，知道自己方才的一番话已经刺激了柴守礼的内心，柴守礼绝不会就此放他离去的。

“不急，你既然是韩通将军故人，且在老夫这里住几日，待老夫让人给你找个安居之所。回头老夫也好细细向你讨教天下局势。韩通将军是为世宗而死的，安顿他的故人，也算老夫对韩通将军的一点心意吧。”柴守礼口中仍然称柴荣为世宗，这是依然守着君臣之礼，不敢对人认这个已经过世的亲生儿子。

陈骏听柴守礼这么说，心知自己方才一番话确实在柴守礼心里发生作用。当下，他点点头，也不反对。

柴守礼当即喊来管家，安排陈骏在西厢房中的一间客房住了下来。

随后，柴守礼匆匆出了前院中庭，往后院走去。

周世宗的遗孀符皇后，如今的周太后，早已经在后院正屋的中堂等候。原来，当得报门口有京城来的亲戚时，柴守礼便已经意识到来人必是不速之客，所以立刻让人将符皇后请到了后院中堂商议见与不见。因为，他们都很清楚，即便真是京城里来的亲戚，一定也不只是寻常的串门。

符皇后离开京城之后，王溥根据赵匡胤的授意，遣散了周的所有内官、宫官。当时内官有惠妃一人、华妃一人、丽妃一人、六仪六人、美人四人、才人七人，总二十名内官全部在一日之间遣散。符皇后只带着宗训、熙谨及两个乳母，前往西京洛阳。至于宗训其他两个兄弟，却是下落不明。朝廷为遣散的内官诸人每人发放了盘缠，令各自回父母家，父母家人不在者，则都投了亲戚。尚宫、尚仪、尚服、尚食、尚寝、尚功等宫官也在其后几日内尽数遣散。内侍省的人员也进行了长期的筛选，其中凡是与柴家、符家有亲戚关系的，也都被陆续遣散了。那些日子里，汴京皇城的后宫，哭泣之声日日不断，离别的身影时时皆有，闻见之人没有不伤心的。但是，许多人都想，在改朝换代之时，这样的遣散，对那些可怜的人来说，已经是不幸中的万幸了。

在柴守礼于前院面见陈骏时，符皇后在后院中堂心神不定地坐着，猜想着京城来人究竟是何人，猜想着京城来人究竟为何事。

“莫非赵匡胤反悔了，所以派人来带我母子回京城？还是京城发生了大事？会不会朝廷派了人来刺探我母子的动静？会不会是如月妹子又派人来给我母子送东西了？不会的，如果是如月派来的人，还用谎称是司空大人的亲戚吗？”符皇后左思右想，心神不宁。这不到半个时辰的时间，在她看来，仿佛足足有一百年。她没有让柴宗训跟着自己来这后院中堂。这个可怜的孩子现在正在与他的弟弟在后院玩耍。

此时，符皇后见柴守礼匆匆从前院里走来，心不禁突突直跳起来。

柴守礼三步并作两步走上后院中堂的台阶，进了中堂的屋门，来到符皇后的面前。他寒暄后，急忙将方才与陈骏见面的情况告诉了符皇后。符皇后听着听着，脸色越来越白。

“这可如何是好？柴大人，您看这可如何是好啊？”符皇后听完柴守礼的话，已然变得有些六神无主了。符皇后现在是周太后，柴守礼按例依然是她的臣子。因为世宗柴荣被周太祖郭威认为儿子，柴守礼与世宗柴荣的父子关系，她也是不便提的。所以，她依然称呼柴守礼为柴大人。

“如果李筠真的要起兵，咱们还真得提早合计合计！”柴守礼搓着两只手，在符皇后面前来回踱步。

“万一陛下真以为我母子与李筠起兵有关系，哪能再给我们活路啊！”符皇后说着，不禁低头垂泪，抽泣起来。

“老夫不会让几个孩子白白丢了性命的！大不了与他拼了。老夫也一大把岁数了，这么多年来隐忍洛阳，那都是为了世宗的缘故。如今，老夫怎能眼睁睁看着他的孩儿们不管呢！太后，您先宽心，老夫有个想法，打算今晚摆个‘武后宴’，邀请我那几个老朋友来聚聚，那几个老儿的儿子如今都是朝中将相，咱看看他们的态度，如果能够赢得他们的支持，事情就好办了。再不济，也可以从他们几个那里打听点消息。太后，您看如何？”柴守礼捋着长长的白胡须，眯着眼睛问道。

“奴家是一个弱女子，便听柴大人的安排吧！”符皇后垂泪说道。

柴守礼见符皇后应允了，便匆匆告辞，往前院去了。

符皇后努力忍住了眼泪，可是残留在眼眶里的泪光依然让她眼前的一切显得朦朦胧胧。她叹了口气，站起身来，走到屋外的台阶上，用婆娑的泪眼看了看灰色的天空，心里面一片空荡荡的感觉。

柴守礼想办这个“武后宴”，不是没有理由的。原来，洛阳的“武后宴”有个说法，据说是唐代的袁天罡看出武则天将要称帝，因天机不可泄露，就想法子创出了这种宴席，以此预示武则天的一生。在“武后宴”中，菜肴有荤有素，素菜荤做，各道菜有的是冷菜，有的是热菜，味道那可就多了，咸甜酸辣，样样都有。“武后宴”一共有二十四道菜，上菜的顺序很有讲究，一般是先上八个饮酒凉菜，这八个菜是四荤四素，接着上十六个热菜。热菜由大小不同的大海碗盛装，很是气派。这十六个热菜中，除了四个压桌菜之外，其他十二个菜，每三个味道组成一组菜，每组菜各有道大菜领头，并带有两个小菜，美其名曰“带子上朝”。两个小菜是作为配菜或调味菜的。这“武后宴”是吃完一道，再上一道，宴席的时间很长，很方便宴席上说话。

柴守礼办“武后宴”，纯属急中生智。如今周太后就在自己的府中，柴守礼想在这个宴席上借题发挥，看看老头子们在具体事情上的态度如何。“武后宴”在洛阳民间也是常办的，百姓们都称这种宴席为“官场儿”，所以，办这种宴席也不至于引起朝廷的猜疑。

# 六

云层遮住了月亮，云层稍薄之处泛着青白的朦胧的光。除了那一片微光有些生机之外，黑蒙蒙的夜空中，仿佛一切都是死的、停滞的。不过，夜空中的云在人无法感受到的高空的风流中缓缓移动着。那片光华朦胧之处的云彩，以肉眼很难发觉的速度，极其细微地变幻着自己的轮廓。

柴守礼府邸的前院里，高高悬起了数盏红纸糊的灯笼。灯笼的红光与四周浓重的黑暗争夺着势力范围。高大的槐树靠近红灯笼处的一些叶子，被灯笼的红光照着，一片一片像是半透明的琥珀。隐没在黑暗中的一簇簇一片片的叶子，仿佛是无数藏在暗处的眼睛。在这个院子里，在这个空间中，正在上演着一场黑暗与光亮的无声较量。

黑暗与光亮，本质差异，使得它们彼此对抗。但是，在它们对峙的时候，却很难分清是黑暗侵扰了光亮，还是光亮侵扰了黑暗。在黑暗与光亮交融的空间中，也很难看清楚到底是黑暗将战胜光亮，还是光亮会将黑暗击退，在这个空间中，甚至很难分清哪里是黑暗，哪里是光亮。

晚上的“武后宴”设在前院正屋旁边的一间用作餐厅的大屋里。婢女小梅负责在屋外侍立。菜是由厨师先在厨房做好后端到餐厅门口，交给婢女小梅，再由小梅端到餐厅里去的。屋里面的大圆桌子旁坐着四个人。主人柴守礼坐在上首，右手边坐着王溥的父亲王祚，左手边依次坐着王彦超的父亲王重霸、韩令坤的父亲韩伦。柴守礼今夜宴请的三位老人，他们的儿子如今或是当朝重臣，或是坐镇一方的大将：王溥是当朝宰相，王彦超是检校太师、西面缘边副都部署兼中书令，韩令坤是天平军节度使、侍卫马步军都指挥使、同平章事。这三个老头儿，因为各自的儿子，平日在洛阳也是呼风唤雨的人物。

“司空大人啊，不是兄弟我多嘴，你这当口儿摆什么武后宴啊？”长着稀疏山羊胡子的王祚喝下一口酒便说话了。他在致仕后被拜为左领军卫上将军。致仕不久前，他被赵匡胤升为宿州防御使。他去那里只干了几件事，那就是督导百姓凿井，整饬了城内的防火设施，还修筑了城北堤坝防御水灾。随后，他请求致仕回家养老，先回到了京城，但是没几天就决定迁到洛阳居住。他对洛阳是有感情的，很多年前，他跟随后晋太祖进了洛阳，当时还只是掌管盐铁文书的小吏，就是从那时候起，他正式走上了仕途大道。这些年来，他当过后汉的三司副使，做过后周的刺史、团练使，还做了几天宋朝的防御使，他素有心计，寻思着物极必反，自己四朝为官，做官也做够了，想想还是退休为好。他又想，如今自己的儿子王溥在朝廷里任三宰执之一，自己在京城待着，难免让人有些议论。朝廷中政治风云说变就变，他想着自己年纪一大把了，还是图个清闲享乐的好，于是便决定迁居自己发迹的洛阳城。到了洛阳城后，便与早有交情的柴守礼等人来往很密，隔三岔五宴饮玩乐，倒也神仙般快活。可是，自符皇后被迁居洛阳柴守礼宅内后，他便不敢随意去往柴府了。这些日子正憋得难受，正好柴守礼主动来邀请，他便壮着胆子来柴府喝酒。可是，一见开席的架势，便知道今日司空大人柴守礼设的宴席是洛阳著名的“武后宴”。“如今符皇后被封为周太后，正在他宅里居住，难道老柴真是老糊涂了？或者是假装糊涂？”王祚说出自己的疑问时，心里这样想着。

“哦，怎么就不能摆这武后宴了？老夫年年都摆这宴席啊，上将军何出此言？”柴守礼装作一脸困惑的样子，其实，他正等着这样的问题呢。没有这样的问题，让他主动把心里的疑问说出来，那才容易被人拿到把柄呢！现在好了，既然有人问，顺便就可以套套口风了。

“老柴啊——”一杯酒下肚，王祚不再称呼柴守礼为司空大人了，改称“老柴”了。

“啊？”柴守礼拖着长音，打了个哈哈。

“老柴啊，兄弟我也是当过官、打过仗的人。想当年，兄弟我跟随汉祖镇守并门，也跟那契丹干过，兄弟我开过大秦山，通过商路，也疏通过淮河，开通过航道。兄弟我这几十年来，见过的人，遇过的事算不少啦。”说着，王祚又仰头喝了一盅酒。人老了，就是爱从当年的事情说起，一副英雄当年的架势。柴守礼微笑着，听着老朋友不知说过多少次的光辉业绩。

“兄弟我不是怕事啊——老柴啊，现在周太后可就在你宅内住着，你说你摆什么‘武后宴’呢，还找我们几个来？你这不是让老哥老弟们难堪吗？万一让朝廷知道了，那可是容易引起猜忌的啊！”王祚终于说出自己的担忧了。

“老王啊，咱都是致仕的人咯，摆个宴席算什么？想当年，老夫在洛阳街头打死了那个敢挡老夫路的刁民，洛阳的官员告到京城，世宗也不理睬。更何况，今个儿也就摆个宴席，就算叫武后宴，如果各位老哥不往外传，又有谁会知道呢？”柴守礼故意提起了世宗，想要看各位老朋友的反应。方才王祚的话，已经让他知道，这帮老哥们与他一样，对新王朝的皇帝还是有些顾忌的。

“是啊，就摆个宴席，朝廷能拿我等怎样？”王彦超的父亲光禄卿王重霸哼哼道。他的脸特别长，说话的时候高高仰着下巴，翻着白眼，一脸凶相。王彦超在周恭帝即位后，被加官为检校太师、西面缘边副都部署，依旧镇守凤翔。赵匡胤兵变登基后，给王彦超加了中书令的官职，责令他定期回京朝觐。王重霸见新皇帝没有动自己的儿子，反而给他加官，心中很是得意。但是，这世界上的事情往往令人感到不解，有一类人从来不懂得感恩，这类人对别人的仁厚与宽大不但不会感激，反而会把它们看成是懦弱的表现。这个王重霸就是这类人，他不但没有对这个新皇帝有感激之情，心里反而对朝廷的这个新皇帝有蔑视之意。

“话不能这样说，如今的皇帝可不是世宗啦！世宗的脾气你也知道，那是火暴直爽得很的！如今的新皇帝，他给你儿子加官，那是为了收买人心，不一定就是对他没有提防。老哥，你别忘了，当年你儿子在复州任防御使的时候，今上还未发迹，曾经去投靠你儿子。可是你儿子当时却拒绝收留他哦！万一哪天今上突然想追究此事，你恐怕也是吃不了兜着走啊。”王祚扭着头，压低声音对王重霸说道。

“这——唉！”王重霸心里也是搁着这个事情，王祚这么一说，不禁面露愁云。

韩令坤的父亲韩伦吃了口菜，咂巴着嘴说话了：“今上的脾气，真是让人难以捉摸啊。那一年，我儿令坤随世宗出征淮南，带着兵进击时被围，本可退守六合，可是今上却下令，凡过六合者格杀勿论！虽说当年他有世宗号令固守，可下令也是够狠的！司空大人，我看上将军的话说得不错，咱都得要小心啊！”

话说到这里，婢女小梅正推门将一大盘热菜端进来，几个老头儿都停了话，沉默着喝酒。小梅出去后，又从另外一个厨师手中接过两盘热菜，再一次进屋上了菜。

“来来来！尝尝，尝尝，‘带子上朝’！”

待小梅出去后，柴守礼提高了嗓门，故意将“带子上朝”四个字说得很响。

柴守礼在小梅上菜的时候笑眯眯地盯着她曼妙的身姿看。韩伦看在眼里，这时候嘴一咧，坏笑着说：“哎哟，司空大人，您可真是艳福不浅啊！这个小妾不错啊！”

柴守礼听了，仰天大笑，说道：“不是小妾，只不过是个婢女！三十贯，六年的身契！”

韩伦笑道：“少掩饰，少掩饰！即便是婢女，被司空大人收了，还不是成了妾！哈哈哈！”

柴守礼拿手指点了点韩伦，笑道：“你这老小子！”

“司空大人可要保重身子哦！”韩伦猥琐地大笑起来。

柴守礼得意地捋了捋胡须，说道：“老了老了，饱饱眼福而已！老弟如是喜欢，老夫改日买了姿色好的年轻女子，给你府上送几个！”

韩伦仰起满是老人斑的脸，狂笑起来。

精明的王祚却在这会儿皱起了眉头，他已经感觉到今日的宴饮安排得有些蹊跷。只听他说道：“老柴啊，兄弟我看老哥今日是有话要同我们几个说啊。你就打开天窗说亮话，说说吧！”

“既然上将军这么说，我也不瞒各位了，我就跟各位老哥说说心里话！”柴守礼见时机成熟，拿起酒杯自己喝了一杯，打开了话匣子。

“不瞒各位，老夫今日上午刚刚得到密报，据说潞州节度使李筠将军准备起兵反宋了！”柴守礼压低声音说道。

为了凸显事情的严峻，柴守礼将陈骏告诉他的消息说得铁板钉钉似的。

此言一出，王祚、王重霸、韩伦均脸色大变。王祚一瞬间将手中的酒杯重重蹾在桌上，杯中酒溅得老高，他冲柴守礼瞪着眼睛，像只被惊吓的野兽；王重霸手中举着夹菜的筷子愣在那里像尊雕塑；韩伦则低下头，眼睛盯着面前的酒杯，脸上的肌肉不断地抽搐。

柴守礼将几个人的反应看在眼里，继续说道："李筠在潞州坐镇多年，与北汉关系也不错。如果他们联手攻击中原，与今上之间的对抗鹿死谁手还真说不清楚。老夫今日特意摆设这个武后宴，不是仅仅为老夫自己与周太后而摆，也是为了各位老哥而摆。你们几个的儿子原来在世宗的朝廷内担任要职，如今成了宋朝的大员。今上与李筠真的干起来，实力相当，你我都得早做谋划啊。你们几个的儿子如果跟着今上对抗李筠，李筠如果胜了，恐怕很难再饶了他们——”

“等等，老哥，你的意思是今上很可能落败？”王祚急问道。

“这可不好说。老夫只知道，他们可能棋逢对手吧。可是，几位老哥可得想想了。上将军，你想想，你的儿子以前是世宗的宰执，目前虽然也是宰执，依老夫陋见，只是今上的权宜之计。赵普迟早会替代你儿子的位置，到那时，你儿子的下场，就很难说咯！”柴守礼看着王祚说道。

“还有你，你的儿子彦超当年未曾收留今上，也不知道今上最后会怎样对待他。”柴守礼又对忧心忡忡的王重霸说道。

“至于韩老哥，你的儿子令坤早年因为淮南之事与今上早有过节，假如今上真的战胜了李筠，你认为今上会让他长期执掌重兵吗？所谓兔死狗烹，汉刘邦与萧何、韩信的故事不是没有重演的可能性。这就是我找几位老哥来参加这次宴饮的原因，我这是为各位老哥担忧啊！”柴守礼说着，一副忧心忡忡的样子。这样子，倒不是装出来的，但是，他确实担心这几位老朋友，可他更担心着自己的柴家，还担心着自己的几个亲孙子。

酒桌上刚上不久的几盘菜正冒着热气。柴守礼的这一番话说完，四个人均陷入沉默，静得仿佛能听见热气升腾的咝咝声。

“司空大人，您的意思，是让咱哥几个以郑王或周太后为名，提早让孩儿们与李筠联手反宋？”韩伦脸上肌肉抽搐着说道。几个老头儿里面，数他最沉不住气。

“嘘！老夫可没有这么说。韩兄弟，你这话可是犯了叛逆之罪，传到朝廷那里可真要杀头啊！”柴守礼听韩伦说出这样的话，心里暗自窃喜，心想：“现在好了，咱几个都是一条绳上的蚱蜢啦！看样子他是动了这心思了。不过这韩伦说话办事毛毛躁躁，还真得提醒着点，否则谋事不成还要引来祸端！”

柴守礼继续说道：“老夫今日请几个老哥来，是想把李筠准备起兵的消息告诉各位，也想提醒哥几个有个准备。但是，究竟这棋该怎么下，还得看看形势再做决定。”

“柴老哥，那李筠准备起兵的消息可确切？”王祚问道。

“这三人中，果然数他最有心机了。”柴守礼心中暗想，“看样子，是时候将陈骏叫出来了。”

于是，柴守礼闭了一下眼皮，然后猛地睁开眼，肃然道：“消息千真万确。老夫这就给各位引见一人。”然后，他将头一抬，大声对门外侍立的婢女小梅喝道：“小梅，去将上午从京城来的客人请来。”

几个老头听到屋外有个清脆的声音答应了一声，便听脚步声噗噗远去。

过了片刻，只听小梅推开半扇门进来说道：“大人，客人到了。”

“请客人进来吧！你让阿柱去搬个绣墩，再拿副碗筷来！”柴守礼说道。

小梅应了一声，又往厢房去了。

陈骏刚刚吃完一大碗浆面条，正琢磨着怎样继续劝柴守礼，见小梅来唤他，心中知道柴守礼一定是请他进去议事。他进了餐厅，见还有其他人在，当下也不说话。

“来，老夫给各位介绍一下。这位客人，是韩通将军门客陈骏，今日刚刚从京城赶来。”柴守礼指着陈骏说道。

三个老头见陈骏穿着右衽短衣，一副雇工打扮，不觉露出轻蔑之色。

柴守礼又指着三个老头儿，依次向陈骏介绍。

这个时候，婢女小梅已经将一副碗筷拿来。陈骏见那个上午给自己开门的仆人跟着小梅抱来一个绣墩，心想，原来这个仆人的名字叫阿柱。

“来，坐下说！”柴守礼示意陈骏坐到下首的位子上。

陈骏也不推辞，一屁股坐在那个绣墩上。

“李筠准备起兵的消息就是他带来的！”柴守礼说道。

“陈骏，凭什么让我们相信你？”王祚阴森着脸，开门见山问道。

“自我家韩通将军全家被害后，我一直在京城伺机报仇，从京城内种种迹象表明，赵匡胤已经开始准备对付李筠了。我相信我的判断。信不信不是我的事。”其实，关于李筠将要起兵的判断，都是韩敏信告诉他的。在来洛阳之前，韩敏信特意再次与他见面，将天下的局势与他做了分析。陈骏深信韩敏信的判断。退一步说，为了复仇，即便那个消息是假的，只要有助于找到盟友，他也会按照韩敏信的吩咐去做。

“你不怕老夫抓了你送给朝廷？”柴守礼冷笑着说。

“司空大人这不是没有抓在下吗？”陈骏嘿嘿一笑。

“朝廷已经厚葬了你家韩将军，你又何必自找麻烦？”王祚问道。

“那只不过是朝廷掩人耳目安抚人心之举。韩将军于我有大恩，若不替他复仇，我这心里不安，怎能苟活于世？几位大人是没有看到韩将军满门被屠杀的惨象，那惨象，我今生今世都忘不了。在梦里，看到韩将军满身鲜血出现在我面前，那是什么感觉？你们知道吗？当那些断头人、断臂人隔三岔五跑到我梦里来，那是什么感觉？！”陈骏声音有些发颤，眼睛里流露出愤怒、恐惧，所说的话语充满了寒意。

王重霸听着陈骏的诉说，想起韩通满门被屠杀的惨象，不禁浑身起了鸡皮疙瘩，瞟了一眼柴守礼，只见他正紧皱着眉头。

“老夫听说，韩通的儿子韩敏信在那次屠杀中逃脱了。可真有此事？”柴守礼问道。

“在下也听说了。”陈骏冷然答道。

“可知他下落？”韩伦突然插嘴问道。

“在下也一直打听韩公子下落，可惜杳无音讯。”陈骏按照韩敏信的意思，隐瞒了他的行踪。

“如果李筠准备起兵，今上一定有所反应。你在京城还听到什么消息吗？”柴守礼瞪圆了眼睛追问陈骏，神色显得有些狰狞。

“朝廷正在紧急备粮，而且在周边用高价收购粮食。应该是在为开战做准备。另外，赵匡胤最近经常巡视汴河、蔡河的疏通工程。这两条道，是往京城运粮食的水上通道，这定然也是为开战做准备。”陈骏答道。

赵匡胤致力于疏通汴河、蔡河，最主要的动机乃是疏通粮道，保证每年粮食能够充足地供应汴京，也想通过疏通河道，增加商品流通，以此加强汴京的经济实力。至于备战，只能说是其中的动机之一。但是，在韩敏信、李筠、陈骏等人看来，赵匡胤的举动，百分之百是为了对付西北可能发生的变乱。

听了陈骏之言，王祚突然用手重重拍了一下大腿，说道：“对了，这倒让老夫想起一事。我儿前些天突然回洛阳一趟，本来说打算要在洛阳休息一段时间，还说根据今上旨意，过些日子要来问候周太后，只待了一天，京城就派了使者，让他赶紧回京，也不知是何急事。我儿毕竟在世宗在世时即担任宰执，我见他刚来就被急急召回，颇为担心他的安危，临走时便私下问他，他只说是朝廷机密，不可泄露。我不放心，便一再追问，他无奈之下才告诉我说，是今上近日要去扬州一趟，所以令他务必赶回京城与赵光义、吴廷祚等人商议有关事务。他告诉我后，还叮嘱我休要与他人说。”

“可是，近日也没有听说今上驾巡扬州的消息啊？”王重霸满面疑惑地问。

“有一种可能……如果是私服暗访扬州呢？”王祚压低声音环视了一下诸人。

“上将军的意思是，今上不放心淮南的李重进将军，所以私下探巡扬州？”柴守礼喃喃道。

陈骏听了王祚的话，一个念头倏忽在心底闪过。他也不说话，一边听着几个老头儿的议论，一边打起自己的主意：“好一个微服下扬州。这对我来说，倒是一个好机会！韩将军，您血仇得报的时候很快就到了！”

“上将军高见！不是没有这个可能。”王重霸说道。

“不错，李重进与李筠都是周世宗的亲信大将，两人关系也很不错。今上一定是担心李重进会与李筠联合对付他，所以暗中去扬州摸底。”柴守礼说道。

“看这样子，李筠即将起兵之事不是谣言。”韩伦道。

“司空大人，您看我们哥几个如何是好？”王祚试探性地问道。

柴守礼捋了一下胡须，沉思了片刻，说道：“依老夫看，几位老哥该派人进京找各自的儿子打听点消息了，摸一摸朝中大臣们的心思。另外，老夫认为，该私下派人去拜望几个重要的节度使。”

“司空大人说的是哪几个？”王祚问道。

“坐镇镇州的成德节度使郭崇、陕州的保义节度使袁彦、寿州的忠正节度使杨承信，还有坐镇晋州的建雄节度使杨廷璋，这几个人很关键。”柴守礼说道。

“司空大人高见，镇州西边是太原，北面是契丹，如果郭崇站在李筠一边，朝廷就会岌岌可危。陕州靠近北汉，可以对晋州、潞州构成半包围，若是袁彦与李筠联合，就会据有太行之险。而那寿州东面是扬州。至于晋州，东面为潞州，若与李筠联合，则会形成大气候。”王祚附和着柴守礼。

柴守礼见王祚思想如此之快，也不禁暗暗佩服。

“这几个人的态度，非常重要，如果他们都顺朝廷，我等就只能顺了朝廷，也只能待今上与李筠放开一战，然后见机行事。如果这几个节度使在李筠起兵之际便同样起了反意，那几位老哥还是赶紧劝服各自孩儿务必同李筠联合。现在，是到了天下布武的时候了！”柴守礼将声音压得更低了。

“可是，我等根本没有机会去京城与孩儿们面谈啊！”王祚低声道，“如果我们这当儿一起赴京城，让朝廷知道，必然起疑心。假如真要开战，大战在即，我等的儿子恐怕也不能来洛阳。”

“老夫有一计，不知各位老哥觉得怎样？”柴守礼捋着胡须说道。

“司空大人请说。”王祚道。

“是啊！司空大人说说！”

“我等洗耳恭听。”

“洛阳的牡丹天下知名，老夫想，可以让洛阳留守向拱发起，搞个牡丹盛会，等到四月里牡丹盛开时，邀请今上和朝中重臣前来赏花。然后，老夫陪着周太后、郑王，一起去觐见皇上。那时，各位老哥也可以与各自的孩儿私下见面。在那个时候，如果皇上能够给我等一些靠得住的承诺，我等就助他对付李筠。否则，咱们见机行事。如果有必要——”柴守礼话说至此，停了下来，用利刃一般的眼光扫了一眼在座诸人，然后继续用冷静的声音说道，“如果有必要，就请各位协力起事！王溥贤侄乃是当朝宰执，在文官中号召力非同一般，而令坤、彦超两位贤侄手握重兵，那个时候，还望几位老哥各自努力啊！否则，到时人为刀俎，我为鱼肉，咱们都可能成为胜利者的刀下之鬼！”

说完，柴守礼再次扫了一下席上诸人，漆黑的双眼发出猎鹰一般凶狠残忍的光芒。

# 七

赵普敏感地察觉到赵匡胤似乎对柳莺姑娘动了情，所以坚决要求一行人都回客栈住宿，而且暗示李处耘与楚昭辅当晚不要带风月楼的姑娘回客栈，由此断绝了赵匡胤带柳莺回客栈的念头。对于赵普而言，没有什么比保护皇帝的安全更重要的。他知道，他的全部梦想、他的全部赌注，都押在了皇帝身上。如果没有赵匡胤，他赵普就一文不值。尽管此前赵普暗地里已经向皇弟赵光义表示以后将效忠于他，但是，赵普很清楚，就当下而言，如果没有赵匡胤，他就无法实现心中的梦想。从这个意义上说，自视甚高的赵普在心底其实是将赵匡胤当成了实现自己梦想的工具。

赵匡胤也很清楚赵普的用意，但是，尽管知道赵普是出于忠心才阻碍他对柳莺感情的发展，他依然对这样的处境感到不快。同时，他也多次审视自己的内心，质问自己是否真的爱上了柳莺。他并没有给出一个清晰的答案，只是清楚地意识到，柳莺在他心底激起的波澜，与他对少时恋人阿琨的感情不一样，与他心底对自己第一任妻子贺氏的感情不一样，也与他对如月的感情不一样。对于柳莺，他一无所求，他甚至没有期望过这个可怜的女子能在心里爱上他。但是，他知道，这个女子拨动了他心底的弦。在离开风月楼的几天时间内，赵匡胤的心里对柳莺念念不忘，不时想起搂着她的腰肢时从指尖传来的那一丝暖暖的肉体的温柔，他很吃惊自己竟然会在这种时候，对这个陌生的女子，产生如此留恋的感觉和强烈的欲望。

这种感觉，让他对已经死去的妻子贺氏和现在的妻子如月充满了愧疚。他自己也很清楚，之所以顺从了来自赵普的隐形的约束，不仅仅是为了在近臣面前保持尊严，更主要的原因恐怕是他担心自己对柳莺的爱，会破坏他统一中原的计划。他知道，他的一生都会为了追求这个目标而努力。可是，如果得不到自己心爱的人，这个目标究竟有什么意义呢？当他想到与柳莺的分离，他感到困惑、沮丧。令他感到羞愧的是，尽管想到了这一层，他还是顺从了赵普的约束。“与其说是赵普对我的约束，还不如说是我自己的胆怯与虚伪吧！”赵匡胤陷入深深的自责中。

理智就像水珠，爱情的火焰一旦真的燃起，会将理智的水珠蒸发得无影无踪。

赵匡胤最终决定无论如何要在离开淮南之前再见柳莺一面。于是，在暗访淮南半个月之后，赵匡胤坚持要再次去趟风月楼。这次，赵普、李处耘和楚昭辅三个人只得听这个新皇帝的话，陪着他故地重游。赵匡胤特意让老鸨叫来第一次来时遇到的那几个姑娘。

这个晚上，赵匡胤四人与几个姑娘一起，像上次一样喝酒闲聊。赵匡胤请几个姑娘轮流唱一首曲子，而当柳莺唱完一曲的时候，他坚持让她再唱了一曲。

赵匡胤离开风月楼的时候，情不自禁地对柳莺说：“明日，我来请姑娘吃饭吧。”他知道，自己实际上明天就要离开扬州回京城了。为了给自己再见柳莺一次找理由，他自我安慰地想：“吃了饭再走也未尝不可呀！”

柳莺从赵匡胤温情脉脉的眼中看到自己期盼已久的情意，但是，她感到害怕，害怕自己眼睛所见的只是幻想，害怕自己心中所体验到的只是自己的幻觉。“难道，他真能真心对我这样一个风尘女子吗？算了吧。他这时的情意，只不过是一时的动情而已。”她这样充满悲伤地想着，口中说出了违背自己心意的话：“不用了，谢谢你。这几年，我自己攒了些钱。就在昨日，已经与嬷嬷商量好了，赎了自己。天一亮就离开扬州了。我会去沣州，去投靠我的一个叔叔。”

“难道真这么巧，天一亮就离开？”赵匡胤有些惊讶，口气中充满了失望与无奈。

“是啊，本不想与你说了……”柳莺低垂下头，伤心地说道。

“想不到，见面即是离别……”赵匡胤的声音有些颤抖了。他突然想起了阿琨，那一年，也是他放了手，为了追求心中的梦想，告别了阿琨，踏上了征战四方的道路。从此，那个让他第一次坠入爱河的女人，再也无法回到他的身边。如今，眼前这个他从心里爱上了的女人，让他再次面临别离——而且是一次近乎永别的别离。“难道不是吗？难道我与她还能再次遇上吗？难道这就是我要付出的代价吗？”赵匡胤悲哀地想着，夫人如月的面容也浮现在他的眼前，“还有如月，完全是因为我才变得不幸，如果她嫁给别人，也许会得到幸福。难道我不爱她吗？难道仅仅因为她是世宗安排嫁给我的，我才不爱她吗？还是——还是我害怕真正爱上她会给她带来厄运呢？如月怀了三个孩子，都夭折了，老天为什么要这样折磨她呢，是因为她嫁给了我吗？如果真是这样，我还是让柳姑娘走吧，也许，这样对她是公平的。假如我真的会给她带来不幸，我又有什么理由将她留在身边呢！走吧，如果命运真的让她离开我，就让她走吧。老天，如果你真的还能对我有一点点眷恋，就让她留下吧，留在我身边。不，还是让她走吧！”

赵匡胤颠来倒去地想着。

柳莺无言地望着陷入沉默的赵匡胤。从赵匡胤眼中，她看到了浓浓的悲伤。这悲伤，像乌云一样，出现在他的眼中，掩盖住了原来光芒四射的眸子。她不知道为什么，眼前这个人的眼中充满了如此多的悲伤。她在他的眼中看到了黑色的悲伤，在黑色的悲伤里面，看到了黑色的孤独。两行热泪从她的眼中滚了下来，挂在她粉嫩的脸颊上，又从脸颊上滑落，落在了她举在胸前的双手衣袖的袖口上，然后在衣袖上慢慢散开，浸湿了那柔软的光滑的绵绸。

“我明日午后也要出发回汴京城了……”赵匡胤说道，他绷着脸，努力装出平静的样子。

赵匡胤与柳莺，这个时候完全沉浸在他们两个共同制造的悲伤的空间中，他们旁边，赵普、李处耘和楚昭辅三人正各自与一个姑娘高声说笑。这些说笑声，在他们耳边缥缥缈缈，仿佛离他们很远很远。这些说笑声，尽管在他们耳边响着，但是在他们心里却没有激起任何有意义的联想。他们也同样不知道，就在这个时候，危险正在像阴影一样，悄无声息地向他们逼近。

此时，风月楼二楼，临街一面，一个神秘的黑衣人打开了一个包间会客室的格门，迈步走到了回廊上。大红灯笼的光芒为他的身子笼罩上红光。他缓缓沿着回廊走动，不时将眼光望向远方，看起来，似乎在欣赏扬州的夜景。他慢慢走到临街回廊一边的尽头，折了个弯，拐到了二楼侧面的回廊上。在一个带木格子的钩窗前，他停住了脚步。他警惕但似乎是不经意地往两边看了看。这段回廊，不是临街的。红色栀子灯笼的“瀑布”在临街的一侧。灯笼红色的光芒照不着他。这段回廊上，除了他之外，只有月华投下一些横竖错乱的大树枝叶的影子，但是一个人也没有。他在那扇钩窗前立住一动不动，装出往远处看夜景的样子。过了片刻，他缓缓移动一下身体，扭过身子，用手指蘸了一下口水，轻轻地戳破厚厚的窗纸。他微微低下身子，眯着一只眼睛，透过窗纸的破洞悄悄往屋内窥视。透过这个破洞，他看到包间会客室内烛火辉煌。在数对男女中，他看到了他的目标正在与一个年轻的姑娘轻声细语地交谈。

神秘人心中不禁狂喜，觉得自己的机会已经来了。他从怀中摸出一把小型弓弩，用极其缓慢的动作将一支弩箭装上弓的机关。他没有发出一点声响，冷静地准备好了刺杀工具。他将这支小弩慢慢地塞进窗纸的破洞。也许是由于过于激动，他的手有些颤抖。他屏住了呼吸，冷静了片刻，终于扣动手中弓弩的扳机。伴随着一声尖锐的声响，一支小弩箭飞出，直奔他的目标飞去。

这个神秘刺客的目标，正是赵匡胤。

飞弩划破空气的声音惊醒了欢声笑语中的楚昭辅。他听得响声，扭头看去，只见会客厅的钩窗外人影一晃。楚昭辅心知大事不妙，紧张地大喝一声，便腾身往窗口扑去。

在扑向窗口的同时，楚昭辅又大吼了一声：“有刺客！”

李处耘的反应其实比楚昭辅还要快，他几乎是在神秘人拿出弓弩塞入窗纸破洞的时候就察觉到了不对劲。在神秘人发射弓弩的一刹那，李处耘正好发现了他的方位。几乎是弩箭射出的同时，李处耘已经抓起一只木碗向飞出的弩箭掷去。

但是，木碗的速度毕竟没有弩箭快，它只是轻轻掠到了弩箭的尾巴。

那弩箭被旋转的木碗微微一碰，稍稍改变了方向，斜斜射向柳莺。

赵匡胤此时不及多想，用力将柳莺往旁一推，只听噗的一声，那支从窗纸破洞中发出的弩箭正好射在他的肩膀上。他顿感一阵剧痛袭来。

赵普见到如此突变，不禁一声惊呼。

赵匡胤被弩箭射中后，上身摇晃了一下，随即翻身倒下。赵普和李处耘都倒吸了一口冷气，慌忙扑上去扶住赵匡胤。

这时，楚昭辅已经破窗而出。他在二楼回廊上站稳的同时，只见一个黑衣人已从回廊往旁边的大树纵身跃去。只见黑衣人脚下一点，半空中借一根树枝的缓冲力，远远跳落在地面上。楚昭辅担心还有其他刺客，左右看了一眼回廊，发现没有其他人才从回廊跳到地面，发力向正在跑远的黑衣人追去。

这个刺杀赵匡胤的黑衣人，正是韩通门客陈骏。原来，当他在柴守礼的“武后宴”上听说了赵匡胤微服私访淮南的消息后，便订下了赶赴淮南行刺的计划。离开洛阳后，他马不停蹄地赶到扬州。他揣摩着赵匡胤微服私访淮南的心理，把搜索的目标设定在中等规模的客栈。他猜想，赵匡胤等人既然微服私访，肯定希望掩人耳目，不会去大客栈落脚，但是为了安全，扈从们肯定也不乐意将皇帝安排在小而脏乱的小客栈。这样一来，不大不小的中型客栈就最可能是他们的落脚点。陈骏见过赵匡胤，知晓赵匡胤的身材容貌。他想，相貌可以通过易容术稍加改变，但身材毕竟是改不了的。陈骏的推理没有错。要在数量有限的中型客栈打听一个身材高大的中原来客的行踪——而且这个客人肯定有几个扈从，对于陈骏来说并非难事。他花了几日工夫，便查到了赵匡胤等人的行踪，找到了他们下榻的客栈。这天晚上，陈骏正是尾随着赵匡胤等人，来到了风月楼。陈骏终于在这个晚上找到了刺杀的机会。在逃离的那一瞬间，陈骏瞥见赵匡胤倒下了。当然，现在他还不知道自己的那一箭是否命中了赵匡胤的要害。

李处耘用力拔出赵匡胤肩头的弩箭，拿到烛光下仔细查看，只见箭头在烛光下泛着幽幽青光。李处耘看在眼里，眉头不由得皱了起来，心想："不好，好像有毒。"

这时，柳莺已经从地板上爬起来奔到了赵匡胤的身边。她被眼前发生的事情吓得浑身发抖。但是她知道，自己侥幸得脱，都因眼前这名刚刚认识不久、第二次见面、尚不知道名字的男子舍命相救。她大口喘着气，想让自己尽快地冷静下来。

柳莺扶着赵匡胤的肩膀，感觉到了他衣服内坚实的肌肉，感觉到了他的身体在微微颤抖。"冷静，冷静！"柳莺在心底对自己大声地说着。这一刻，她紧张得无法说出话来。

仿佛过了许久，她发现自己终于能够开口说话了。令她自己都没有想到的是，她会说出如此大胆的话："这弩箭肯定有毒。小女子曾学过医术，就让我来吧。请借匕首一用。"

柳莺指了指李处耘腰间别着的一把用鲛鱼皮做刀鞘的匕首。

李处耘犹豫地看了赵匡胤一眼。赵匡胤忍住剧痛，微笑着点了点头。

李处耘从腰间拔出匕首，盯着柳莺看了一眼，便将匕首递给了她。

赵匡胤看了李处耘等人一眼，说道："让小凤姑娘和其他几个姑娘赶紧离开吧。让她们出去后休要乱说。"

李处耘阴沉着脸，用令人战栗的眼神扫了一眼小凤、芍药等几个姑娘，说道："我家老爷在生意场上得罪了不少人。今晚这事情，就当没有发生过。你们出了这个屋子，可知道怎么说话吗？"

小凤、芍药等姑娘早已经被眼前的突发事件吓呆了，听到李处耘这么一说，才缓过神来，一个个颤抖着身子，战战兢兢地点头不止。

“你们走吧！”李处耘冷然道。

几位姑娘慌慌张张地往房门走去。

“等等！”赵匡胤声音低沉地喝道。

已经被吓得魂飞魄散的姑娘们吓得赶紧止住脚步，不知道又会发生什么事。

“多给她们一些。”赵匡胤拿眼向赵普示意。赵普会意，从随身的包裹中拿出一包铜钱，递到小凤姑娘手中。

“几位姑娘拿去添些头面吧。记住，今晚的事情，你们什么都没有看到。明白吗？”赵普再次提醒了一下几位姑娘。

小凤等人识趣地点点头。

“你们去前后门守着，休要让外人进来。”赵匡胤说道。

李处耘、赵普为之前疏于防备而后悔不已。他们满以为此次微服私访神不知鬼不觉。皇帝微服私访除了他们几个之外，只有几位宰执知道。他们的行踪是怎么泄露的呢？不论赵普，还是李处耘，心里都浮出了这样的疑问。但是，他们此刻都是脑子一片混乱，还不能理出任何蛛丝马迹。此时，他们虽然放心不下，但也知道赵匡胤说得没错，现在待在屋里帮不上什么忙，在屋外守卫才能防备可能再次发生的偷袭。于是，两人交换了一下眼色，各自抱着极度后悔的心情，一个去守包间的前门，一个去看着包间会客室通往回廊的格门。

屋子里只剩下赵匡胤和柳莺两个人。刚才满屋子的欢声笑语一下子没有了踪影，仿佛在一瞬间就消失在虚空中了。

柳莺使劲稳住微微发抖的手臂，拿着匕首慢慢挨近赵匡胤肩头，轻轻割开他肩头的衣服。这时，她看到在新伤旁边有一道可怕的长长的暗红色的刀疤，不禁吃了一惊，拿匕首的刀停在那里猛然颤了一下。

“姑娘还犹豫什么，快动手吧！”赵匡胤的额头冒出了冷汗，忍痛微笑着说。

柳莺咬了咬牙，将手中的匕首慢慢刺入赵匡胤肩膀的肌肉中，又慢慢往下一用力，小心地割开了伤口。

“的确有毒。官人忍一下！”柳莺说道。

赵匡胤一时间没有反应过来，不知道柳莺要做什么。正在疑惑之际，他突感肩头一麻，一股温暖酥软的感觉伴随着疼痛一起袭上了他的心头。他的鼻中，闻到了一股幽香，他的耳边，感到了一种湿软的摩擦。原来，柳莺已经伏在他的肩头，她那温软红艳的嘴唇，此时已经触到了他流着青黑色鲜血的伤口。

“她是在帮我吸毒血呀！”赵匡胤猛然意识到。

没错，柳莺正低下头，在他的伤口上拼命地吮吸着毒血，每吸出一口毒血，便吐在旁边的酒碗中。她不停地吮吸着，直到看到伤口流出鲜红的血液才停下来。

“忍一下！”

由于剧烈的疼痛与嘴唇温暖的触感奇怪地混合在一起，赵匡胤有些迷乱。突然，他感到一阵剧烈的刺痛从伤口袭来，一刹那间传遍全身。他忍不住大叫了一声。原来，柳莺已经将一碗烧酒全部浇在了他的伤口上。

那阵闪电般的剧痛过去后，赵匡胤感觉到一种又沉又麻的疼痛，这时，他才发现自己满脸渗出了汗珠子，脖子上、后背上也已被冷汗浸透。

柳莺喘了口气道：“应该没事了。”

赵匡胤仰起脸，望着眼前这个刚刚认识不久的女子，怜爱之情、感激之情、爱慕之情、歉疚之情，无数种情感复杂地搅混在一起。他一时说不出话来，只是愣愣地看着她。

柳莺的脸上浮出了红晕。

“应该没事了。”她红着脸重复着方才说过的话。

“姑娘何必冒险救我？”

“小女子命贱，官人又何必冒险为我挡这一箭呢？”

“这玩意儿本就冲我来的，让姑娘犯险，已经令我心愧不已了。”

“是官人的仇人吗？”

“嗯。”赵匡胤含含糊糊地答道。他确实不知道刺客是谁。

“官人也从过军吧？”

“这都被姑娘看出来了。我的确从过军打过仗。”

“这年头兵荒马乱，官人为何从军呢？”

“很多年前——”赵匡胤开了话头，便停顿下来陷入沉默，心里想要不要把自己的过去告诉柳莺。转念之间，他还是决定说一说自己的故事。他想对她倾诉。

他继续说道：“很多年前，我还是个少年的时候，认识喜欢过一个姑娘，她的名字叫阿琨。有一天，我与那个姑娘离开了我们的村庄，像往日一样去野外嬉戏。我们两人骑着马，在风景如画的山坡上飞奔了许久。当傍晚来临，我们便骑着马儿往回赶。当我们来到近村的那个山口时，从山头看到，整个村庄都在燃烧。大火显然已经烧了很久。我们的村庄，已经是一片火海。我和阿琨都惊呆了。我们不敢靠近，我们吓坏了，只能愣愣地待在山岗上，无助地看着我们的家园被烈火焚毁。大火烧了很久。稍晚些的时候，下了一场雨。如不是那场雨，我们的家园恐怕会彻底成为灰烬。我们等着大雨浇灭了烈火，方才骑着马赶回村庄。烈火余下的灰烬之间，到处散布着村民的尸首。我们被看到的景象惊傻了。我们骑马穿行在断壁残垣间，哭红了双眼。我们的快乐在一瞬间被击碎改变了。我们的村子，我们的家园，遭受了兵祸！村子里的很多男人被杀，连男孩都未放过。自那个时刻起，我就想要为那些死去的人报仇，我更想要结束这个乱世。当时，我的父亲不在家中，幸免于难。我的母亲，因为躲在地窖中而逃脱了一劫。万幸的是，阿琨的父母当日碰巧去了附近的集市卖自家种的红薯，也躲过了这次兵灾。可是，这次事件彻底改变了我。我告别了阿琨姑娘，投奔了周世宗的军队，因为他们是杀害我们村人的军队的敌人。我答应一定会回去接阿琨。三年后，我回来接她时却获知她遭遇了又一次兵乱，她的双亲在兵乱中被杀害。后来，我四处打听，才知道那次兵乱中阿琨被一位将军救走了，那位将军与我同事周世宗，算是同僚吧，那时，阿琨已成了那位将军的小妾。而后来，世宗为了争取支持力量，命我与一名将领的女儿成了婚。这就是我的故事。再后来，我——我便离开了军队，与朋友一起做起了生意。”除了最后一句，赵匡胤说的都是实话。

赵匡胤将多年未曾提及的往事说了出来，心里仿佛一下舒畅了许多。

此时，屋外突然有人敲门。

赵普在门外说道：“老爷，在下有急事告知。”

赵匡胤从往事中回过神，道：“进来说吧。”

赵普推门进来，附在赵匡胤耳边。

赵匡胤听着听着，脸上神色越来越凝重。稍许，他抚着伤口努力站了起来。

“我——这就告辞了！柳姑娘多保重。”赵匡胤斩钉截铁地说道。

柳莺似乎还沉浸在悲伤的故事中。听赵匡胤这么一说，略微一呆，愣愣地看着他，沉重的悲伤弥漫了她美丽的双眼。她看着赵匡胤，眼睛眨了眨，睫毛上闪烁着晶莹的光亮。

“官人珍重。”她有些哽咽地说了四个字。说这话的时候，她的一只手无意识地举到胸前，手指甲使劲抠着绵绸衣襟的湖绿色的边缘，另一只手无力地垂在身体的一侧。

“人生说到底，只不过是对过去的记忆、当下的活着，以及对未来的希望，能够在此与姑娘相遇，已是我三生有幸。姑娘救命之恩，如果日后有缘，我定当报答。姑娘珍重！”赵匡胤说完，迈步往门口走了几步，又停住了。他缓缓转过身，走回到柳莺的身前，眼睛直直地盯着柳莺，仿佛要把她的容貌永远烙印在自己的心中。过了一会儿，他又扭头往桌案上看了看，仿佛要找什么东西。

这时，他看到了桌子上那把柳莺为他割开伤口的匕首。他拿了起来，又捡起了方才被柳莺扔在地板上的鲛鱼皮制作的刀鞘。他将尚沾着自己鲜血的匕首塞进刀鞘，在手心里捏了捏，便缓缓递给柳莺。柳莺犹豫了一下，从他手中接过了那把匕首。

“留个纪念吧。如果以后有缘能够与姑娘再见，我——”赵匡胤说到此处，不知该说什么，便硬生生停住了。他心痛地想：“原谅我吧，也许咱们再也无缘相聚了！”

他再次转过身，向包间的房门走去。这次，他没有回头。他不敢回头去看，一步不停地走出了门口。

翻身上马之后，他有些莫名其妙地想起了如月：“我伤害了如月，又几乎害死萍水相逢的柳莺姑娘。如月因我而忍受着另一种伤痛。究竟是我不爱她，还是因为是世宗为我安排了与她的婚姻，我才反感她？难道，在我心底，暗暗抵触的不是如月，而是世宗？”想到这里，他感到浑身的汗毛都立了起来。赵匡胤感到被一团浓厚的黑云笼罩了，这团黑云，不是来自外面，而是来自他自己内心最为隐秘的角落。

“看清刺客面容了吗？”赵匡胤问已经赶回来的楚昭辅。

“没有，他跑得太快了。还蒙着面。”

赵匡胤也不追问，身子随着马的步伐心不在焉地自然晃动着。他的心也在晦暗不明的浓雾里晃悠着，一会儿思念着柳莺，一会儿牵挂着如月：“如月，这个可怜的女人，在幽暗的宫殿中静静地窥视男人的世界，可是，她看到的世界是多么小啊！柳莺，比如月经历了太多的人生风霜，看得也更多，可是她竟然连我的名字也无法知道。而我，又有什么理由去责备她们呢？与她们相比，我看到的世界虽然更大更广，却完全是个杀戮的世界，是个权谋与刀剑交织的世界。可是在心的面前，我也只是一个站在幽暗的阴影中的可怜人，心神不宁地窥视着自己的内心与别人的内心。兴许，我也只是看到了世界一个很小的角落。”

赵匡胤骑着马，胡思乱想着。

“刺客好像事先就知道了我们的行踪。这事情有些蹊跷。”赵普在马背上突然扭头对赵匡胤说道。他骑着马，走在赵匡胤的旁边，只是稍稍落后赵匡胤一个马头。

“你的意思是我们微服暗访淮南的消息，之前已经泄露了？”赵匡胤问道。

“不然，如何解释这件事？弩箭明摆着是有目标的。”

“可是，这件事除了你们几个，知道的人也就是光义、范质、王溥、魏仁浦、陶谷这几个人。他们不可能走漏消息。他们中的任何一个，都不希望目前的局面失控。”

“不错！他们中的任何一个，现在都不可能左右局面。可是——”

“可是什么？”

赵普犹豫了一下，压低声音道：“可是，如果他们几个联合起来呢？”赵普冒了一个险，他想探探赵匡胤的态度，看是否能够将矛头指向赵光义。如果能够借此除掉赵光义，他自己就彻底安全了。况且，赵普其实心里真是觉得，刺客还真有可能是赵光义派来的。

“不可能，他们几个不可能联合。范质的为人，我信得过。王溥、魏仁浦也不可能背叛。陶谷没有这个胆子。光义是我的兄弟啊！”赵匡胤摇摇头。

“只是——”

“掌书记，退一步说，即便是他们几个联合，他们现在也不能左右局面。他们中的任何一个，都不会去冒这个风险。”

“那就奇怪了。刺客是怎么知道我们行踪的呢？”

“或许，刺客在京城便盯上我了，有可能一直尾随我们到了淮南。”

“那怎么解释他今晚才下手？”赵普即便再神机妙算，也想不到陈骏知道这个消息的偶然性。

赵匡胤扭头看了一眼赵普，说道：“有没有可能是韩敏信安排的人？或许，是李重进的人？”

“陛下，我看有必要查一查行踪是如何走漏风声的。”赵普说道。

“说得也是，这事待回汴京后，我安排李处耘暗中查一查。你暂时不要插手，别把事情搞大了。”赵匡胤心里揣摩着究竟是哪个重臣泄露了消息。随后，他勒了一下马缰绳，让马儿站住了。

“扬州有卖琴的地方吗？”赵匡胤忽然扭头问赵普。

“什么？”赵普一愣。

“哪儿可买古琴？”赵匡胤又问了一遍。

“有啊。州桥附近就有一家。”赵普回过神，带着疑惑的神情回应道。

“好，现在就去。我想买把古琴带回汴京。”

# 卷二

# 一

微服私访扬州的几日，使赵匡胤更加深刻地意识到，战争并非王侯将相地图上的游戏。战争的残酷，关系到天下无数普通人的命运。柳莺就是其中一例。战争使她的命运从此改变，蒙上了难以抹去的阴影。对于战争的这种认识，赵匡胤之前并非没有。但是，柳莺这样一个孤弱女子，就那样活生生地出现在他的身边，这给他带来了莫大的心理冲击。他甚至开始怀疑，他统一天下的愿望究竟有没有意义。不过，当他想到自己有可能结束五代以来的纷繁战乱，用几十年的征伐换来数百年的太平，他的心又渐渐坚硬起来。统一天下、开创太平盛世的信念，如今仿佛是淬过火的钢。

扬州遇刺的事情，使他微微感到不安。李处耘暗中进行的调查没有任何结果。赵匡胤只能将此事搁置不提，心中却暗自盘算要用新人慢慢将几位老臣从重要岗位上替换下来。他知道，只有这样，才能使自己处于更加安全的境地。

至于如何对待南唐，赵匡胤心里也已经大概有了底。他知道，南唐民心尚在，还不能急于发动战争，吞并南唐的时机还远远没有到来。

当赵匡胤一行潜回京城时，李重进派出的秘密使者翟守珣已经带着密信到达了潞州。

潞州节度使李筠回到潞州后，对外称病，在派人秘密赶赴洛阳游说柴守礼的同时，暗中已经开始大力招兵买马，储备军粮，只等时机成熟便发兵反宋。

淮南节度使李重进的密信到来，令李筠大喜过望。李筠当即决定尽快正式起兵讨伐赵匡胤。他请翟守珣火速返回淮南，请李重进届时务必同时发兵。翟守珣离开后，李筠又叫来闾丘仲卿与儿子李守节共同商议。

“李重进已派密使前来，同意共同起兵讨贼了！吾大计成矣！”李筠说着，重重拍了一下茶几。

“不然！”闾丘仲卿慢慢放下手中茶杯，干净利落地说道。

闾丘仲卿的回应令李筠大感意外。

“仲卿，你之前不是说，只要有南北呼应，则可起兵吗？”

“不错，之前我是曾说过。不过，如今情况有些变化。最近，我安插在京城的密探来报，朝廷刚刚下了诏书调任李重进去青州。这样看来，朝廷似乎已经将李重进可能出现的行动考虑在内。主公，这一情况，我们不能不防。”

“依你之见呢？”

“我们需要争取更多的同盟者。至少，我们应在四方布下疑阵，以牵制赵贼。如今，有可能争取的力量除了最为关键的淮南节度使李重进之外，还有保义节度使袁彦。此人性轻率，政出群小，陕人多患之。自从赵贼窃位以来，袁彦日夜缮甲治兵，他的行动，必然引起赵贼的怀疑。我们只要火上浇油，即使不能拉袁彦起兵，也能分散赵贼的注意力。另外，忠正节度使杨承信、建雄节度使杨廷璋也都是我们可争取的人。之前，在下已经派人前往江淮一带散布谣言，说杨承信思念先帝，已有反心。而杨廷璋，则是赵贼难以放心之人，他的姐姐，乃是周祖的妃子。成德节度使郭崇那边，我们也可去游说。此人重情重义，素受世宗眷顾，必对旧主有报恩之心。只要我们利用这些，就可能争取到更多同盟的力量，至少可用谣言乱了那赵贼的心思。如此，有北汉于北起兵，有李重进于南举旗，再有各方节度使呼应，我潞州方有回旋之余地。到那时，主公就可以学汉刘邦，进击京城，与赵贼决一胜负了。”

“好！仲卿考虑周全。果然乃我潞州第一谋士！”李筠哈哈大笑起来。

赵匡胤匆忙赶回汴京，是因为离开汴京之前安排的密报人员送来情报。情报显示，在西京的司空柴守礼最近正在与成德节度使郭崇、保义节度使袁彦、忠正节度使杨承信、建雄节度使杨廷璋等人联系，而蹊跷的是，在这一段时间，这四位节度使几乎是同时加强了军备。

这个消息让赵匡胤不得不感到心惊。“难道柴守礼想以郑王为旗帜，怂恿几个节度使联合起来反对朝廷？也许，当初让郑王与周太后移居西京是个错误。只是，如果柴守礼要起事，为何不联络李筠？或者，真的只是巧合，是我多疑了？或者，柴守礼是因为朕将郑王迁到他宅中居住后，感到了潜在威胁，所以想拉拢几个节度使来稳定自己在新王朝中的地位？”赵匡胤在回京的路上心神不宁地思量着如何应对西京可能发生的变故。

回京以来的几日里，除了潞州之外，有关成德节度使郭崇、保义节度使袁彦、忠正节度使杨承信、建雄节度使杨廷璋的信报还在增多。从这些信报来看，这几个都有随时起兵反抗朝廷的可能。赵匡胤从四方送来的报告中嗅到了一种风波将起的气味。

不过，令赵匡胤感到奇怪的是，淮南节度使李重进那边，倒是似乎安静多了。

“难道，朕对李重进的判断出了问题？”诸多的报道确实令赵匡胤感到非常困惑，但是，对于李重进的顾忌却依然是他心中最大的一块石头。这是因为，在淮南十四州的背后，还有南唐这个足以与中原抗衡的南方大国——至少从土地面积与财力来看，南唐并不是完全没有战胜中原之国的机会。尽管此前通过一次盛大的明德楼宴饮，赵匡胤知道南唐短时间内不可能冒险进击中原，但是假如李重进与李筠一同起兵，天下的局势必然大变，到那个时候，南唐就很可能趁机图取中原。

“所以，最好的战略是阻止他们的联合，只要他们不一起起兵，朕就可能将他们一一击破。”赵匡胤心里暗暗谋划着实现这一目标的具体思路。

在崇元殿的龙椅上，赵匡胤已经坐了有一段时间了。现在，他已经慢慢熟悉了这把椅子。他开始熟悉了它的红色。“是的，周尚木，木生火，大宋以火德王。这个颜色不错，庄重而热烈！”有时，他会在心里暗暗对它的颜色做出评价。他开始熟悉这把龙椅的两个扶手了，抚摸着扶手上两个黄金雕铸成的龙头，如今就像抚摸着自己拳头一样。他开始熟悉龙椅靠背上头两端的两个黄金雕铸的龙头了。他知道，就在这四个黄金龙头的口中，各有一块打磨成菱形的红宝石，每块红宝石下，又悬垂着三颗小的红色玛瑙。他依旧不是很喜欢黄金的龙头和红色的宝石，但是，经过这段时间，他已经对它们感到熟悉了。“好吧，如果这样有助于君主的威严，它们就是必需的了。就好比朕要摆设明德楼宴饮震慑南唐使者一样，它们是必需的。至少是现在！”赵匡胤有时也会这样想着。

赵匡胤决定冷静下来仔细判断一下当前的形势，他必须对这些潜在的威胁做出应对。“绝不能让局面失控！否则，别说什么天下一统，即便是世宗打下的根基都可能动摇！”他在心里一遍又一遍地警醒自己。不过，四伏的杀机并没有令他沮丧。危险越大，压力越大，他越感到斗志昂扬。赵匡胤就是这样一种人！

赵匡胤在脑海里，不断描画着各个节度使的领州的方位：成德节度使郭崇镇所在镇州，西为太原，北有契丹。保义节度使袁彦镇所在陕州，如与北汉连气，可对晋州、潞州形成半包围之势，若是与晋州、潞州连气，则据太行之险，又有黄河之护。忠正节度使杨承信镇所在寿州，乃东向与扬州遥相呼应的要害之地。建雄节度使杨廷璋镇所在晋州，东面为潞州，若两者连为一气，颇令人担忧。

“这些地方，皆与潞州气息相连，不管是否是谣言，朕必须趁早做出决断，否则，一旦潞州起兵，这几处纷纷响应，那后果将不堪设想！”赵匡胤在心里告诫自己。

赵匡胤决定在采取行动之前去拜访一下宰相范质。

范质这些天并未上朝，卧病在床。

就在不久之前，赵匡胤免去了范质与王溥兼任的参知枢密院事之职。参知枢密院事乃是枢密使的副手。枢密使是唐代宗永泰二年开始设立的，最初由宦官担任，负责将下面奏呈呈给皇帝，并将皇帝旨意下达给宰相，主要的职责乃上传下达。唐末朱温不用宦官，由朝臣充当枢密使。五代纷乱时，枢密使几乎都以武官担任，掌军国大事。

入宋后，赵匡胤以魏仁浦、吴廷祚为枢密使，一度令宰相范质与王溥参知枢密院事。在这年二月四日，赵匡胤为范质加侍中，为王溥加司空，为魏仁浦加右仆射，而加吴廷祚为中书门下二品。这几位重臣，看似各有升迁，实际上被削弱了对于军机大事的掌控权。

但是，当谣言四起的时候，赵匡胤再次想起了这几位前朝重臣。在这几位之中，赵匡胤最信任的乃是范质。

在博学强记的魏仁浦面前，赵匡胤多少感到有些心虚。而王溥呢，赵匡胤又觉得他似乎在任何时候都并不尽全力，有令他捉摸不透的一面。至于吴廷祚，赵匡胤则打算进一步削弱他对军国大事的掌控权。

他心里早有打算，迟早要以自己的亲信李处耘逐渐分夺他们的权力。不过，李处耘目前资历尚浅，出任枢密使还未到火候。唯有范质，不但见识非凡，气节高尚，而且为人忠诚，最合赵匡胤的胃口。另外，范质在赵匡胤兵变之后所表现出来的对于世宗的忠诚和对于天下的责任，更令赵匡胤感到安全。若范质不是前朝重臣，赵匡胤很可能给予他更多的权责。

赵匡胤只带了几名亲信前往范质的府邸。这还是他登基以来第一次亲自拜望范质。

范质这几日卧病在床。赵匡胤知范质病重卧床，进入范府后，便令范府之人不必传告，只让管家带着径直便往范质的卧室。宰相府邸异常朴素，几乎有些寒酸。这令赵匡胤感到有些于心不安。到了范质卧房的门口，赵匡胤让管家退了下去，令亲信楚昭辅带刀候于门外。

当赵匡胤走近卧榻之时，范质方才发觉是皇上御驾亲临。范质又是感动，又是慌张，挣扎着从卧榻上坐起，欲下床参拜，却被赵匡胤一手按住了肩膀。

“范爱卿，不必拘礼了。这是我来打扰你了呀！朕数日不见爱卿，心里也颇为挂念。”

“陛下……老臣哪敢劳陛下亲自过问呀！”范质老眼蒙眬，眼眶子已经热泪充盈了。

“听说你已经数日未下得床了，今日可感觉好些了？”

“其实也没啥大毛病。年纪大咯，这前一阵熬了几夜，竟熬出病来了。岁月不饶人呀。”

“是呀，时间是过得快呀……”不知怎的，柳莺唱的那首词突然又回荡于赵匡胤的脑海中。

山川风景好，自古金陵道。少年看却老。

赵匡胤看着范质的满头白发，一阵发愣。柳莺的影子在他眼前晃了一下。青丝。白发。美艳的红颜。衰弱的老人。

“陛下！”

“……”赵匡胤回过了神来。

“对了，范爱卿，其实朕今日前来打扰，实是有事向你请教。”

“不敢，不敢。陛下折杀老臣了！”

“这么说吧，今天朕是来‘问人’的。”

“问人？”范质一下有点摸不着头脑。

“向范爱卿问四个人。”

“……”

“这第一个要问的，乃是成德节度使郭崇。爱卿觉得此人怎样？”

“忠义之士。”

“保义节度使袁彦呢？”

“莽撞无谋，却勇冠三军。”

“爱卿认为他可能谋反吗？”

“陛下何出此言？”

“哦，是这样的，最近有密报说袁彦整治军兵，意欲谋反。”赵匡胤不动声色地说道。

“这……”范质低下了头，沉默不语。

“好了，是朕为难爱卿了。”

“这第三个人，乃是忠正节度使杨承信。”

“陛下，老臣不敢说。”

“那么，建雄节度使杨廷璋呢？”

“老臣还是不敢说。”

“哦？爱卿为何不敢说？今日就你我二人，你所说的话，绝不会有第三个人知道。”赵匡胤目不转睛地盯着范质。

“请陛下治老臣死罪！”

“爱卿，怎的突然说这话？”

“陛下硬是要老臣说，老臣唯有先请一死。”

“真是拗老儿！先前未死成，这会儿又来要挟朕！”赵匡胤心里暗怒，但是这种怒气一瞬间淡去了。“朕现在是皇帝呀，朕怎能怪罪于他。要说实话，毕竟是常常有风险的呀！”正是这种想法，使赵匡胤的心立刻平静下来。

“这样吧，不论你说什么，朕都不怪罪于你。”

“既然这样，老臣就要说，陛下所问的几个人，他们是否会谋反，不在于他们自己，而完全在于陛下！陛下若想令他们反，他们不能不反。陛下若令他们不反，他们必然可以为陛下所用！如果他们几位谋反，真正的罪人乃在于陛下，而不在于他们。”

赵匡胤闻言，浑身一震，仿佛被雷击一般，慌忙立起，说道：

“范爱卿，今日多谢你的肺腑之言。朕受益匪浅。朕告辞了！改日再来看望爱卿。”说罢，不待范质回话，便匆匆走出屋去。

“……”见皇帝如风一般来，又如风一般去，范质不禁发起呆来。

## 二

自范质府邸出来后，赵匡胤心情异常沉重。四处潜在的隐患使他比以前想得更多，想得更远，也想得更累了。

这天晚上，赵匡胤想到很久都没有与家人一起用膳了，便在退朝后径直往后宫而去。这个偌大的皇宫，赵匡胤已经渐渐熟悉起来了。但是，每当他往后宫走去，他的心就会处于一种非常矛盾的状态。一些复杂的情感会让他感到心情压抑。他知道，他将要去的地方，曾经是周世宗的后宫，在那里，曾经生活着周世宗的妻子儿女们。可是，如今，他成了这后宫的主人。他曾经舍生忘死为周世宗而战斗，可是如今不是别人——正是他，占据了周世宗的后宫。这让他在心底感到愧疚。“周世宗对我不薄，可是，他的后人、他的妻子，却被我赶出了本属于他们的家园。”每当他从皇宫的前殿走向后宫的时候，这种想法就像一条毒蛇，慢慢吞噬着他的内心，折磨着他的良心。

他一边走向后宫，一边忍受着因为占据了周世宗后宫而产生的良心的折磨。还不仅仅如此，更加复杂的感情纷沓而来，他走着走着又想道：“自从兵变登基以来，我不知不觉地将母亲、如月和孩子们冷落了呀。”除这个念头之外，他又隐隐觉得，另有其他原因促使他想去看看家人。

当赵匡胤环顾身旁侍卫的时候，他突然明白了，在这个时候他之所以如此想念家人，很大的原因是近来不断送来报告，使他感到杀机四伏。在皇帝这个位置上，他开始感到了一个帝王的孤独与不安！

……

在晚膳时，赵匡胤与皇太后、如月、皇妹阿燕、皇子德昭以及两位公主难得地坐在了一起。

在二月乙亥，赵匡胤已经为母亲南阳郡夫人加尊号为皇太后了。但是，考虑到王朝新立，天下尚未大定，他尚未给自己的夫人如月和妹妹阿燕加尊号，所以如月虽然实为皇后，但正式的封号还是琅琊郡夫人，而阿燕还没有任何封号。

"母亲，最近孩儿政务繁忙，未来看望母亲，孩儿真是心中有愧呀！"赵匡胤不安地说。

"吃饭，吃饭，呵呵！娘知道，有些事情也由不得你。"

"母亲，有您这句话，孩儿心中宽慰了许多。"

"那就好！那就好！"

赵匡胤见夫人如月不声不响地吃饭，心中内疚之情又涌上来，他觉得自己颇对不起这个美丽善良的女人。就是这个女人，为自己生了三个儿女，却都不幸夭折，这是多么巨大的不幸，又给这个女人造成了多么巨大的痛苦呀！

"如月，近来你可憔悴了许多呀。要多吃点好的，这样身子才会好起来。"赵匡胤柔声对如月说道。他突然又想起了柳莺，心里面又是一阵愧疚。

"陛下，多谢关心……妾身好着呢……对了，陛下，你看，咱们也该想想阿燕的终身大事了吧。你看，再过几年，连琼琼都要到出阁年龄咯。阿燕，你说是吧？你也该找个如意郎君了。”如月似乎并不想多谈自己，一句话便岔开了话题。

阿燕听如月这么一说，早羞得满脸绯红。

“是啊，是啊，是该想想咯！”杜太后附和着。

赵匡胤呵呵笑了起来，看了自己的长女琼琼一眼道：“是啊。琼琼过几年也要出阁咯。”

“孩儿呀，你可得好好给我这宝贝孙女物色个好人家呀！不然，别看你是皇帝，我可饶不了你！”杜太后乐呵呵地作色道。

“母亲，你放心吧。孩儿我会郑重考虑的。”赵匡胤虽然笑着说出这话，内心却不轻松。近来的局势，使他感到很有必要通过联姻来争取最为忠诚的支持者。但是，当这个念头在心里冒出来的时候，他就想到了自己与如月的结合，不禁又被矛盾折磨着内心。

赵匡胤看看妹妹阿燕，又看看自己的两个女儿。“再过几年又该操持她俩的终身大事了啊！”当他看着女儿天真无邪的面容时，不禁担心自己的决定能否给她们带来幸福。想到自己多年以来忙于南征北战，几乎很少有时间陪着儿女们，愧疚之情便如数千蚂蚁钻进了内心。如今，长女琼琼再过几年就到了出嫁的年龄，真是光阴似箭、年华易逝呀！他清楚地记得，在长女几个月的时候，他抱着她，将她搂在臂弯里，那双清澈的眼睛常常瞪得大大的，默默凝望着他，她还常常不安分地扭动着小脑袋，口水从小嘴中流出来，沾在他的衣袖上。如今，这一幕仿佛就发生在昨日。赵匡胤想到这些，突然感到一阵辛酸，几乎流出泪来，不过还是硬生生地忍住了。

赵匡胤看着自己的长女琼琼，并没有将这个话题进行下去。在这个时候，阿燕的终身大事使他突然又联想起了杨廷璋。“亲情是一种多么强大的力量呀。杨廷璋的姐姐，乃是周祖的妃子。难道他会真心臣服于我大宋吗？”赵匡胤不知不觉又被一种强烈的疑惧所困扰。虽然他一遍一遍告诫自己，应有更大的器量，但是一想到有人可能打碎他统一天下的梦想，他就感到有必要事事小心，绝不能感情用事！

“是啊，当下之际，是要为阿燕物色个如意郎君。”赵匡胤说道。

“我可不要兄长操心！”阿燕嗔怒道。

“哎，少嘴硬了！我看这样吧，登基有段时日了，现在还未给如月与阿燕加尊号。不如近日给她们举行个加尊号仪式，到时必有些来祝贺的将相，那时啊，还请母亲与夫人多帮忙留意。要是阿燕看中了哪个，为兄就帮着撮合。”赵匡胤笑着说道。

“陛下，妾身加封之事，还是缓一步吧，先办阿燕的事情要紧！”如月柔声说道，“陛下能够买古琴送给妾身，比什么尊号都好！”

赵匡胤听如月这样说，心中一阵感动，便说道：“也好！就先办阿燕的事情，免得一帮谏官又唧唧喳喳啰唆个没完没了。”

“不，要给封号，那也要等皇嫂受封后再说。”阿燕倔强地努起嘴巴。

“妹子，你这次就听大哥的吧！”

“不行！我不乐意！”

“唉，在这世上，也只有你这样一个妹子敢和大哥这样说话咯！”赵匡胤叹了口气，想到潞州随时会起风波，这时不搞册封典礼也确实可以省出很多时间，当下也不再勉强，沉默了一下，便说道，“那好！难得妹子这样照顾嫂子，又这样为大哥着想，你们两个册封之事就暂时搁置一下，不过，我答应你们，年内一定给你们俩办。先委屈你们了！阿燕，大哥先口头许给你一个尊号，就叫燕国大长公主。如何？”

阿燕见赵匡胤不再勉强，开心地嗔笑道："谢陛下！"

杜太后微笑着，无奈地摇了摇头。

"不过，册封典礼虽然不办，我倒是要安排一次玉津园的游园活动。到时，会邀一些年轻的大臣将士一同参加，阿燕，你也要陪着大哥一起去。"赵匡胤笑着对妹妹说。

"妹子，你眼睛可要睁大些哦！上次与你提起过的高怀德将军，一定也会来的吧？陛下，是不是啊？"如月也笑着帮腔。

"哦？高怀德。是啊，是啊！"赵匡胤心想，莫非阿燕已经对高怀德有了意思？他记起来，之前有一次自己曾经与阿燕说起过高怀德。

"你们就都捉弄我吧！"阿燕红着脸嗔怒。

这个晚上，如月显得很开心。吃完晚饭，赵匡胤陪着如月回到她的卧房，如月面色潮红，显得有些兴奋。

"如月，方才你提起高怀德，阿燕最近可说了她自己的看法？"

"那倒没有，不过，我前些日子听小符说，高将军不仅武艺高强，还是个青年才俊。我想阿燕见了，一定会喜欢的。陛下不如问问高将军，如果高将军不反对，阿燕也不反对，还是早早定下婚事为好。"

"依我看，还是给他俩创造个机会先见见面，熟悉一下。"

"嗯，陛下说得是。妾身也很期盼着能去玉津园游园呢！陛下如果能让高怀德进京，游园相会倒是一桩美事啊！"

"我也希望能够早日安排，只是最近局势有些紧张，要看情况了。"赵匡胤想起潞州李筠和淮南李重进，口气不禁变得沉重起来。

如月见赵匡胤脸色变得凝重起来，便转换了话题。

"陛下，妾身给你弹奏一曲吧？"她拽着赵匡胤的衣襟，柔声问道。

“我倒是很久没有听你弹曲子了。好吧。”赵匡胤轻轻地拍了拍拽着他衣襟的如月的手。

“陛下稍候！”如月放开了手，羞涩地看了赵匡胤一眼，莲步轻移，走到床边，俯下身子，从床上捧起一物。

赵匡胤看到如月抱到怀中的，正是几日前从扬州带回来的那面古琴。

“这是陛下送给妾身的，今夜妾身就用它为陛下弹曲子。”如月含情脉脉地望着赵匡胤。

赵匡胤不知道，这几天当他不在的时候，如月已经将那面古琴抱起抚摩了无数次。她抱着它，就仿佛抱着自己的爱人。

如月已经将这面古琴看了无数遍。这是一面唐代制作的古琴，大约有四尺长，弦长近四尺，琴肩宽二分，漆已经变成了紫栗色，透过表面的漆，可以看到漆胎闪闪烁烁的鹿角霜，琴显然是鹿角灰胎，漆胎下面裱着粗丝黄葛布底，而且布满了蛇腹状断纹，琴腹内的纳音微微隆起，琴背龙池的上方，用篆书刻着“九霄环佩”四个字。

“喜欢这琴吗？”

“很喜欢。谢谢陛下在扬州还惦记着妾身！”

“喜欢就好！”赵匡胤想起与柳莺的相会，不禁感到脸上有些发烧，赶紧将头低了下去。

“这真是一面珍贵的古琴啊！”如月饶有兴趣地说。

“哦？我可不懂，当时是店主极力推荐的。”

“陛下，你看，它琴额圆润，项部修长，腰部的线条如同彩虹一般优美。再瞧它的琴面，从边部开始至中部渐渐隆起好似苍穹。这收尾之处，从十三徽以下逐渐收圆了。还有这雕刻精细的冠角，给粗犷的琴体融入了灵动与变化，整张琴显得庄重、古朴、肃然而又丰润。陛下，你再看看，它的漆胎下的断纹，可是蛇腹断纹呢！漆器要年代久远，才会生出断纹来。漆器出自人手，而断纹，则出于天成，不是人手所能造出来的。我听说，古琴的断纹有几种，有梅花断纹的最珍贵，往往这样的古琴已经历过数百年了，蛇腹断纹则次之，然后还有牛毛断纹。陛下送给妾身的这面琴，它可是一面珍贵的唐代古琴啊，而且一定是出自斫琴名家之手呢！”如月眼不离琴，边说边抚摩着它。她出身名门世家，父亲是节度使王饶。她自小修习琴棋书画，对于古琴的知识，可以说是如数家珍。

可是，赵匡胤却对古琴一窍不通。这面古琴，是他怀着对如月的歉疚，特意为了她而买的。他自己对古琴却实在没有多大的兴趣。所以，当如月满怀兴趣地与他讲说古琴的时候，他倒是显出有些不耐烦了。

如月发现赵匡胤并不作声，抬起头见他一脸木然的样子，心里不禁一凉。

“难道，陛下只是为了敷衍我而买这面古琴的吗？为什么他一脸不高兴呢？”她心里这个念头一起，忧伤的神色一下子就浮现在脸上了。

“陛下，你若不想听妾身弹曲子，妾身不弹就是了！”

“不，不，我不是不喜欢。只是，方才我突然想到了一件棘手的事情。”赵匡胤意识到自己的情绪影响到了如月，赶紧掩饰。

“难道，陛下心里有了别的女人？”如月突然幽怨而喃喃自语似的问道。

尽管如月声音很轻，但赵匡胤还是听到了。他的心头一震，脑袋嗡地响了一声，不知如何作答。

“陛下在想那个阿琨吧？”

赵匡胤吃了一惊，摇了摇头，说道：“不。”

如月不作声了。

“你怎么知道？”赵匡胤忍不住追问道。

“有好几次，陛下在梦里喊这个名字呢！”

赵匡胤立在那里说不出话来，呆呆地望着如月。

方才一起回到卧房时美好奇妙的气氛，一下子便消失得无影无踪了。尽管赵匡胤想极力挽回，如月也想重新再提起方才的兴趣，但是两人都觉得突然有某些东西阻隔在彼此之间了。人的情感是多么奇妙啊，有时别人的一个动作、一个眼神，就可能使它受到极大的影响。

如月呆呆地站了一会儿后，摸着已经微微隆起的肚子，无限怜爱地怀抱着古琴，在榻上盘腿而坐。她轻轻地将古琴横放在大腿上，尽量掩饰自己心中刚刚涌起的失望之情，开始弹奏曲子。

悠扬的琴声从珍贵的古琴中飘了出来，在宽敞的卧房里缭绕。

赵匡胤拉了一个绣墩，坐在如月对面，静静地看着她。

琴声开始的时候是悠扬的，一会儿变得清越，再过一会儿，又充满了忧伤，就像一开始是一条发源于山谷的轻柔明澈的小溪，慢慢汇聚了雨水，流入了蜿蜒在碧绿草原上的河道，发出淙淙的水声，随后又百转千回转入幽暗的山谷，发出泣诉与呜咽。

过了许久，赵匡胤渐渐走神，眼神有些迷离，失去了焦点。他似乎看着如月，实际上却哪里也没有看。他变得心不在焉，一会儿想起柳莺，一会儿又琢磨着如何对待远在晋州的建雄节度使杨廷璋。不论怎样，决不能让晋州与东面的潞州连为一气！他在内心大声提醒自己：“再也不能像对待潞州那样对待晋州！”他暗暗下定决心。

如月低着头，陶醉地弹奏着古琴，已经陷入自己的哀怨与忧伤之中。

从皇宫去赵普府邸的路并不长，赵匡胤穿着便服，在楚昭辅的陪同下，骑着马不紧不慢地走着。夜很黑，赵匡胤与楚昭辅把灯笼杆子挑在马头前面，蜡烛在白纸糊的灯笼里无声地燃烧，在两匹马前面形成了两团淡黄色的光。路面很干，马在干燥的泥土路面上走得很轻快，赵匡胤的手放松缰绳的时候，马还会不时小跑一段。楚昭辅的马跟在赵匡胤的马后面，当前面那匹马小跑起来后，它也会加快脚步，轻快地跟上去。道路的两边，长着一丛丛的野草、灌木，还有槐树、柳树等树木，当两团灯笼的光移过去时，它们在黑夜中影影绰绰的样子便稍稍清晰起来，但很快又隐没在黑暗中。昨夜与如月之间的不快，像还没有完全散去的乌云，依然飘浮在赵匡胤的心头。

“听说薛怀让大人最近身体不适？”赵匡胤在马上略微侧着头问身后的楚昭辅。

楚昭辅听皇帝突然问起薛怀让，不禁微微吃了一惊，手中的缰绳下意识地一紧，马落后了两步。

“是，陛下！”楚昭辅愣了一下回答道，心想，“兵变之事确是我对不起薛大人，我已经将忠诚献给了陛下。难道陛下怀疑我还是薛怀让的人？”

“你该去看望一下！毕竟是薛大人举荐了你，人应该有感恩之心。”

“陛下说得是！”楚昭辅不敢多说，心里面不清楚皇帝的话到底是什么意思。他原本是薛怀让的人，当年薛怀让将他推荐给赵匡胤，原本是让他监视赵匡胤的行动。可是，在陈桥兵变之际，楚昭辅做出了自己的选择。此后，他因心怀愧疚，再也没有去拜望薛怀让。此时皇帝突然提起薛怀让，怎能不让他疑惧？

“难道薛大人暗中向别人透露了原来我与他的关系？”楚昭辅心里顿时变得忐忑不安。

“你也代朕去看看他。他年纪大了，年纪大的人都喜欢孩子。薛大人应该会想念郑王吧？”

“是，陛下！”楚昭辅心里一惊，心想，“莫非陛下是让我暗中看看薛大人与郑王是否还有来往？难道，西京那边出事了？”

赵匡胤在马上叹了口气道：“唉！昭辅，其实，朕心里一直觉得对不住世宗啊！”

“陛下何出此言？形势所逼，陛下问鼎天下，乃是天意啊！”

“所以，朕想，如果朕不能令天下太平、百姓安居乐业，今后黄泉之下，真无脸见世宗啊！”

“陛下这是在担心潞州吧？”

“何止于此啊！朕还盼着今夜掌书记能给多出出主意呢。怎么好好的晴天，这雨说下就下了！”

“是啊，陛下，咱们得快些才好，免得挨淋呀！”

“哈哈，这老天，存心刁难朕啊！”

两人冒着小雨，快马加鞭，不久便到了赵普府邸。赵普见皇帝突然驾到夜访，慌慌张张地出来迎接。楚昭辅被安置在客房休息。赵匡胤脱了披在肩头的大氅，进了赵普的书房，刚坐下来便开门见山地说话了。

“掌书记，叨扰啦！”

“呵呵，陛下光临，微臣陋室蓬荜生辉啊！”

“好，也不说闲话啦。朕以为，潞州的反心已经越来越明显了。掌书记，你怎么看？”

“陛下英明！臣也是这般看法。”赵普见今日陛下脸上隐隐透出阴霾，话语很是谨慎，先不痛不痒地迎合了一句，也不多说。

“哦？那么，关于潞州与目前的局面，你就没有什么可说的了？”

“陛下，你是要我对潞州再发表一些意见，还是要我对天下局势再发表一些意见呢？”赵普冷静地盯着赵匡胤，将一个足以自保的问题抛了出来。他很清楚，伴君如伴虎，昔日的赵将军如今已经是皇帝了，应对必须比以往更讲策略才行。然而，赵普的倔强、自信也通过这个问题暴露无遗。他的口气，竟然是无所畏惧的反问！

“哈哈，不愧为赵学究，非要朕把问题说个清楚！不错，如今，对于刚刚建立的朝廷而言，避免潞州叛乱乃是当务之急。不过，除了潞州，朕的确还担心着其他几个地方。这其中，朕最为担心的乃是晋州。”当下，赵匡胤将自己对于建雄节度使杨廷璋的疑虑一一告诉了赵普。

“对晋州置之不理，恐怕并非上策。朕不想再出现一个潞州，更不希望其与潞州连为一气。”

“陛下是担心潞州会暗中联络晋州谋反？”

“不是没有这个可能。最近朕得到的密报实在令人担心，除了晋州的建雄节度使杨廷璋，还有镇州的成德节度使郭崇、陕州的保义节度使袁彦、寿州的忠正节度使杨承信。这几处都似有异动。”

“其实，臣近日也听到关于这几位节度使的传言。不过，以臣之见，陛下切不可轻举妄动。”

“只是传言吗？”

“我大宋刚刚立国，应该尽量避免战事，而绝不该一有风吹草动就主动出击。在如今的局面下，臣以为应该以后发制人为主要策略。这样，一来可以考察天下节度使对朝廷是否真正忠心，二来使朝廷立于义理一边。陛下以禅让继位，我大宋已然立国，有节度使妄图拥兵自重与朝廷为敌，他就是反贼。他先动，朝廷后动，朝廷就是平反。假若朝廷不待图谋不轨者行动，就动用兵戈，天下舆论将对陛下极为不利。”

赵匡胤点点头，赵普的说法正切中了他的内心。自从发觉到潞州有异志，他就一直想先发制人，却又担心天下的舆论，而他的内心始终对天下可能发生的叛乱充满了深深的担忧。大宋王朝刚刚开国，他并不想这么快就陷入被动的局面。

“难道，应该守株待兔不成？”赵匡胤其实在见赵普之前，已经打定主意要采取积极措施防止各处节度使的叛乱，但是他依然希望听听赵普会说些什么。

“非也！非也！”

“掌书记可有什么好主意？”

“臣以为，陛下可以向晋州等处派出长期留驻的使者，或派出代表，作为监军，充当朝廷的耳目以节制节度使。这样一来，朝廷便可以快速地获得各处方镇的情报，可以名正言顺地控制各处节度使。有异心者，一两日可能难以暴露，但是时日一久，其行迹必然不可能不露出丝毫马脚。”

“好！好计策！”赵匡胤等着赵普说出自己本想说的话，重重拍了一下自己的膝盖，高声叫好。

“还有，陛下可令各地勘测当地地理，每隔一段时间上贡地图。”

“哦？”

“如此一来，陛下就可以对天下要害之地了如指掌。陛下知道得越多，调兵遣将、决胜千里的胜算就越大。三年一贡如何？”

“好！就让方镇自此每三年上贡一次地方的地图！是个好主意！”

赵普见皇帝称赞，也不禁露出了得意的笑容。

“对了，掌书记，你认为谁出使晋州合适呢？”赵匡胤继续追问道。

“建雄节度使杨廷璋乃是极有心计与胆略的人，一般的人断不能令其镇服。陛下派往晋州的人，必须是要有胆气的人。这样，才不会在那杨廷璋的面前露怯。但是，这个人，绝不该是有很多心计的人。过多的心计，会使富有心计的杨廷璋怀疑陛下对其的诚意。唉，这样的人可不好选啊！”

“嗯，朕倒是想到一个人。此人虽有些无赖脾气，但是头脑直来直去，胆气过人，而且异常忠心。你可知道朕说的是谁呀？”赵匡胤卖了个关子。

赵普一愣，旋即拊掌大笑道：“哈哈，原来陛下早已经心有打算，是拿微臣做试金石来着。陛下要说的人，微臣哪里猜得出来！”

“荆罕儒！”

“荆罕儒?！陛下是指那个曾经跟随世宗征伐淮南，在攻打泰州城时立下大功的荆罕儒……好！果然符合出使晋州的要求。”

“他现在任郑州防御使，朕看就任命他为晋州兵马钤辖，前往晋州监军。掌书记觉得如何？”

“好啊！好啊！这可是陛下的一步好棋呀！”

“哈哈，怎么咱二人看上去一唱一和的呀！”

应对晋州的办法一确定，赵匡胤心头如同放下一块石头，与赵普相视大笑。随即，二人又定下了出使陕州、镇州与寿州的使者人选。

赵匡胤反击谋反者、应对并侦察潜在威胁者的棋子已经慢慢在中原大地上摆开了。

# 三

韩敏信顺利进入了待漏院厨房，成了待漏院厨房的一名膳工，或者更准确地说，成了一名食手，也就是厨子。

待漏院的厨房位于皇城的东南角上，它是两座南北走向的木结构房屋，一座在东，一座在西。厨房南面是一座用作主管和厨工寝室的木屋，隔成了八大间，西边顶头的那间是主管的房间；往东一小间，是安排给负责给纳物料的库子的房间，待漏院厨房的库子有两名，是由供御厨库子兼任的；其他的六间木屋，住的是管事和做饭做菜的食手。实际上，东西厨房的管事是由主管从大厨中指定兼职的，与食手们一同居住在大屋子里。

院子东边那间木屋，背后紧挨着长满杂草和厚厚青苔的皇城城墙的内壁，它的门向西开着；西面那座木屋背靠着一堵高高的白粉墙，这道墙将它与皇城的核心区隔了开来，它的门是朝东开着的。在西厨房的背后，有一个小院子，里面有一个仓库、一排猪圈和几个鸡舍。从西厨房的北墙和待漏院厨房的院墙之间的小通道，可以通往有猪圈和鸡舍的小院子。

在东西两座大木屋之间，构成了一个小院。小院里面，摆着一些吃饭用的桌椅，还用竹子支起了不少架子，用来晾晒各种东西。这个小院的南面，在用作寝室的木屋背后，是表面长满杂草和厚厚青苔的皇城城墙的内壁。小院的北面，是一堵白粉墙。在这面墙中间，开了一个圭角式的小门。如果不是这个小门，待漏院厨房就是一个完全封闭的空间。从北面墙开出的小门往北出去，就是皇城核心区的东南角了。出小门往西不远，是应门，从应门往北，就是高大庄严的明堂。

不过，作为待漏院厨房食手的韩敏信，短期内是进不了应门的。他的活动空间，就是那个几乎与世隔绝的厨房院落。此外，就是出了那个院子的小门往东走。

出了小门，紧挨白粉墙往东拐，是一条铺了鹅卵石的小路，小路不长，只有二十来步，它的尽头是一扇对开的漆成朱红色的小木门，它的门口每天都站着四个持刀枪的侍卫。穿过这个小门，其实就已经是皇城的城墙之外了。小门的外侧，同样每天站着四个持刀枪的侍卫。挨着皇城城墙的是一座长长的南北走向木房屋，它建在一个两尺高的台基上，与皇城城墙之间形成一个南北向的两人宽的狭窄通道。这个木房屋，就是待漏院。从小门出来，往东直行两步，就可以登上一个六级的石台阶，到达待漏院的后小南门。

每天早晨，给等待进城上朝的百官送去的早点，就是自厨房出来后经过厨房院子的北小门往东拐，经过二十步的鹅卵石小路，然后穿过皇城的东南角小门，登上待漏院的台阶，再经由这个待漏院的后小南门送进去的。

待漏院厨房平日的主要职责是早晨准备一些简单早点或果子发给等候宫门开了之后去上朝的官员们。中午和晚上，待漏院厨房的任务就是为皇宫内最下等的杂役仆人们准备饭菜。皇帝的日常膳食是由光禄寺的御厨负责的，殿中省六尚局中的尚食局空存其名，没有实权。后宫人员的饭菜，则一般由宫官六尚局中的尚食局来准备。待漏院的厨房既不负责皇帝膳食，也不负责后宫膳食，实际上并非皇宫内设的专门部门。因此，待漏院厨房的主管根本没有官品，平日的一切事务都由一名御厨的监御厨官监管。

李昉的那个老乡正是殿中省尚食局的一名奉御，名叫李远。奉御诸多职责中最重要的职责之一，就是在给皇帝上膳食之前，自己先品尝。这是为皇帝试试膳食是否有毒。当时，殿中省六尚局的长官是典御，下有奉御六人、监门二人。奉御官品在典御之下，为正五品下。李远能入殿中省，也是经由李昉引荐才成功的。所以，李昉一开口请求帮忙，那李远磨不开面子，虽然知道自己对于御厨没有实际影响力，但还是毫不犹豫地答应了。

不过，李远为了让待漏院的厨房接收韩敏信，还真是稍稍费了一点功夫。待漏院厨房看起来毫不起眼，可是它的主管却是个肥差。给上朝官员提供的早餐，看起来简单，但是架不住人多啊。所以，待漏院厨房几乎是每隔几天就要购买一大批食材。

待漏院厨房的主管李有才是个贪得无厌的家伙，一方面从卖米卖菜的商人与农民那边捞打点费，一边还从朝廷的拨款中大行克扣，捞了不少油水。李有才这个肥差也不是轻松得来的。他原来是朝廷大将石守信府中的一名门客，也是石守信的老家人，是通过石守信谋到了这个职位。他李有才仗着这层关系，也不怎么将奉御李远放在眼里，因为他的直接上司是御厨的监御厨官之一。所以当李远第一次开口的时候，李有才只是翻翻白眼，不冷不热地抱怨说人手实在是够了，暂时不缺人。

但是，人既然贪婪好财，就容易失去底线和原则。李远为了报答李昉的举荐之恩，自己掏腰包，私下给李有才塞了两包铜钱。那李有才见钱眼开，立马换了口气，说既然是李大人亲自推荐，那再不缺人也得给安排安排。这样一来，已经化名“韦言”的韩敏信就进了位于皇城东南角上不起眼的待漏院的厨房，成了一名厨房中不起眼的食手。

待漏院对面的街上并非没有早点可买。其实，如东华门街一样，附近很多条街上的小本生意人未等三更到五更的夜禁结束，便会早早起床在屋内准备各种早点，以备夜禁一结束便开门买卖。到了夜禁一宣布结束，待漏院附近，在夜色中沉睡的街道便一下子苏醒了，四处点起了灯火，赶早去待漏院的官员、做生意的买卖人、早起的百姓，各色人等便仿佛一下子都从黑暗中钻了出来。卖蒸饼的、卖肝夹粉的、卖肝夹粥的、卖油炸果子的，人们这里一团，那里几个，喧嚣声四起。

去待漏院等待皇城开门的官员中官位高、俸禄高的官员几乎每次上朝的路上都会在待漏院附近的街上买些早点吃。不过，那些官位、俸禄低一些的官员，还有那些天性吝啬的官员，便不愿意花钱在街上买早点吃了。他们宁愿去待漏院，等着吃待漏院厨房送来的为了安慰官员情绪的、不怎么可口的免费早点。当然，有些官位高、俸禄高的官员，在他们出门晚了，或者懒得去大街上与人挤在一起买早点的时候，也可能到待漏院来随便吃些早点填填肚子。还有一些官员，官位也高，俸禄也高，起得也不晚，但是他们依然喜欢到了待漏院再吃早点。即便那里的早点再难吃，羊肉冷得能崩掉牙齿，这部分官员也专门要赶到待漏院来吃早点。这样的官员很有想法，他们有的是为了借机与其他官员沟通感情，有的是为了借机从其他官员那里打听朝廷的消息。所以，长期以来，尽管待漏院厨房提供的早点实在没有什么值得称道的地方，却仍一直颇受官员们捧场，尽管这只是表面上的。

韩敏信进了待漏院的厨房后，几乎不说话，一边闷着头干活，一边仔细观察厨房内的一切。他很快摸清楚了待漏院厨房的基本情况。这里面有一个主管，就是李有才；有四个大厨，东西厨房里各两个；八名普通男食手——韩敏信知道自己的到来使厨房里的普通男食手增加到九名，现在西厨房的男食手是四名，东厨房的男食手是五名；此外还有四名女食手，她们四个在东西厨房来回走动，主要工作是负责将各种厨具、碗碟拿到院子里去洗刷。韩敏信本以为宫内用水是从宫外运入的，此刻他惊奇地发现，原来院子里还有一口井。做饭做菜和洗刷用的水，都是从这口水井中汲取出来的。更令他惊奇的是，他还发现在厨房四周还有修得很好的下水道。至于水流到哪里，他就不太清楚了。

韩敏信被李有才安排在东厨房里，他的职责是与一个叫赵三柱的食手一同给一个叫王魁的大厨打下手。做早点的时候，他的主要工作就是揉面，帮着搬蒸笼。这同他在钱阿三店里所干的活儿没有什么不同。不过，待漏院东厨房可不做蒸饼夹爊肉，只做最简单的白面蒸饼。东厨房里另外还有三个主厨，有两个负责烤制只抹了一些肉末的大肉饼，还有一个和王魁一样，负责做白面蒸饼。韩敏信知道，西厨房的早点主要做油炸果子。油炸果子的馅是雪里蕻炒豆干。大概是因为有馅的油炸果子最美味，官员吃得最多，需求量最大。到了中午和晚上，待漏院东西厨房给皇宫内的低级杂役做的饭菜，都是极普通的家常菜蔬，隔好几天才做一顿羊肉或猪肉。

东厨房里的所有人都对韩敏信的到来感到紧张。其中的缘由很好理解，原来东西厨房里的男食手的人数是一样的，这种人数的对等逐渐使他们对自己的饭碗有一种安全感。可是，韩敏信的到来，不经意间打破了东西厨房之间的人数平衡。东厨房里所有人都想，现在主管安排了一个新人，是否想把哪个人给丢出去呢？东厨房里的不安气氛，表现在往日随意之间的玩笑话和关于各种事情的流言蜚语突然之间变少了。食手之间的关系变得紧张了。东厨房里的人们仿佛一下子都变成了哑巴。

东厨房里有两个人的心情最是忐忑不安。一个是普通食手赵三柱，一个是大厨王魁。赵三柱对韩敏信的出现感到很紧张，他一直担心自己哪一天可能会被突然赶出这个厨房，所以他将刚来的韩敏信视为自己岗位的强大的竞争对手。大厨王魁也对韩敏信的到来感到不舒服，他就像一只凶横的大狗突然看见有陌生人闯进了它的地盘那样，不时瞪起猪泡大眼警惕地瞪着韩敏信。

韩敏信嗅到了东厨房里对他的敌意，头几天只是干活，从不主动开口说话。别人让他干啥，他就干啥。过了几日，东厨房内的诸人见韩敏信看起来是个老实人，对他的敌意便渐渐消失了。厨房内，天南海北的谈笑也逐渐多了起来。

这天上午，韩敏信正低头切菜，耳边传来了赵三柱和旁边灶台的一个食手的对话。

“嘿！三柱，听说了吗？”

“听说啥啊？”

“告诉你啊，今早我去待漏院送吃的时，听一个大官说，朝廷正让各地上贡地图呢！”

“老根头，上贡地图又怎啦？”

驼背的韩敏信不知道那个食手为什么被称为“老根头”。他猜想可能是因为“老根头”的个子不高，而且脸又长得黑。令他感到高兴的是，这里的人并没有给他取“驼子”之类的绰号。他一直对“韩驼儿”的绰号耿耿于怀。实际上，他发现在这个厨房里，七八成的人都缩着肩，佝偻着身子。他们的佝偻，不是天生的，而是长期被辛苦的劳作所摧残的。

对于赵三柱的提问，老根头伸长了脖子，将脑袋探向赵三柱，神秘地说道："你想啊，皇帝要地图干吗？要打仗了啊！"

"和谁打啊？打南唐吗？"

"不，这次一定是潞州！"

"你就瞎说吧，前些日子，潞州李筠将军不是刚来京朝觐吗？"

"坏就坏在这里啊！"

"咋啦？老根头，少卖关子了，快说说啊。你少抓头啊，难怪都叫你老根头啊！"

"听说啊，在李筠觐见期间，当今皇帝私会潞州李筠将军的小妾啊！"老根头压低了声音，但是尽管这样，从他那铜锣般的嗓子中传出来的声音，依然很响。

"真的假的？你这般嚼舌头，小心被割了舌头砍了脑袋啊！难道是为了争那个小妾不成？"

"我也是今早听两个当官的私下里议论的！三柱，你说这皇帝不是有三宫六院吗？怎么还盯着人家小妾呢？"

"老根头，你就别瞎说啦！皇帝就是有六宫十八院，也与你不相干！你我在这里有口饭吃，还不是靠着天恩啊！"

"说得也是啊！对了，今早又有一个当官的抱怨咱们做的蒸饼难吃了。你瞧对面西厨房那几个人，整天见着咱神气活现的，不就是被当官的夸了几句吗！"老根头嘟嘟囔囔地一边切菜一边对赵三柱说。

"咱也没有办法，这早点的食谱，那都是李主管定下来的啊！西厨房负责做油炸果子，里面有豆干，有雪里蕻，当然比咱这素蒸饼好吃啊！"赵三柱抱怨道。

"说得也是，那个'李财迷'平日里也不知克扣了多少朝廷经费，前些天一个菜贩子还抱怨他索要回扣呢！他是既吃克扣，还吃回扣。要不是他克扣，隔三岔五买些肉肯定没有问题！”

“小心被‘李财迷’听到啊！他自周世宗时期就是这个厨房的主管，虽然说不是正式的官儿，但咱哪能得罪得起他啊！”

这个时候，韩敏信突然插嘴道：“三柱哥，我有个办法，可以让咱们东厨房扬眉吐气！”

赵三柱扭头轻蔑地斜了一眼这个刚来的“韦言”。

“就你？”

“三柱哥，我来这里之前就是做蒸饼夹爊肉的！”

“那又怎样？主管才不会同意花钱买肉呢！”

“我有办法！”

“你有什么办法？”

“如果主管能同意花钱买肉做爊肉，三柱哥，你能支持我吗？”

“你真有办法？”

“三柱，咱就信这小子一回，看他怎么说服‘李财迷’！”老根头习惯性地挠着脑袋，凑过来说话。

“成，看你小子有啥能耐！”

韩敏信淡淡地笑了，他知道，在东厨房里，他开始争取到同盟了。

次日上午，待漏院厨房的主管李有才腆着一个大肚腩，一摇一晃地来到厨房里巡查。厨房内的厨师、男女膳工见主管来了，没有一个敢交头接耳闲聊了，都埋头干起活来。

李有才走到韩敏信身后时，韩敏信突然放下手中菜刀，作揖说道：“主管，在下有要事向您禀报！”

“啥？说！”李有才昂着下巴，趾高气扬地说。

“主管，可否借一步到外面说？”

李有才一愣，也不说话，微微低下头，瞪着韩敏信，眼光像两把刀子，仿佛要从他眼中挖出什么财宝一样。随后，李有才扭身转向门口，同时头一摆，示意韩敏信跟他出去。

在诸位厨师和食手疑惑的目光中，韩敏信跟在李有才后面，走出了东厨房。

“说吧！”李有才示威似的将肚腩挺得高高的。

“主管，您收了在下，对在下有恩啊，所以今日在下才特地想把私下听到的一些传言告诉您！”韩敏信一脸诚恳地说道。

“快说吧！”

“主管，您恐怕要有牢狱之灾啊！”韩敏信神色肃然道。

“你小子胡说八道什么？你听到什么了？”李有才贪污索贿很多，心中有鬼，顿时张大了嘴巴，神情恐慌起来。

“这些天，在下每次去给大臣们送早点时，都听到不少人抱怨咱们厨房做的蒸饼难吃，有几个大臣还说，定然是厨房主管克扣了经费，所以连肉都舍不得买，净让朝廷命官们吃素蒸饼。其中有几个还嚷嚷着要到皇帝面前参一本。”

“哼，我以为说啥事呢！那些人从世宗时就嚷嚷，都是放空炮罢了！他们也怕陛下说他们挑剔呢！”李有才听韩敏信这么一说，又得意起来。

“大人差矣！大人别忘了，现在形势变了，如今是新皇帝，他定然正忙着在朝廷的各个位子上换上自己的心腹呢。在这种情况下，不用大臣上奏，只要有传言传到新皇帝耳中，大人您的好日子恐怕就没有了啊！”

李有才听韩敏信这么一说，心里真的慌张起来，说道：“你小子说得也对啊！只是，这可如何是好？朝廷拨给待漏院厨房的经费也确实少得可怜啊。没有经费，哪能改善伙食呢？”

他装出一副无辜的样子。

韩敏信将李有才的表情变化一一看在眼里，这时他说："主管大人，在下有好办法！"

"有什么好办法，快快说来！"李有才催促道。

"这就需要主管大人主动出击！"

"主动出击？"

"不错！主管大人要主动向朝廷申请经费！"

"不可能，不可能，今上崇尚节俭，不可能再加拨经费的！"李有才露出沮丧的神色。

"不见得！主管大人，这要看申请经费的时机了！"

"什么时机？"

"主管大人，小人根据经验判断，外面的粮食价格最近肯定要涨。到时，您趁机可以向皇帝申请增加伙食经费。您只要说，最近粮食价格上涨，而且大臣们对早点的简单颇有微词，还望朝廷增拨经费购买食材，当然，一定要强调最重要的一点——"

"强调什么？"

"一定要强调，如果大臣们人心不稳，恐怕会动摇我新成立的大宋王朝的根基！"

"你这小子还真是不简单啊！你怎么敢肯定最近粮食价格会上涨呢？"

"这一点，在下不便细说，说多了，于主管大人也不利。大人只要信在下的话，一定可获得更多的经费。那时，大臣们满意，今上说不定还会给主管大人升官呢！"

韩敏信的话顿时让李有才变得眉飞色舞起来。想到自己不仅不会吃官司，而且可以申请更多的经费，他怎能不高兴！在他心里，更多的经费意味着更多的油水。"给那些大臣的蒸饼里加两片肉是好事，从中我一定又有油水可捞！”他心里美美地盘算着，至于朝廷会被他这样的蛀虫蛀成什么样子，那可不在他思虑的范围之内，他才不会为那个问题劳心伤神呢！

“好！就按照你小子的意思办！娘的，你小子，好好干！”

“主管大人，可否答应在下一个小小的请求？”

“哈哈，我说你小子怎么这般好心！得了，说吧，有啥请求？”

“如果主管大人真的申请了更多经费，还请主官大人让在下做主厨，由我来主持早点蒸饼夹爊肉的制作好吗？”

“哈哈哈，好说！好说！”

“一言为定啊！”

“一言为定！臭小子！”李有才畅怀大笑，用熊掌一般的胖手拍了拍韩敏信瘦弱的肩膀，然后一摇一晃，哼着小曲，往对面的西厨房走去。

韩敏信看着李有才走入西厨房，脸上露出了淡淡的笑。这时，他才扭头走回已经是氤氲缭绕的东厨房。他的心，如今被一种更加黑暗、更加恐怖的力量所控制。这种力量，准备随时摧毁挡在他面前的人，就仿佛一辆狂奔的战车，随时准备着将面前的敌人碾为齑粉。

一日傍晚，李有才从厨房门外一摇一晃地走进来，到了正在切菜的韩敏信背后，拍着他的肩膀说道：“你小子行啊！”

韩敏信转过身，用谦卑的眼光看着李有才，故作吃惊的样子。

“被你说中了，朝廷果然给咱这儿多批了经费！”李有才大笑着又拍了韩敏信几下。

然后，李有才使劲挺高肚腩，昂起脑袋，环视了一下四周，举起了两只肥手掌，使劲拍了几下。他这是示意厨房内所有人都停下手中的活儿，听他说话。

“大伙都听好咯！自明日起，咱东厨房要为早晨上朝的大臣们改善早点，”李有才大声说道，“东厨房提供的主食，不再是素蒸饼，而是蒸饼夹爊肉！同时，我还要宣布一件事，从明日起，早餐的蒸饼夹爊肉，由韦言——主持制作。他——就是你们东厨房的管事了！你们大伙都要听他的！清楚了没有？”

李有才这么一说，厨房里顿时鸦雀无声，主厨们、男女食手们个个都瞪大了眼珠子，将震惊的目光投向了韩敏信。在大厨王魁的眼光里，更是充满了嫉恨。

“咋了，都傻了？听清楚了吗？”李有才见众人发愣，瞪起眼睛喝问了一声。

“是！”

“是！主管！”

东厨房里的众人各自怀着复杂的心情纷纷答应。

韩敏信见诸人脸上的神色有的是疑惑，有的是鄙视，有的是震惊，知道自己突然上位，人心尚不服。不过，他并没有着慌。因为，这一切都在他的预料之内，他早已经想好了说辞。他急切地等待着这个时刻的到来。现在，这个时刻真的已经到来了——甚至比他预料的时间还要早些，他是不会放过这个机会的。

于是，韩敏信用异常镇定的语气说道：“诸位师傅，诸位大哥大姐，请听我韦言说几句。我来这里虽然时间短，但也知道咱东厨房被西厨房的那些人看不起，为什么呢？就是因为我们为上朝大臣们准备的素蒸饼长年累月已经被大臣们吃厌了，被他们抱怨了。当厨师，当食手，要出人头地不容易，那得靠咱们手上的真本事！咱不是没有本事，只是原先朝廷经费少，咱们无法增添食材。如今，机会来了，朝廷给咱们多拨了经费！我韦言进宫之前，是在东华门街钱阿三店里做蒸饼夹爊肉的，我们做的蒸饼夹爊肉，那也是京师闻名的。只要诸位师傅、各位大哥大姐能跟我干，咱们一定能够制作出京师最好的蒸饼夹爊肉，到时，咱们不仅要让那些上朝的大臣们吃了叫好，还要争取让当今皇上也尝尝，咱们要当今皇上也叫好！到了那个时候，朝廷一定会赏赐咱们！那时，诸位师傅，诸位大哥大姐，你们不仅可以拿到更多的工钱，说不定还会被调入殿中省尚食局亲自给当今皇上准备膳食呢！那将是多么荣耀的事情啊！诸位师傅，诸位大哥大姐，你们愿不愿意跟着我韦言干？”

韩敏信滔滔不绝地说完了一通激励众人的话语，却发现东厨房里的所有人都愣在了原地，如同雕塑一般一动不动地看着他。他的心顿时凉了，心想："难道我说错了？他们还是不相信我？好吧，我豁出去了！"

韩敏信孤注一掷地拔高了嗓门，几乎是嘶吼着质问众人："你们到底愿不愿意跟我干？愿不愿意？"

他的话音刚落，只听得厨房里爆发出一片狂呼乱叫。

"愿意！"

"愿意！咱跟你干！"

这时，韩敏信才松了一口气。他在狂呼乱叫声中，微微地笑了。但是，他没有发现，在众多有些狂热的眼光中，还有一个人的眼光里闪耀的是冷光——是充满嫉妒的冷光。那个人，就是主厨王魁。

连李有才也似乎被这个群情激昂的场面感染了，他大笑着拍着韩敏信的肩膀，说道："行啊！臭小子！好好干吧！"

"多谢主管栽培！"韩敏信赶紧弯下腰，谦卑地答道。

等李有才离开后，韩敏信很快将明早制作蒸饼夹爊肉的一切事务进行了安排。这些工作，他早已经在脑中盘算了无数遍。他精细地计算了等待上朝的大臣们的人数，并且进一步估算了可能选吃蒸饼夹爊肉的人数。然后，又根据可能的人数计算了要买的羊肉、猪肉的数量。为了吸引更多的大臣来品尝，他还计划明早要让几个口齿伶俐些的去送早点，这样就可以顺便对新出品的蒸饼夹爊肉做些介绍。韩敏信很清楚，只有让更多的大臣选吃东厨房的早点，殿中省尚食局才能注意到这里的变化，这样才能引起殿中省尚食局对他的关注，只有这样，他才可能被调入那里成为一名真正为皇帝准备膳食的膳工。

但是，韩敏信犯了一个小小的错误，他并不知道，当时殿中省尚食局其实已经空存其名，真正负责皇帝膳食的，是隶属光禄寺的御厨。这个小小的错误，包含在他情绪激昂的演讲中，此时正在酝酿着可怕的后果。

韩敏信将采购的任务交给了赵三柱，这是他争取到的重要的同盟。现在，他已经成了赵三柱心目中崇拜的对象。赵三柱为自己能得到韩敏信的重用而感到无比得意。

当夜幕降临时，韩敏信身子疲惫但头脑兴奋地仰面躺在寝室的草铺上。他看见一轮圆月像马头前悬挂着的白纸灯笼，高高挂在黑黢黢的夜空中，孤独地散发出淡黄色的光，照着周围缓缓飘浮的薄薄的云彩。

“人多么卑微啊！如果无意义地活着，还不如死了好！我已经是一个一无所有的人了。复仇就是我唯一的目标。月亮啊，我向你发誓，不报家仇，我誓不为人！”现在，他知道，自己离复仇的目标又近了一步。

他望着月亮，心里一遍又一遍地发着毒誓。可是，有那么一会儿，他突然在淡黄色的月亮中看到一张熟悉的美丽的脸，那张脸正甜甜地向他微笑。他已经有好一段时间没有想到她了，他很奇怪，为什么在这个晚上突然想起了她。“我心爱的人啊，你到底在哪里呢？”那张美丽的脸，像一点烛光，闪烁在他冷酷黑暗的心中，光芒微小而力量强大。他想着想着，不是在冷酷的、复仇的心思中——而是在温暖的、甜蜜的幻想中迷迷糊糊地进入了梦乡。

## 四

吕余庆是赵匡胤登基之前的旧日僚佐之长，赵匡胤登基后，赵普得到重用，擢升枢密直学士，这是正三品的大臣，且成为最得信任的侍从官。吕余庆却只被任命为给事中，官品正五品上。他这个不大不小的官，在新皇帝登基后，一直没有被皇帝单独召见。

吕余庆是幽州安次人，本名胤，余庆其实是他的字，因为犯皇帝赵匡胤的名讳，所以称字。他生性稳重恬淡，对皇帝的安排也不在意，乐得在家中读书休闲。可是，那天，他却突然得到传令，让他速到延和殿见皇帝。他知道，一定有什么事情要请他出主意了。

果然不出吕余庆所料，当他匆匆赶到延和殿的时候，皇帝赵匡胤一脸严肃地坐在宝座上等着他，一看见他，便说道:“掌书记，今日朕有事问你啊！”

听到赵匡胤以“掌书记”称呼自己，吕余庆知道这个皇帝并没有忘记往日的宾主之谊。当年，赵匡胤任同州节度使时，仰慕吕余庆的才能，特地向世宗上奏，请求让吕余庆做自己的从事。周世宗也知晓吕余庆的才能，便任吕余庆为定国军掌书记，作为赵匡胤的幕僚。如今，吕余庆听到皇帝以“掌书记”称呼自己，心底自然百感交集，感动不已。

“给吕大人摆个绣墩来。坐下说！”赵匡胤吩咐旁边站着的唯一一名内侍搬绣墩，又向吕余庆招招手。

吕余庆略一谦让，便坐在绣墩上，望着赵匡胤，也不言语。

内侍搬了绣墩后，便静悄悄地退出了大殿。现在，偌大的延和殿内，只有赵匡胤和吕余庆君臣两人。

夕阳的余晖斜斜穿过殿门上的木格子，却无法照在赵匡胤和吕余庆的身上。不过，这暖暖的金色的阳光，使原本阴暗的大殿半明半暗，为大殿平添了一些生机。吕余庆这年三十四岁，还未到不惑之年，可是，多年来的操劳，已经使他的鬓角变得斑白如霜。

“头发都白咯！”赵匡胤指了指被金色夕阳映衬着的吕余庆。

“劳陛下关心了！”

“朕登基以来，只封你为给事中，可又没有让你正式参与诏书的审议与封驳之事。你一定心里怪朕吧！”

“微臣不敢！”

“朕心里有数。你以前是朕的幕僚之首，赵普资历没有你老，现在他任枢密直学士、右谏议大夫，论枢密直学士的位子，他倒在你之上，是朕委屈你了。可是，你可知朕为何如此安排吗？”

吕余庆惶然道：“微臣不知。”

“你的谋断，丝毫不逊于赵普，只是你的性子过于耿直。新立之朝，钩心斗角之事过于复杂，我怕伤了你这块宝玉！你这块玉，朕还要藏着，而且要藏着的时间不是一天两天，也不是一年两年！至于刘熙古，他也跟了我多年，因为他为人耿直，且性子过于淡泊，所以朕也让他先任言路之官，封了他做左谏议大夫，给他指摘朝廷的权力，也真是难为他了。你呢？与熙古有些像，所以也让你先做言路之官，担任给事中之职，真是有些委屈你了。

掌书记，你不要怪朕！”赵匡胤瞪起眼睛，黑色眼眸一动不动地盯着吕余庆。

吕余庆一听，心中大震，慌忙站起身来，俯身行礼，道：“微臣何能何德，令陛下器重至此，有陛下此言，微臣但做一布衣又有何妨？”

“坐下，坐下！你不怪朕，朕心里就已经大为宽慰了！其实，朕给你们几个任命之前，也是思虑良久的。让你担任这个给事中之职，虽然位在左右谏议大夫之上，但目前也没有什么实权。你真的还要先委屈委屈呀。”

在那一刻，吕余庆知道，自己短期内不会被任命为朝廷高官了，失望之情在心底泛起了一阵波澜；但是，此刻他的内心，很快被另一种更加强烈的感情充溢，“陛下对我，似乎另有考虑，这也是器重我啊，我又怎能在乎名义上的高官厚禄呢！这难道不是更加重大的托付吗？”他怀着激动的心情重新坐到了绣墩上。

“陛下，其实微臣对赵普大人的谋略，是由衷地钦佩的。赵大人能得陛下青睐，参与枢密，陛下也是知人善用啊！”

“不瞒你说，今日朕要向你问的事情，也征询过赵普的意见。不过，朕还想听听你的意见啊！”

“谢陛下信任！”吕余庆的心里隐隐感到一种不安，心想，“陛下似乎既离不开赵普，又对赵普也有所顾忌，这是希望用我制衡赵普啊！看来，以后的路，是要如履薄冰了。陛下的重托我不能辜负；赵普那边，一旦得罪，恐怕也没有好日子过！”他这样想着的时候，右眼眼皮不禁微微跳了几下。

“朕打算让荆罕儒去一趟晋州。”赵匡胤盯着吕余庆的眼睛说。

“陛下是不放心杨廷璋吗？”

“正是。朕想问问你，这晋州城究竟该怎么进才合适？”

吕余庆沉思片刻后，细细说出了自己的计谋。赵匡胤听了，不禁微笑着连连点头。

吕余庆走后，赵匡胤神色又变得凝重起来。他望着大殿外渐渐暗淡下去的夕阳，喃喃自语道：“范质、王溥、魏仁浦等人的确都有经世之才，可是毕竟都是前朝遗老，赵普、吕余庆，还有刘熙古、沈义伦、张彦柔、李处耘，这些潜邸之臣，这些早早跟着我的人，资历又都太浅，立即委以重任，恐怕会引起朝廷震动，人心不服，朝廷诏令的推行恐怕会举步维艰，要让他们上位，还真得想想办法啊！”

# 五

晋州，春秋时属于晋国，战国时先属于韩国，后归于赵国，自古为军事重镇。汉武帝时期的名将卫青、霍去病即是晋州人。

宋初，晋州州境东西三百二十四里，南北三百五十里，户口虽然比唐代时少了，但依然有近三万户。晋州东南至汴京九百里，东至潞州大约三百九十里，东南至泽州大约六百四十里。如果晋州与潞州结成军事同盟，就会对汴京形成巨大的压力。这正是赵匡胤担心晋州的原因。

荆罕儒带着三个亲信，骑着快马，在从京城前往晋州的道路上已经行了两日。荆罕儒身着锦袍，装扮成大商人模样，三个亲信则装扮成了仆人。在他们前后百里地内，共有十组人，穿着打扮都与他们类似，每组都由三四个人组成。其中有一组人，赶着几辆马车前往晋州。在每辆马车上，都垒放着几只沉甸甸的大楠木箱。这些箱子，看上去像汴京城布帛店里装布帛的大箱子，可是箱子里面装着的，其实都是精制铠甲与兵刃。

这些都是赵匡胤亲自安排的，但是想出这个主意的，不是赵匡胤，而是吕余庆。吕余庆面见赵匡胤之时，思虑良久，方才献上这个计谋，将它可能行之有效的方方面面都与赵匡胤说得通透。

"杨廷璋，对于周祖、周世宗是极为忠诚的。当年周祖去世时，他为泾帅，听说周祖突然去世，伤心欲绝，吐血后几日不能进食。陛下还是小心为是。"吕余庆这样提醒赵匡胤。

根据吕余庆的计谋，赵匡胤令荆罕儒挑出了三十多个以一当十的精干武士，先分头潜入晋州临汾城做准备。待铠甲运到后，他们将在城内合适地点换上铠甲，然后列队直奔节度使府邸宣旨。这样做的目的，一方面是不想惊动晋州节度使杨廷璋，另一方面是希望产生神兵天降的效果。这样的做法，对于刚刚开创宋王朝的赵匡胤来说，并非是过于小心，也不是多此一举。

当时中原的政治，带着唐代政治残留的影响，经历了五代乱世。尽管赵匡胤通过后周恭帝的禅让获得帝位，但是这禅让毕竟是陈桥兵变的结果，节度使们表面表示服从朝廷，但其实很多人都对这个新立的朝廷持观望的态度。唐代政治有着皇帝和贵族协商的特征，朝廷给予节度使的特权很大。唐代朝廷的政策，也只有在承认贵族特权、承认节度使特权的基础上才能实行。唐代的皇帝，实际上并没有掌控一切的绝对权力。五代割据、天下杀伐局面的产生，在一定程度上可以说是唐代这种政治特征在兵乱发生后进一步产生的恶果。这一恶果给各地节度使的一个重要启发是：无论如何，要好好稳固自己掌握的兵权，只要拥有兵权，就有自己的势力范围，就有自己实实在在的小王国。只要拥有兵权，即便是皇帝，也拿自己没有办法。如果失去兵权，就可能失去一切。赵匡胤和吕余庆对各地节度使的心态当然心知肚明。任何威胁节度使兵权的行为，都可能刺激节度使敏感的心理。在这种情况下，朝廷若想对节度使施加影响，就得采取巧妙的手段，不但要迅速介入节度使的势力范围，而且要产生一定的威慑力。

不过，荆罕儒却认为皇帝要这样的小手腕，真是有失朝廷颜面。“陛下也太小心了！要我看，带上大队人马直奔晋州，那杨廷璋还敢怎样？”荆罕儒心里想，嘴上终究忍住了，没有将这种想法对着手下说出来，但是一路上却将怒气撒在杨廷璋头上，唠唠叨叨，咒骂不休。

其实，荆罕儒与杨廷璋并不相识，只是从皇帝口中知道，此人颇有传奇色彩，甚是了得，不可低估。

杨廷璋，字温玉，出生在贫穷的家庭，地位卑贱。早年，他有个守寡的姐姐住在京城。当年的郭威还没有发迹，地位低下，一个偶然的机会，邂逅了杨廷璋的姐姐，对她一见钟情，想要娶她为妻。偏偏杨廷璋的姐姐一开始对郭威没有感觉，不想嫁给郭威。郭威不依不饶，软的不成，便来硬的，派了人传话恐吓杨廷璋的姐姐。杨廷璋知道姐姐受欺负，考虑再三，决定当面去找郭威理论。他知道自己此去凶多吉少，但是姐姐受欺，再怎么危险他也得出头。去找郭威前，他将自己多年辛苦积攒的钱交给一个信得过的友人，嘱咐友人，一旦他出事，务必帮忙收留他姐姐。将一切安排停当后，杨廷璋便昂首挺胸出现在郭威面前，心不跳面不惊，却用极为严厉的口吻将郭威斥责了一番。郭威是个有野心之人，他见杨廷璋气质纯朴却胆气过人，可为自己所用，因此尽管遭受杨廷璋斥责，还是对他大加赞赏。杨廷璋见了郭威的气度，也大为折服。两人不打不相识，自此惺惺相惜，成为知心好友。

杨廷璋回来拜访姐姐，向姐姐细细说了郭威的为人。他的姐姐经弟弟这一番劝说，对郭威的拒斥也慢慢变为喜爱。郭威于是娶了杨廷璋的姐姐。后来，郭威跟随后汉太祖镇守太原，杨廷璋多次专程前往太原看望姐姐。姐姐去世后，郭威劝服杨廷璋留在自己身边供职。郭威随后外出平息三个地方的反叛，又入京平定了大乱，其间，杨廷璋多次向郭威献上计谋，为郭威称帝立下汗马功劳。郭威是个重情义的人，称帝后，将杨廷璋的姐姐追认册封为淑妃。郭威还想要任命杨廷璋为后周的右飞龙使，杨廷璋坚决推辞，希望郭威将官职授予自己的老父亲杨洪裕。杨廷璋的老父亲来到朝廷觐见，以自己年老推辞任官，郭威便就地拜他为金紫光禄大夫、真定少尹。

郭威知杨廷璋有胆略才干，数次劝说他出仕。杨廷璋为郭威所感，接受了他的任命，先后担任皇城使、昭义兵马都监、澶州巡检使。柴荣在澶州遇到了杨廷璋，对他颇为欣赏。回到朝廷后，向周祖郭威上书，大力推荐杨廷璋。郭威见柴荣也喜爱杨廷璋，大为高兴，便升杨廷璋为客省使。没过多久，郭威又任命杨廷璋为河阳巡检、知州事。这些都是干实事、有实权的职务。杨廷璋的才能由此进一步彰显。当时，泾帅史懿对朝廷的一些政策不满，便假装生病不来朝廷觐见。郭威大为恼怒，便派杨廷璋去传令，免去史懿官职的同时，让杨廷璋接任。在出发之前，郭威私下召见杨廷璋，给他下了密令："如果史懿不接受朝廷的免职令，你就立刻杀了他，砍下他的头送到朝廷来。"杨廷璋闻言大惊，但还是当即接受了使命。他知道史懿是个好官，除了性子执拗了一些，并没有什么大错，实在是罪不该死。到了泾州后，杨廷璋令左右之人全部退下，拿出诏书向史懿细细说了利害关系和郭威的意图。史懿闻言后感激涕零，当天便收拾行李，上路赶赴朝廷去请罪了。

周世宗柴荣继位后，杨廷璋被拜为左骁卫大将军，任宣徽北院使。后来，又任建雄军节度使。在抵抗并州军入侵时，杨廷璋数次立功。周世宗显德六年，杨廷璋率军进入河东界内，攻下堡寨十三个。随后任晋州节度使。赵匡胤陈桥兵变后，为了安抚杨廷璋，为他加官检校太尉。不过，赵匡胤知道，太祖郭威和世宗柴荣对杨廷璋有知遇之恩，更有知己的情谊。所以，对于杨廷璋内心对朝廷的态度，赵匡胤一直心里没底。赵匡胤一方面对杨廷璋大加赞赏，另一方面也丝毫不敢放松警惕。

听到皇帝夸赞杨廷璋，荆罕儒心中自然不服，只想快马加鞭去会会此人。荆罕儒自己就是一个传奇人物，所以杨廷璋这个被皇帝视为传奇人物的人激发了他心中的好胜之心。这种心理，往往建立在对自己极度自信的基础上，也常常会低估了对手。

数日后，荆罕儒一行四人进入了晋州临汾城。随即，他们投宿于临汾城内的平山客栈。在同一日的子时之前，其余九组人也都陆续进入了城中，各自投宿。

次日，夜，戌时，按照事先的约定，荆罕儒及其亲信三十多人穿着便装，赶到临汾东城楼西端的墙根下聚集。其实，在他们潜入城内之前，荆罕儒已经安排探子摸清了杨廷璋的行动习惯。他知道，杨廷璋这日必定会按照惯例，亲自巡视东城门的防卫工作，并且会夜宿城楼。杨廷璋不是那种敷衍了事的官员。他忠诚地履行着自己的职责，竭尽全力保护着一方百姓。尽管这行为背后有维护自己势力范围的动机，但是他作为节度使，是非常尽责的。

晋州临汾城东城楼是一座用大石垒筑的城楼，很高大，经历了多年风雨后，城墙已经变得坑坑洼洼。此时，城门早已经关上。在城楼负责巡逻的卫士们，举着火把在城楼的顶上走来走去。不过，他们警惕的眼光几乎都是投向城楼之外。没有人想到，就在东城门内西端的墙根，已经潜伏了众多武士。

当夜，天空昏暗朦胧，看不见月亮——它早已经藏在厚厚的云层后面。不过，在广阔无垠的夜空中，隐约有些星辰，散发出清冷的光。在混沌的夜色中，几辆大车不知从何处冒了出来，稳稳停在东城楼的墙根下。三十多名精干武士早已经聚集在那里。荆罕儒与几个亲信打开每只楠木大箱，从木箱中取出铠甲与兵刃，递给众人。三十多个武士在夜色的掩护中，借着星辰清冷的微光，紧紧贴着城楼的墙壁，沉默着穿戴铠甲，尽量不发出大的声响。趁夜色，披上铠甲，手执利刃，往城门处摸去。

他们从城楼西端很快摸到了东城门。东城门早已关闭，只有四个戍卒举着火把例行警卫。他们分成两队，从东西两边，沿着城楼台阶，悄无声息地摸上了城楼。荆罕儒亲自带着三名亲信，摸到四个戍卒背后。四个偷袭者几乎同时出手，用手掌重重击打在四个戍卒的颈部。四个戍卒没有发出一声呼喊，便晕了过去。按照原计划，荆罕儒应该带着人前往杨廷璋府邸宣读诏书。但是，当荆罕儒知道杨廷璋有到东城楼巡城的惯例后，决定让自己的行动更具威慑力一些——他要突然出现在城楼上。

当三十多人全部登上城楼后，荆罕儒做了一个列队的手势，三十多名武士迅速组成一个小方阵。当方阵列成时，城楼上的戍卒也发现了这群不速之客。他们的吃惊程度是可以想见的。每个戍卒都被突然出现的一群铠甲武士惊得不知所措了。杨廷璋听到动静，也匆匆带着随身将校从楼顶的阁楼中冲了出来。

荆罕儒见时机成熟，从怀中取出诏书，大声喝道："杨廷璋接旨！"

杨廷璋乍闻是皇帝诏谕，心中大惊。

"从未听得通报，诏谕怎么突然就到了？他们又是何时入城的呢？难道是朝廷欲取我性命不成？吾命休矣！"这种想法在听到荆罕儒呼喝的一刹那，在他内心倏忽闪过。

潜伏入城的伎俩，杨廷璋自己也曾经用过。就在荆罕儒出现在他面前的那一刻，杨廷璋回想起了多年前保卫隰州的那段经历。当时，隰州刺史孙议去世，他经周世宗同意，派遣监军李谦溥领州事。李谦溥到达隰州后，正好并州军突然前来攻打隰州城。李谦溥情急之下，派人飞骑向他求救。“当时我是怎么应对来着？不错，当时参谋建议我派大军出援。不过，我却没有发大军救援，而是派出了百名死士，令他们星夜赶往隰州城。又令几名武士趁夜色绕远道摸小路进入城内与李谦溥约为内应，城内外同时出击，将尚未做好攻城准备的并州军杀得大败。那一仗打得可真是痛快啊！我们的人足足追击了败兵数十里，斩首数千，缴获的武器铠甲更是不计其数！当年我用来救助隰州的潜伏入城的伎俩，现在朝廷用来对付我了！朝廷派人潜入晋州城，莫非就是为了给我一个下马威？难道，当年周祖对付史懿的办法，赵匡胤现在要用来对付我？”这些想法，几乎是一瞬间在杨廷璋脑海里出现的。

杨廷璋猜对了一半，猜错了一半。

当吕余庆向赵匡胤献策时，曾说：“陛下，荆罕儒就应该是当年的杨廷璋，杨廷璋就好比当年的史懿！如果杨廷璋真的不服陛下，陛下就让荆罕儒当场格杀为好！”

不过，赵匡胤思索良久后，是这样回应吕余庆的：“荆罕儒要做当年的杨廷璋，但是，我不要杨廷璋做当年的史懿。他如果能够效忠于我，对于我大宋的价值，要远远大于史懿当年对后周王朝的价值！我应想法尽力保全他。”

“微臣不知圣旨驾到，有失远迎，万望恕罪！只是，我受朝廷重命，不敢轻信于人。这位上使是——”杨廷璋迅速稳定了心神，沉稳地回答，但同时谨慎地提出了质疑。说话的同时，向身边的几位军校使了使眼色。

杨廷璋平日善待部下，身边的军校们深受其恩，此时都在心中暗想：“看来者不善，恐于大人不利。只要大人下令，我等必与一战！愿誓死保护大人！”

杨廷璋稳定心神后，仔细察看来者，心想：“来者武器在手，奇兵突上城楼已经成功，却并未立刻进攻，说明他们并非想取我的性命。恐怕确实是朝廷派来的人。他们必是事先潜入城中，只是为给我一个下马威而已。刀剑出鞘，只不过是欲试吾心也。既来之，则安之，我且见机行事。”杨廷璋先是眉头皱了皱，随即又舒展开来，微微一笑。

“本人荆罕儒！杨廷璋，接旨吧！”荆罕儒面露得意之色，傲然说道。

“臣在！”说话间，杨廷璋跪倒在地。

荆罕儒面色一板，开口道：“他奶奶的，听好了！”

杨廷璋不禁眉头一皱，心想：“皇上怎么派了这样一个愣头青来？此人竟能想出潜行入城的计谋，莫非如三国张飞那般粗中有细？”

只听那荆罕儒已经开始宣读圣旨：

“尔在镇多年，缮城治军，劳苦功高。朕今委晋州兵马钤辖荆罕儒助尔共治晋州之军，以备北贼。望尔与罕儒相谐于镇，不负朕望。”

“臣接旨！”杨廷璋起身接了圣旨，对荆罕儒哈哈一笑道：“荆将军，今日就与诸位兄弟一起，到府内暂歇吧。待明日一早，我便带将军与诸位去军营安顿。将军，请吧！”

荆罕儒因为“偷袭”城楼成功，心中甚是得意，也是哈哈大笑道：“好！既如此，弟兄们，咱们就听杨大人的安排。”说着，又一把拉了杨廷璋的手说道：“杨大人，我这些兄弟，个个乃是以一当百之人，不知比晋州军如何？”

杨廷璋面不改色，以另一只手抓住了荆罕儒的那只手，看上去似是亲热，却是手上加了劲。

荆罕儒手腕乍一疼，猛地放开了杨廷璋。

“荆将军的手下果然是个个出色，不过，我晋州也有不少杰出将士，能于百万军中取上将首级哦！”

荆罕儒未料到杨廷璋如此了得，不禁脸色大变。这时他方仔细打量起杨廷璋。只见杨廷璋一张国字脸，浓眉大眼，蓄着美髯，唇上的胡须长，下巴的胡须却短，面孔虽然显得沧桑，但印堂发亮。杨廷璋的年纪看上去大约在五十四五，身上衣甲整洁利落，仪表颇为端庄，看上去仿佛不像武将，而像个宰执。荆罕儒近距离接触杨廷璋，为杨廷璋的风度感染，但是对他的警惕心也无形中增强了几分。

杨廷璋见荆罕儒放了手，手上也松了劲，不过照样还拉着荆罕儒，微微笑道:“将军初来，今夜就由我在府中请将军小饮几杯，就算给将军接风如何？”

“他奶奶的，你以为本将军不敢！”荆罕儒心中暗想，口中便道:“甚好！请！”

杨廷璋见荆罕儒虽然莽撞粗鲁，但为人豪爽有胆气，对他增了几分好感。

于是，荆罕儒令手下放了先前被击晕的四名城门戍卒，带着三十多名武士，刀剑入鞘，一起跟着杨廷璋下了城口，往杨廷璋府邸走去。

杨廷璋很快令人备好了粗略酒宴。因为时间仓促，菜肴大多是现成的熟食。不过，牛羊肉加热之后，却也香气扑鼻。

“简单了一些，不过酒是好酒！诸位兄弟可要喝个够！”杨廷璋首先向诸人敬酒。

“好！大伙要放开喝，莫要给本将军丢脸！”荆罕儒虽然对杨廷璋心有疑虑，却不愿意输在胆气上。“如果这酒里有毒，我等在此丧了性命，也算是为朝廷鉴别出了杨廷璋的谋叛之心。值！值了！”荆罕儒自出京之日，早将生死置之度外，一心要完成赵匡胤赋予的使命。他哈哈大笑了一声，率先仰天咕咚咕咚喝了一大碗酒。

那三十多位亲信，皆是荆罕儒精心挑选的死士。他们见主将如此，便纷纷不顾疑虑，大口喝起酒来。

赵匡胤的诏谕使杨廷璋明白，朝廷对自己并不信任。他请荆罕儒一干人喝酒，当然并非仅仅为了给他们接风。他想通过宴席，从荆罕儒口中进一步了解当今的皇帝赵匡胤，以便对将来做出打算。

“皇帝显然是放心不下我，可是为什么又派了荆罕儒这样一个愣头青来呢？”这个问题再次从杨廷璋的脑海中浮现出来。他准备诈一诈荆罕儒。

“荆将军，你可真是神兵天降，令我这个带兵之人大感惭愧呀！”

“哈哈，哪是我的主意，如照我的意思，便当带两千铁甲，直奔晋州了。我才不愿偷偷摸摸进你这临汾城呢！”荆罕儒记得离开京城时，皇上叮嘱他一定要对杨廷璋坦诚相见，事事无须隐瞒。

“那么，这主意是……”

“那可是当今陛下亲自安排的。”

“哦？！”杨廷璋闻言又惊又喜，心想，“当今主上果然是善于权谋的枭雄。这不就是在警告我，朝廷随时可取我项上人头吗？可是，皇上令荆罕儒这样一个人来，又令他引而不发，这乃是在告诉我，朝廷依然是肯定我的治理能力的。”

“那么，陛下除了书面的诏谕，可有其他的话要将军对在下说的吗？”

“没有了，陛下只令我协助大人整治晋州之军。”

"尔在镇多年，缮城治军，劳苦功高，朕今委晋州兵马钤辖荆罕儒助尔共治晋州之军……望尔与罕儒相谐于镇，不负朕望。"杨廷璋心中反复念着诏谕中的话，一时不明白这话的真正用意。

荆罕儒等见喝了酒并无事，渐渐放下心来，料想这杨廷璋也不敢拿自己怎么样。他想："我背后有皇帝撑腰，只要他没有反朝廷的念头，我等就没有危险。否则，这酒恐怕就没有那么好喝了！"杨廷璋当下也不再多问朝廷之事，只与荆罕儒等聊起了开封一带的风俗。

当夜，荆罕儒及亲信一醉方休，宿于杨廷璋府邸。

次日，杨廷璋带着荆罕儒三十多人前往军营安顿。

刚刚安顿下来，荆罕儒便提出要阅军。他既为晋州兵马钤辖，说话自然有一定的分量。杨廷璋也不反对，当即传令，本城卫戍军于巳时集合于北城门外。

巳时，荆罕儒在杨廷璋带领下登上了临汾北门城楼。

荆罕儒往城楼下一望，但见数千步骑列阵于城楼之下，刀枪林立，兵刃在阳光下闪着耀眼的寒光。靠近城楼的，乃是骑兵，估计有五百余骑。骑兵之外，乃是手持刀盾的步兵。再外一层的士兵，武器却颇为奇怪，每人手中持一长枪，长约两丈。这长枪兵外层，乃是数百弓弩手。最外一层士兵，皆手执齐身高大铁盾。

荆罕儒见杨廷璋所带之兵纪律严明，虎虎生威，不禁心中暗暗佩服。

"杨大人，这晋州军总共是多少？"

"州城驻军三千，其余各城共两千五百余人。"

"看上去兵强马壮呀！"

"荆将军过奖了。"

"杨大人，如此精兵，放之不用，岂非可惜？"

杨廷璋心中一凛，暗想："没想到这么快就开始打我的主意了！"当下呵呵一笑，问道："荆将军有何见教？"

荆罕儒也是带兵之人，眼见杨廷璋治军如此，知道这支军队对杨廷璋的忠心是毋庸置疑的了。

"陛下要我判断晋州军队对杨廷璋是否忠心，这只看一眼，便清楚了呀。"荆罕儒这般想着，口中已经把自己的想法说出来："我哪敢呀！这支精锐之师，恐怕离开大人，是谁也指挥不动的啊！"

所谓说者无意，听者有心。杨廷璋听到这话，心中重重一震，心想："是了，陛下诏谕中'尔在镇多年，缮城治军，劳苦功高'之语，不仅仅是不放心我，恐怕还担心我想要拥兵谋反。当年史懿在泾州拥兵自重，周祖心中才会起了杀心吧。难道，今日我杨廷璋在赵匡胤心中，就是当年的史懿不成？近来关于潞州欲反的谣言颇多，我姐乃周太祖之妃，赵匡胤靠兵变登上皇位，也难怪其起疑心。幸好我对荆罕儒公开坦诚，否则我族危矣！"

当下，杨廷璋面不改色，按计划发号施令，组织城下诸军演练阵法。"朝廷既派了荆罕儒这样的人前来，虽然是暗示朝廷对我已经心存警惕，似乎也在暗示依然可以容我吧？但是，这也恐怕只是暂时的事。主上的恩威，真是让人难以预料呀！"

# 六

荆罕儒自于晋州临汾城楼阅兵之后，隔三岔五便带十来名亲信，故意带着兵刃，前呼后拥地前往杨廷璋府邸拜访。这种冒犯的行为，乃是他完全按照赵匡胤的指示在执行。每次荆罕儒登门，杨廷璋都将府邸大门向他敞开，毫不设防。

杨廷璋有七个儿子，当时五人在真定老家居住生活。杨廷璋将自己最喜爱的儿子杨坦、杨埙带在身边，仔细加以调教。杨坦、杨埙两兄弟不负父亲的期望，在后周时已经先后进士及第。周世宗早打算任命杨家兄弟二人，但杨廷璋却请求世宗暂时将兄弟二人留在他身边，先加以历练，今后再正式出仕为朝廷效力。荆罕儒的到来，打破了杨家兄弟二人风平浪静的生活。杨廷璋为了消除荆罕儒的怀疑，便要求兄弟二人平日里都待在府中，更不许二人离开临汾城。

杨廷璋原本在自己府邸中安排了二十名军校作为护卫。荆罕儒一行人在军营安顿好后，杨廷璋将府邸中的使唤军校全部都调回军营。府邸中，只留了从老家带来的家仆和一些从当地雇用的仆人。

荆罕儒观察杨廷璋的举动，稍稍消除了疑惧之心。不过，根据赵匡胤的命令，他每隔数日，便将所见一切如实向京城汇报。

正当杨廷璋觉得荆罕儒带来的风波渐渐平息之时，却发生了一件意想不到的事。这件事，令杨廷璋感到非常意外，简直让他有些不知所措。

这日，几个看守城门的军校将一个人押送到杨廷璋的府中。

“大人，此人指名道姓要见您。问他的来历，却闭口不言。”

杨廷璋上下看了那人一番。只见被带来的人长着一张普普通通的脸，中等身材，穿着灰布袍子。这样的人，如果走在大街上，会很容易地隐没在茫茫人海中。这样一个人，如果不是主动说要找杨廷璋，看守城门的军校是绝对不会留意到他的。杨廷璋为人谨慎，长期带兵，见多识广，心里暗自道：“这人倒是个做间谍的好料子。”

“哦？我便是杨廷璋。你要见我，是为何事？你现在可以说了！”杨廷璋和颜悦色地问那个被押来的人。

“请大人屏退左右！”那人脸色平静地说道。

“哦？！好，你们先退出去吧。”

杨廷璋身边的诸军校应诺，都从屋中退了出去。

“好了，你可以说了。你究竟是何人？”

“大人，我受潞州节度使李筠大人之令前来给大人带个口信……”

杨廷璋一听，心里咯噔了一下。怎么偏偏就在这个时候来？这事如果让荆罕儒知道了，可是跳进黄河也洗不清啊！他的心一下子缩紧了，脸上却尽量显出平静的样子。

那人继续说道：“李大人已经决定于四月初起兵，他诚请大人一同出兵，讨伐窃位之贼！”

原来谣言竟都是真的！事情果然来了！杨廷璋心中暗暗叫苦。

周祖郭威、周世宗柴荣对他都是恩重如山。郭威不仅是他的君主，也是他姐夫，更是他的知己；柴荣对他有举荐和重用之恩。在他的心中，确实怀念着周祖郭威和周世宗柴荣。当年，听到周祖郭威故去的消息时，他伤痛得口吐鲜血，几乎快把心肺都吐出来了，吐血后，又是数日不能进食。那种伤痛，刻骨铭心。自从那个时候起，他就感到天下仿佛瞬间沉入了一片不可捉摸的大海，不断生出许多漩涡。他知道，这些漩涡，迟早也要将自己卷进去。当赵匡胤登基之时，他便感到新的巨大的漩涡真的形成了。如今，这个巨大漩涡终于挟着一股难以控制的力量卷到了自己的身旁。他仿佛听到了大水奔流旋转的轰鸣声，觉得自己仿佛正在一个巨大的漩涡中心，无奈地仰望着在旋转中形成的一圈漏斗形的水的高墙。一股巨大的力量来自他的脚下，无情地吸住他的双脚往下拖曳。他张开双臂向天空狂乱地挥舞，仿佛想要抓住什么往上攀爬，可是巨大漩涡正在征服所有将他往上拉拽的力量。他感到自己正在下沉，正在慢慢往巨大的漏斗形的漩涡中心沉下去。水的高墙，闪着青灰色的光，在他头顶铺天盖地压过来。

只听那人道：“大人，先帝待你不薄，大人难道是忘恩负义之人吗？”

“放肆！”杨廷璋从漩涡的幻境中清醒过来，勃然大怒。

杨廷璋正要拍案而起，转念一想，不如借机询问潞州起兵的详细部署。正欲开口时，忽然又想到一层，不禁惊出一身冷汗。“若是此人乃当今朝廷派来试探于我的假密使，我如对潞州流露出好感，岂非中了朝廷之计？！”想到这层，杨廷璋努力冷静下来，琢磨着如何应对这种棘手的局面。

杨廷璋心中暗恨窃取大位的赵匡胤，但是，他也知道，如今的中原大地，需要一个强有力的人才能左右局面。

“这潞州起兵的胜算又有几成呢？即使胜了，又于天下太平有何意义呢？世宗经过多年征战，好不容易开创了中原太平的根基。难道他会希望看到旧日之臣为了争夺天下而大动干戈吗？可是，我与潞州李大人当年同事世宗时颇有交情，又怎能忍心与赵匡胤一道与他为敌呢？这可如何是好？”杨廷璋心中翻滚着许多想法，一时之间陷入沉默。

沉思片刻之后，杨廷璋拿定了主意：“为了中原太平的根基能够稳固，这回我是不能与潞州一起争一时之气了。况且，如果此人是赵匡胤派出的耳目，假装以李筠之名求助于我，如果我给予支持，岂非被朝廷抓到了谋反的证据？”

“抱歉，如今天下初定，我认为潞州起兵实在不是明智之举！恕我不能答应你家大人的请求。”杨廷璋对那个密使说出了真心话。

“……既然如此……就请杀了我！”那人冷冷地盯着杨廷璋。

“不，我会放了你，你且回潞州劝说你家大人，最好放弃谋逆的念头。”

那人一听，狂笑起来：“这是不可能的！没想到大人如此懦弱。大人不用放我回去了。我家大人的讨贼檄文应该已经在前往京城的路上了。还请大人赐小人一死吧！”那张普普通通的脸忽然散发出异样的光芒。他的狂笑，变成了畅怀大笑，声震屋宇。

杨廷璋盯着那人的双眼，努力想从那人一半冰冷一半狂热的目光中读出他真实的想法。杨廷璋没有从那眼光中看到丝毫的动摇，他看到的是愤怒、轻蔑，以及凭借着意志克制住的对死亡的恐惧。杨廷璋此时已经不再怀疑此人乃是朝廷派来的试探者。没有哪个试探者会表现出这样的气节。

杨廷璋无奈地摇了摇头，本想为自己争辩几句，毕竟还是未说出口，沉吟了片刻，道：“罢了，罢了，看你也是一条汉子！我且不杀你，还请壮士容我借你一用。”

“要杀要剐，任凭处置。不过，你休想从我口中套出什么东西！”

“我说了，我不杀你。不过，如今朝廷已经怀疑晋州欲反，为了证明晋州并无反心，保得这一方百姓的平安，我要将壮士送往京城，由陛下亲自处置你。”

凡兴师十万，出征千里，百姓之费，公家之奉，日费千金，内外骚动，怠于道路，不得操事者，七十万家。

杨廷璋的心中，突然浮现出《孙子兵法》中的一句话。

“大人只不过是为了保全自己的性命吧！又何必以晋州百姓为托词呢？”潞州密使轻蔑地说道。

杨廷璋一听，脸上隐隐露出愠怒之色。他经营晋州多年，前后率军进入北汉境内十数次，攻取仁义、高壁等寨，擒获北汉刺史、将校数十人，俘获百姓达数千户，所获牛羊更是不计其数。他绝非贪生怕死之辈，确实是对晋州与当地百姓充满了感情。他很清楚，如果朝廷知道晋州欲反，不仅他性命不保，还将牵涉许多人的性命。他的部下中，至少有三分之一是晋州百姓的子弟兵。如果晋州起兵而事败，晋州许多百姓必然受到牵连。

潞州密使的话深深地刺痛了杨廷璋那颗骄傲的心。不过他并不想辩解。他知道，密使对他越是仇恨，朝廷就对他越是信任。

但愿天鉴我心！杨廷璋终于打定了主意。

“来人呐！将此奸细押送到荆将军那里去！”

几个军士闻声一拥而入，二话不说，押了那个人出去。

密使破口大骂的声音持续从屋外传来，好一阵后才隐没下去。杨廷璋坐在椅子上，喃喃自语：“先帝，若你在天有灵，应该明白臣的真心吧？”他感到两行热泪从眼中涌出，顺着脸颊慢慢淌下，流过了胡须，流到了嘴唇上。苦涩的咸的滋味。

他伸手抹了一把脸，稳住内心波涛汹涌的情绪，静静地坐着，沉默着。

“杨将军别来无恙啊！”

忽然，随着一声大喝，一个身材高大的人走进了杨廷璋的中堂。

是什么人？也不通报就进来？杨廷璋吃了一惊，猛地抬起头来。这抬头一看，吓了他一大跳。

“哎呀，是什么风，将司空大人吹到这里来啦？”杨廷璋慌忙起身相迎。

原来，来者不是别人，正是周世宗的生父、司空柴守礼。

“唉！老夫致仕在家，最近闲得发慌，心里思念故人，所以出来转转。”柴守礼打了个哈哈。

“司空大人身子骨还是这般硬朗啊！”

“不行咯，老咯，现在是年轻人的天下啊！”柴守礼摆摆手。

“瞧您说的。您老快坐，我让人上茶。”杨廷璋走上去，扶着柴守礼，让他坐在了长条案左边的椅子上。仆人得了吩咐，自去备茶了。

柴守礼也不客气，大咧咧地在椅子上坐下，又从容地将两只脚放在了松木足承上。

“这足承不错，有了它，可舒服多了。唉，平日里习惯了在足承上搁脚，哪天突然没有了，恐怕这脚都不知道往哪里放咯！”柴守礼盯着脚下那张松木制作的四脚雕花足承，嘴里仿佛是自言自语地嘟囔着。

杨廷璋听了，心里一惊，心想：“这司空大人今日话中有话。这不是明摆着借足承来诉苦，感慨自己失去了世宗这棵大树的依靠吗？世宗实际上是他的亲子，郑王实际上是他亲孙，如今世宗已经仙逝，郑王失去了帝位幽居洛阳，司空大人这是借足承来说事啊！”

“司空大人说得是啊！”杨廷璋应和了一声，他惊奇地发现，自己的嗓子竟然由于内心紧张而变得沙哑。这种紧张来得很迅速，仿佛一道闪电划破夜空，闪电之后，又响起震撼大地的惊雷。杨廷璋的心被突如其来的“闪电”和“惊雷”给击中了。它默默地震颤着，知道在司空大人柴守礼看似平常的话语中，可能正在酝酿着一场可怕的风暴。这场风暴，可能会令天下四方剑拔弩张，可能会将很多人的性命卷入其内，甚至可能最终会令天下血流成河。如果说，那个巨大的漩涡在杨廷璋心中只是一种意象、一种幻境，那么柴守礼让他感受到的这场风暴，比他想象中的巨大漩涡显得更加具体、更加真实，而且充满着血腥。

柴守礼盯着杨廷璋，说道：“杨老弟——”他这样吐出三个字后，仿佛喉咙里突然塞了一个核桃，轻轻地咕噜一声，便不出声了。

“司空大人，周祖是在下的姐夫，世宗对在下有恩，您老心里有话，憋着不好，尽管说吧！我心里有数。”杨廷璋知道，该发生的终归避免不了，倒还不如让它更加清晰地显现出来，那样也能更好地寻思应对之策，所以，他直直盯着柴守礼，鼓励眼前这个须发皆白的老人将心里的打算都说出来。

“哎，杨大人，周祖是你的姐夫这样的话，现在与今后你休要再提哦！说不定，朝廷正在为咱两家这层关系而头疼呢！”

“我不提，有人心里照样会这般想啊！”

“老夫就闲话少说了。杨大人，你可听到潞州要反的消息了？”

此时，杨廷璋正从条案上拿起茶壶往柴守礼的茶盏中注茶，听了这话，拿茶壶的手微微颤了一下。尽管旁边的仆人与侍卫都已经退下，杨廷璋依然感到如芒在背。

“这——不错，好像坊间有这样的谣言啊。”

“杨大人怎么看？”

“李筠乃是前朝宿将，在潞州多年，手下兵强马壮，如果真的反了，那朝廷要想对付他，可真是一件棘手的事情啊！”

“杨大人觉得如果李筠与当今皇帝中原逐鹿，哪个会赢？”

“如果李筠只有潞州之兵，恐怕难敌朝廷啊！毕竟，以一州之力对抗中原数州，是很难的。打仗不是光靠勇气，人、财、物，缺一样都很难啊！更不用说天时、地利等不可预料的因素了。”

“但是，如果李筠得到北汉、南唐或吴越国的帮助，如果扬州的李重进也同时起兵呢？”

“那样恐怕朝廷的处境就不太妙了！”

“如果李筠真反了，如果他打着勤王复辟的旗帜，杨大人认为朝廷会怎样对待像你我这样与前朝皇帝宗室有着密切渊源的人呢？我们的忠心，朝廷不一定相信啊！”

“这——”柴守礼到这里，杨廷璋尽管心中早有准备，额头上仍沁出点点冷汗。

“杨大人，您是明白人，事情发展到这个阶段，你我再不早做谋断，恐怕日后悔之晚矣！”

“这——”杨廷璋眼光停留在柴守礼脚下的松木足承上。他看到上了漆的足承的一个脚在斜照进来的阳光下反射着幽幽的光。他盯着那一点幽幽的光，习惯性地捋着胡须。

“杨大人如何看待今上呢？”

“这——在下不敢妄评！”杨廷璋踟蹰着，几个字好不容易从他谨慎的口中挤了出来。

“所谓观迹明心。不错，从今上登基以来的作为可以看出，今上或许是个宅心仁厚之人。近些日子，老夫曾暗中派人往京城内打听消息，也知道京城内自兵变以来市不易肆，百姓可算是安居乐业。可是，杨老弟，你别忘了，今上出自行伍，历经大小战役不下百次，在征南唐时，韩令坤与他父亲同时被围，为了胜利，他坚决不让韩令坤与自己的父亲撤退，这不叫铁石心肠，又能叫什么？一旦李筠兵变，今上要是铁下心来铲除隐患，我柴家和你杨家，与前朝沾亲带故的，在今上心里恐怕就是眼中钉肉中刺了。杨老弟，你好好想想！”

“司空大人——”

杨廷璋神色肃然，话未说完，柴守礼伸出手掌一挥，示意杨廷璋打住话头。

“杨老弟，你要记住，仁慈之人的冷酷，要比凶残之人的冷酷更加可怕！一旦今上狠下心来，老夫真的不知道会有什么样的后果啊！”

杨廷璋沉默着低下了头，脸上的肌肉由于内心的挣扎而微微抽动着。他喃喃自语重复着、琢磨着柴守礼方才说的一句话：“仁慈之人的冷酷，要比凶残之人的冷酷更加可怕！是啊，仁慈之人的冷酷要比凶残之人的冷酷更加可怕！”

“杨老弟，不瞒你说，老夫这次是专程来向你求助的！也是专程来救老弟的呀！当然啦，救老弟也是救老夫自己，也是救柴家。”

“难道司空大人要在下与李筠一同起兵？”杨廷璋下意识地往四周瞟了几眼，有点惶然地低声问道。他心里暗想：“莫非柴守礼也是李筠的说客，莫非他早知道我会扣押李筠派来的密使？莫非这是个连环计？”

“非也！”柴守礼显出高深莫测的神色，缓缓地摇摇头。

“司空大人既无此意，在下就斗胆要问司空大人究竟有何打算？”杨廷璋咬了咬牙，终于决定先听听柴守礼内心的想法。他知道，柴守礼既然有如此之言，必然心中已经想好了应对之策。

“杨老弟可曾观赏过洛阳的牡丹？”

“不曾。”杨廷璋不知柴守礼为何突然说起洛阳牡丹，不禁露出诧异之色。

“洛阳的牡丹，再过些日子就要开了。洛阳的牡丹，天下闻名。届时，老夫打算在洛阳举办一个赏花会。老夫要邀请天下的节度使，共赴盛会，一同到洛阳赏牡丹。当然，最重要的是，老夫会奏请今上，请今上也临幸洛阳赏花。老夫要借洛阳牡丹，做一篇大文章！”柴守礼说着，微微一笑。

“如果今上不准奏，根本不去呢？”

“老夫会私下先联系好一众节度使，就如同邀请杨老弟一样，老夫相信，在目前的局势下，会有很多节度使接受老夫的邀请。不是吗？杨老弟，老夫相信你也一定会来！到了那个时候，今上恐怕不得不来。至于今上到了洛阳后事情的发展，就不能完全由着今上了！”

“司空大人莫非想在洛阳——”杨廷璋伸手虚空一划。

“杨老弟也太看低今上了。即便他来洛阳，老夫估计也没有这样的机会。不过，老夫自然有办法得到老夫想要得到的东西，至于杨老弟与各位节度使想要的东西，老夫也能够帮助你们得到！”柴守礼神秘地一笑。

杨廷璋沉思了片刻，哑着嗓子问道：“司空大人既然如此开诚布公，在下也不瞒司空大人。前些日子，李筠派人来做说客，在下已经扣留了那人，正想送往京城。如此一来，在下是否应该暗中将那人送回李筠处呢？”

“不可！”

“司空大人的意思是？”

“老弟将那个李筠的密使送往京城即可！老夫并不是要杨老弟现在就与今上对着干。”

“哦？”

“老夫与老弟都是在乱世的夹缝中活过来的人，这是我们的宿命，我们只能在夹缝中坚持下去。所以，我们要等待今上与李筠的碰撞，我们要在这两股力量的对抗中寻到活命的机会！”

杨廷璋听了，若有所思地点了点头。

不久之后，赵匡胤亲自在京城审问了杨廷璋送来的那个密使。当然，他并没有从密使口中套到什么情报。那密使数日后绝食而亡。本来，荆罕儒的报告已经打消了这个新皇帝对杨廷璋的怀疑。但是，杨廷璋送到朝廷的密使却使他反而对杨廷璋产生了怀疑。

“这杨廷璋是否想借送个密使来迷惑朕，然后暗度陈仓与潞州联合行谋反之事呢？”赵匡胤心中暗想，他一度闪现了令荆罕儒杀掉杨廷璋的念头。终于，宰相范质的话再次浮现于他的心头：“他们是否会谋反，不在于他们自己，而完全在于陛下！陛下若想令他们反，他们不能不反。陛下若令他们不反，他们必然可以为陛下所用！如果他们几位谋反，真正的罪人乃在于陛下，而不在于他们……”

赵匡胤没有令荆罕儒除去杨廷璋，却令他要更加严密地监视杨廷璋。

# 七

近两个月来，赵匡胤觉得自己渐渐陷入了一种矛盾的心理之中，一方面他告诫自己应该用人不疑，但是另一方面却发觉自己变得越来越多疑了。

“绝不允许任何人阻碍我统一天下、开创太平盛世的宏愿！”赵匡胤常常以这样的话来安慰自己。他完全相信这个宏愿，而那些挡在通往实现这个宏愿道路上的任何石子，都是必须要踢开去的。尽管如此，他依然常常陷入深深的痛苦之中。在那痛苦的漩涡中，他会想起周世宗，他会想起柳莺，他会想起许多曾经与他一起并肩战斗如今却早已埋骨荒山的同僚和属下，他还会想到儿子德昭和两个将要出阁的女儿，每当这个时候，他就会感到人生的虚幻。说到底，所有的一切都不过是过眼云烟。即使是天子，也终归逃脱不了一抔黄土呀！这种想法，与他的头痛病纠缠在一起，成了他难以躲避的人生梦魇。

赵匡胤的内心一方面极其崇尚武力，另一方面又对粗鲁野蛮的武人深恶痛绝。出于对五代时期武力所带来的杀戮的厌恶，他非常崇尚文治，却又在内心鄙视在文人身上常常会出现的懦弱、钩心斗角和自以为是。他有时感到自己是个笑话，是个杀戮者又是讨厌杀戮的人，是个武人却又欣赏文士。他在情感纠结中徘徊，自己折磨着自己。不过，他心里很清楚，不论是武人，还是文士，为了他的宏愿，他都要好好加以利用。

按照他的吩咐，荆罕儒隔三岔五从晋州送来密信，这些密信给了他一个强烈的印象：如果天下的武力不能牢牢掌握在朝廷的手中，在这片辽阔的国土上，互相杀伐的隐患就不可能消除。唐代君主与贵族一起协商统治天下的政治，经过五代之乱，再也不该重复了。唐代虽然一度威加四海万方朝拜，但是那已经是过去了。长安的繁华，已经隐退到历史的深处。天下苍生，依然要在这片苦难的满目疮痍的大地上生活下去。大宋王朝，能否真正成为一个强大的国家，现在他的心底还说不准。直到如今，他依然还不清楚，究竟应该以何种方式来最好地解决兵权散布天下的局面。他实际已经尝试着在采取一些应对措施，比如，将节度使调任他地。当然，这种做法，至今为止，与其说是一种系统的战略，还不如说是一种权宜之计，来自于对一些可能谋逆的节度使的恐惧。

这日，赵匡胤于福宁宫中翻阅着荆罕儒的密信，心里盘算着如何对付可能与潞州相勾结的各股力量。

“陛下，参知枢密院事王溥求见！”门外的侍卫在门口禀报。

“请他进殿吧。”

不一会儿，王溥匆匆步入殿内，叩见完毕，还未待坐下，便凄然道：“请陛下为老臣做主啊！”

“哦？你脸色如此难看，莫非出了什么大事？你不用急，慢慢说来。”

“陛下，王彦升将军实在是欺人太甚！”

“怎么？”

“前不久，王彦升将军突然夜至老臣府中。微臣惊惧而出，以为出了什么大事。未料，王将军竟然说是夜巡累了，想到臣府中讨杯酒喝。臣一想，这也没有什么呀，便拿出好酒，备上好菜招待王将军。没想到，王将军此后三番五次趁夜到臣府中，并暗中通过臣府中之人向臣索贿。臣本想招待几次也就罢了，未料竟然惹出这种事。臣的四个儿子都劝我顺了王将军的意思。只是臣又想到，陛下三令五申朝廷官员不得行贿受贿，我怎能有违尊命！可是，臣实在心中恐惧，不知那王将军见老臣不与他钱财，究竟会做出什么事来。还请陛下做主啊！”王溥心中郁闷，一口气说了很多。

赵匡胤坐在榻上，默默听着，一言不发，脸色越来越难看，两只手僵硬地摆在两个膝盖上一动不动。待王溥说完，赵匡胤继续沉默了片刻，方才冷笑了一声道：“前些日子，明摆着是契丹的离间计，王彦升却暗怀私心想抓赵普，朕已经从宽待他，未料他竟然做出这等事来，还敢来骚扰你。自五代以来，武人执掌兵权，凭借手中的刀剑，四处横行。每每打仗，便趁乱劫掠百姓。想不到，朕亲自任命的将军，竟然带头劫掠起朝廷的宰相！你且回去。王彦升之事，朕自有定夺，定给你一个公道。”

“谢陛下！”王溥见皇上龙颜大怒，亦不敢多言。

“对了，宿州大火烧毁了民舍万余，安抚得怎样了？”

“中使已经前往安抚。据报，本次受灾百姓数达一万三千余户，因是半夜起火，死伤之人颇多，共有死者五百多人，伤者三千八百多人。目前，根据陛下的旨意，已经从国库中紧急拨出一百万贯周济受灾民户，以解燃眉之急。”

“这一百万贯都怎用了？”

“八十万贯已经交付当地官员，组织力量帮助民户重建屋舍。

二十万贯由当地官员直接分发至受灾严重的人户手中。”

“好！我大宋刚刚立国，虽说天灾难免，但是能否处理得当直接关系到民心。对救济款的使用与发放，千万不能掉以轻心。”

“请陛下放心，宿州救灾事宜已经在进行之中。根据送来的报告看，一切尚顺利。”

“那就好。至于王彦升之事，明日即行殿议。”

“谢陛下！”

王溥退出后，赵匡胤想起了守能和尚关于王彦升的看法，心中不禁后悔。“早该听守能之言。朕本想给王彦升一个机会，授予他铁骑左厢都指挥使这要职，以待观察。他终究是狂妄之心不改。按理说，王彦升也是我大宋有功之臣，这次又该如何处置呢？”赵匡胤想起此事就头痛。他本性上是个重情之人，可是为了心中的原则和宏愿，不得不又一次违背他的本性。当年，为了战略上的需要，在淮南之时他不顾父亲的危险，不许父亲退兵；他喜爱恭帝柴宗训，却还是通过兵变夺了他的位；如今，他虽然知道王彦升对大宋立国也算是有功之臣，却铁下心肠决定要加以惩罚。

次日巳时，赵匡胤上崇元殿与诸位朝臣议事。他尽量显得平静地坐着，双手舒缓地搭在膝盖上。

朝议并没有从王溥密奏的王彦升之事开始。

天下州县多有犯庙讳及皇帝御名者，宰相范质首先奏报相关州县改名事宜。

赵匡胤听到一切顺利，满意地点了点头，道：“五代以来，战乱不休，除了与方镇割据、武人掌权有关，也是因为礼仪败坏，天下纲序混乱。因此，这相关州县改名的事，虽为形式，实也有其建纲立序的意义。此事按古制推行即可。不过，将朕的真意令天下州县明白，才是关键。”

赵匡胤并不想在此事上多议，不待范质接话，话锋一转，说道：“不久前，朕曾微服私访扬州——”

赵匡胤话未说完，殿内的大臣班列中已经发出一片窃窃私语之声。不少大臣轻声地交头接耳起来。赵匡胤咳嗽了一声，大殿内复又安静下来。他继续说道：“回京后，朕的心头，是一直轻松不下来啊。朕突然明白了，这天下呀，绝非是我等这殿堂之上几个人的天下，实乃百姓的天下。朝廷的一举一动，关系到天下，而天下百姓的苦乐，也最终将左右朝廷。能得民心者，就能得天下。我大宋朝刚刚立国，若想基业长青，不能不明白这一点呀！”

赵匡胤这几句说得语重心长，一些朝臣听在耳里，如巨雷一般隆隆作响；另一些朝臣则是老油条，皇帝的话，他们听是听着，可是就当耳边风。

“陛下心念天下，实乃天下百姓之福呀！”宰相范质发自肺腑地感叹。

“范爱卿，既然说到了天下，近日天下有何大事，你一并奏上吧。”

“陛下，我大宋立国以来，各地局面基本稳定。不久前，朝廷在河北高价收购粮食，令当地百姓受益不浅，朝廷的屯粮也因此增加不少。不过，五代以来，各地河渠失修，田地荒废颇多。农业乃社稷长青、百姓安居之根基，望陛下诏谕天下州县，以农为本，拓荒开田，以造太平之源！”

“爱卿所言正是。老百姓如果饭都吃不饱，哪有什么天下太平。不久前的扬州之行，朕看即便是淮南的富庶之地，也因战乱出了许多荒地，这拓荒是应大力抓才是！好，爱卿就会同有关衙门，将这事深议议，拿出一些可行的方案来。”

“是！陛下。老臣还有一事要奏。”

“哦？说吧。”

“臣得信报，近日南汉宦官陈延寿进谗言，怂恿南汉主杀其弟桂王旋兴。此乃南汉朝乱之象。我大宋乃上国，臣请陛下下诏以诫其行。”

赵匡胤听了南汉之事，若有所思地点了点头，道：“南汉主听信谗言，行不义之事，乃自取灭亡之道……魏爱卿，你有何看法？”

宰相魏仁浦见皇帝问话，忙出班说道：“以臣愚见，虽说我大宋本该下诏以诫其行，以立天下之大义，不过，南汉与我之间尚隔着荆南、湖南之国。所谓远交近攻，若如今去招惹南汉，似对我朝稳定并无意义。另，北汉与契丹常常威胁我北方边境，如果我招惹南汉，一旦其联系南唐、荆南、湖南入侵我南部，则我南北受敌，实为不利。因此，若我大宋顾及天下百姓之大利，暂时还不能去招惹南汉。”

“嗯。范爱卿，你觉得如何？”

“老臣本来的想法是，我大宋借告诫南汉既可以立威，又不至于立刻招惹战乱。不过，如今潞州等地局势不稳……方才听魏大人一言，老臣仔细揣度，还是魏大人想得稳妥，是老臣欠考虑了。”

赵匡胤听了，点点头，从容道：“两位大人都全心为我大宋朝考虑，说得都自有道理。不过，如今我朝境内，确实有许多隐患，因此，朕决定还是以稳定内部为先。对了，魏大人，先前北汉诱使代北诸部侵掠河西，已下诏令北方诸镇会兵御之，结果如何？”

“臣正欲报奏此事。”说着，魏仁浦呈上了定难节度使、守太尉兼中书令李彝兴刚刚送交的一份劄子。李彝兴原名彝殷，为了避宋宣祖的名讳而改了名。

赵匡胤接过来仔细看了片刻，双眉一舒道：“好！这个李彝兴还真是不简单，派了个部将李彝玉进援麟州，就将那北汉兵给吓跑了。看来，这北汉也不过是虚张声势而已。”

“不过，北汉最近似乎与潞州的联系更加频繁了。”

“哦？看来他们将有所行动了。”

“潞州之叛，恐怕避免不了。”

“不必着急，且看他如何举动。”

“可……”魏仁浦本想建议皇上先下手为强以稳定国内局势，可是，他的话被赵匡胤打断了。

“潘美、魏丕那边都有报奏吗？”

此前，赵匡胤已经派潘美去陕州以监视保义节度使袁彦。

“潘美报奏说，他赶往陕州后，单骑入城，保义节度使袁彦以礼相待，并无反意。”

“好！潘美不杀袁彦，成我之志也！”

这时，黄门来报，说出使镇州的楚昭辅上朝觐见。赵匡胤闻言大喜，道：“快快传上！”

自那天随赵匡胤拜访了范质之后，楚昭辅即被派往镇州监视成德节度使郭崇。

这成德节度使郭崇自从赵匡胤登基后，就常常与下属提及世宗，伤心时甚至潸然泪下。监军陈思诲将郭崇的表现秘密报奏给了赵匡胤，并且说：“镇州靠近契丹，郭崇似乎不服朝廷，如若与契丹勾结，对朝廷极其不利。请陛下早做打算。”赵匡胤当时说道：“朕素知郭崇笃于恩义，这些都是因为感激怀念而伤感呀！”不过，拜访了范质后，赵匡胤还是派出了楚昭辅作为使者去监视郭崇，甚至密令楚昭辅，如果郭崇有异心，格杀勿论。赵匡胤不想再出现第二个潞州，范质的话他听进了一半，他会给那些怀念世宗的人以机会，但是他知道自己不能放任他们，他决不允许这些人再像潞州李筠那样走向谋逆的道路。为了避免更多的谋逆，他要在出现苗头的时候，就让他们感受到他的权力和威严，从而制止他们可能出现的反叛行动。

“郭崇那边怎样？你细细说来。”

“陛下，臣到了镇州后，郭崇亲自带人出迎，态度甚为恭敬。臣在镇州时，见郭崇每日照规办事，且常常与僚佐喝酒赌博，一副没有心事的样子。”楚昭辅答道。

“这倒是有些奇怪。前阵子，不是说他常常怀念先帝而哭泣吗？”

“不错，臣也觉得奇怪，便暗中使了些钱财，从下面人中知道了内情。原来，郭崇为怀念先帝之事，甚为后悔，常常担心朝廷怀疑他有异心，很长时间忧闷失据，惶惶不安。后来，其观察判官辛仲甫向他献策，说大人只要真心忠于朝廷，按照常规办事，善待军民，朝廷又怎么会妄加治罪呢？郭崇听了辛仲甫之言，才安下心办事如常。以臣观察，他对朝廷是绝无异心的了。”

“哈哈，朕早就说过了，郭崇笃于恩义，是因感激怀念先帝而哭泣呀！陶谷，你赶快拟旨，朕要赐金带与郭崇，一为嘉奖他对先帝的忠义，二为嘉奖他对朕与大宋朝的忠心。”赵匡胤意味深长地瞪了陶谷一眼。

陶谷看到了赵匡胤的眼光，慌忙应诺。在这一刻，他突然想起自己之前私下替周恭帝赶制禅位给赵匡胤的制书，不禁脸上微微发热，幸得他在官场多年，沉住了气，不使自己显得尴尬。“看来，陛下对我赶制禅位制书有负于周室还是有看法的，”他心中暗想，“这次让我拟这个旨，乃在警告我今后要忠于大宋朝呀！真是伴君如伴虎呀。”

赵匡胤瞪了陶谷一眼后，继续对群臣说道：“镇州、陕州无事，那潞州的北面、西北面的后路就基本上断了。朕也不怕它折腾。不过，目前还不能掉以轻心，潞州起事，北汉必为之助。此外……”

赵匡胤本想说在南面淮南可能与潞州勾结作乱，但是心中另一个念头使他觉得此时将这个想法说出来可能并不合适，便将话生生停住了。在赵匡胤看来，如今南唐对朝廷一方面甚为恭敬，另一方面则非常恐惧。如果朝廷对淮南有所看法，南唐极有可能加速整治军备。毕竟，淮南十四州原来归属南唐，宋朝要对淮南用兵，南唐不可能没有想法。正所谓唇亡齿寒也。因此，如果现在于朝廷上说出不信任淮南的话，极可能很快会传到南唐那边。这样，便有可能对朝廷未来的行动产生阻力。

赵匡胤话说了一半，没有往下说，话锋一转道：“光美可在？！”

皇弟赵光美出班道：“臣在！”

“你听好了，朕今任命你为嘉州防御使。”

“谢主隆恩！”

那嘉州如今在后蜀辖内，群臣见赵匡胤忽然话头转向了西南面，一时不明其意。其间，只有范、魏、王三位宰相与李处耘在一瞬间明白了皇上的用意。

“你可知道朕为何命你为嘉州防御使？”

“……”

“天下便如人之身体，牵一发而动全身。潞州战事一起，天下必有异动。作为防御使，一为防御，二要充分侦察收集所防御之地的风俗、地理、民情。兵法言：知己知彼，百战不殆。”赵匡胤又转头对魏仁浦与吴廷祚说：“魏爱卿、吴爱卿，你二位务必令湖南岳州防御使、浙东睦州防御使抓紧收集荆南、湖南和吴越国的情报，说不定不日就将用上。”

至此，群臣已经明白，当今皇帝早已经将荆南、湖南、后蜀和吴越国考虑在内。“陛下真非凡人也。思虑之深之广，非我辈所及呀！”许多人不禁在内心暗暗感叹。但是，他们当中的大多数人，仅仅以为赵匡胤是在考虑如何防御这些地方的潜在威胁，他们还是没有想到，其实赵匡胤比他们想得更远。其中，不少人也奇怪：“陛下为何偏偏不提南唐呢？”这一点，赵匡胤也非有意漏掉，实在是他从扬州之行中感觉到，南唐恐怕是统一道路上难啃的一块骨头。他可不想过早地打草惊蛇。南唐过早地行动起来对抗大宋是他最不想看到的事情。

“谢陛下训导！”光美答道。

魏仁浦、吴廷祚两人亦相随答：“是。”

话音未落，窦俨出班说道：“古代的三位圣主接手天下，礼乐不相沿袭。陛下受上天之命，建立我大宋王朝，开辟了一个新的朝代，这一代之乐，应当有新的名字。祭祀与宴会等活动的乐章，应该换用新词，这样才是遵循古代圣主的制度。请陛下圣断！”

赵匡胤听了，微笑点头，道：“说得好！朕开创大宋朝，乃是为了追求天下太平，百姓安居乐业。要实现这个愿望，仅仅靠武力征伐是不可能的。我中华自古称礼仪之邦，想那汉唐盛世，威服四方，朕以为一半靠国力，一半靠礼仪。有礼则家兴，无礼则家败，国家也是一样的。可惜五代以来，礼仪几乎丧失殆尽。朕有幸得上天眷顾，自应承担起重建礼仪之重任。大宋王朝应该成为一个礼仪之邦，成为一个以威德令四方臣服的泱泱之国。窦爱卿，你的建议很好！你既然在这朝堂之上提了出来，一定还有具体想法吧。快快说来！”

“是！陛下，臣请改周乐文舞《崇德》之舞为《文德》之舞，武舞《象成》之舞为《武功》之舞，改乐章‘十二顺’为‘十二安’……”

“‘十二安’？这是何意？”

“陛下，这‘十二安’，盖取‘治世之音安以乐’之意也。”

“好！朕要的正是治世之音。你继续说。”

“这‘十二安’（注：实为“十四安”，为与“十二顺”呼应，故称“十二安”）是指，祭天为《高安》，祭地为《静安》，祭宗庙为《理安》，天地、宗庙登歌为《嘉安》，皇帝临轩为《隆安》，王公出入为《正安》，皇帝食饮为《和安》，皇帝受朝、皇后入宫为《顺安》，皇太子轩悬出入为《良安》，正冬朝会为《永安》，郊庙俎豆入为《丰安》，祭享、酌献、饮福、受胙为《禧安》，祭文宣王、武成王同用《永安》，籍田、先农用《静安》。”

“好好好！窦爱卿，这改舞定音之事，要从速办理。朕希望早日听到这些治世之音。朕想，这也是天下百姓的愿望！”

“陛下英明，臣领旨！”

赵匡胤待窦俨退下，脸色冷了下来。

“可惜！可恨！朕已经将开创太平盛世的愿望，多次在朝会上宣讲。可是，偏偏就有些朝廷大员、将军不能领会朕的一片苦心，照旧肆意妄为，不以天下太平、百姓安居乐业为念。这种人即便是被斩杀一千次、一万次也不解朕心头之恨！”赵匡胤突然龙颜大怒，冷然扫视了一下殿内文武百官。

这文武百官当中，除了王溥一人有点心理准备外，其他人见皇帝突然面如冰霜，暴怒朝堂，无不战栗心惊，不知道是出了何等大事。

即便是王溥，见皇帝如此震怒，也不禁心头一紧，心想：“莫非陛下要杀王彦升？还是碰巧又有其他人犯事？”

只听赵匡胤大声喝道：“王彦升可在？！”

下边只听扑通一声，王彦升已经跪在地上。此次，王彦升心中有鬼，不如上次诛杀韩通后那般理直气壮。因此，他见皇帝龙颜大怒之时，早已经惊出一身冷汗，再听到皇帝喝自己的名字，心想，不知是自己多次向朝廷官员索贿之事被告发了，还是皇帝已经知道自己曾与李筠、赵光义密谋想借离间计除去赵普。

王彦升自出任铁骑左厢都指挥使，一方面居功自傲，另一方面认为自己为皇帝出生入死竟然连个节度使也没捞到，便心中有气，想那些文官整日动动嘴皮便能当大官，更是郁闷不已。于是，他便以职权之便，四处勒索朝廷官员。除了宰相王溥，受到王彦升勒索的官员不在少数。

“臣在！”

“你可知罪？”

“……”王彦升不语。他虽是蛮横粗暴之人，却也非怯懦之徒，心知自己有罪，但心里尚不服，便不作答。

不过，王彦升此刻稍稍安定了一下心神，心想，但愿不是因为暗通李筠的事情。“这事情如被发现，那可彻底完了。”王彦升在心底暗自惊惧。

“好！朕看你是心中不服。有什么话，朕允你说来！”

“谢陛下！臣知道陛下乃是因臣向朝廷官员索贿才拿臣问罪。可是，臣不明白，弟兄们舍生忘死、四处征战，到头来却只挣得一口饭钱。那些文官只要动动嘴皮，便坐享俸禄。更有甚者，盘剥百姓，搜敛钱财，利用朝廷公款吃吃喝喝。我向他们要几个钱，给弟兄们添些酒钱，有何不可！”

“放肆！你以为靠你手中的刀，就可以使天下农田增产吗？你以为靠着你手中的剑，就可以使朝廷的库房充盈吗？你以为靠着你手中的枪，就可以使天下百姓安居乐业吗？自古盛世，必然由文武之臣齐心协力，方能创立！武士有武士的职责，文臣有文臣的责任，怎能硬生生分出个高下？朕自登基以来，重用文臣，乃是因五代以来，武力过盛，以至于天下大乱，杀戮丛生，朕并非看不起武士。朕就是在马背上南征北战，才走到今日，难道朕就不知道武士的价值吗？！在乱世，武士的职责，乃是血战沙场，以争取未来的太平；在盛世，武士的职责，乃是保家卫国，以捍卫天下的安宁。只有如此，方是真正的武士！像你这般，利用职权之便，四处勒索，横行霸道，算得什么武士，称得上什么英雄！那些贪官污吏，朕自会有国法治之。朕查出一个，惩治一个。有一个该死，朕就杀一个；有两个该杀，朕就杀一双。由不得你以勒索贿赂来对付他们。你现在可知道自己的罪过？！你若是不服，朕就将你绑到御街上，把你的所作所为张贴在你的身后，就由天下百姓来给你下个定论，如果天下百姓饶得了你，朕就饶得了你。如果天下百姓想让你做大官，朕就给你大官。如果天下百姓想推你为天子，朕就让你做天子！”

赵匡胤声色俱厉，一番话掷地有声，直说得忠诚之臣热泪盈眶，勇武之将血脉偾张，而那些做过错事心中有鬼的官员，则冷汗淋漓，浑身战栗。

王彦升从未见皇帝动如此大怒，哪里还敢狡辩，磕头道：“臣糊涂，臣知罪了！”

赵匡胤见王彦升认罪，神色缓了下来，沉默了片刻，道：“念你是我大宋开创立国的功臣之一，于我大宋有大功，朕再饶你一次。过几日，你就去唐州做团练使吧。希望你好自为之。”

唐州，东北至汴京七百里，西北至西京七百里，南至随州四百里。相对位于中原腹地的汴京城而言，唐州虽然不是边陲，但也算是个偏远之地。赵匡胤将王彦升贬到这样一个既不是边陲，又不是重镇的去处，乃是深思熟虑后的结果。王彦升曾立下过汗马功劳——尽管他大开杀戒屠杀了韩通全家——赵匡胤并没有抹杀他在陈桥兵变时对自己的支持，所以不想彻底打击他；但是，考虑到他对朝廷重臣的欺辱和对诸多大臣的勒索敲诈，赵匡胤知道自己不能不对王彦升进行必要的处罚。于是，让王彦升去唐州当团练使，便成了一个折中的选择。

团练使在宋前期是从五品的地方官员。王彦升心中的目标是当个节度使，那是从二品的大员。官品意味着待遇，以盐为例，节度使一年可获得朝廷配给的盐七石，而团练使则只有五石。这一项是生活必需品，配给额度相差不算太大，若论料钱、衣赐等收入，团练使与节度使的差距就大了。一个节度使，一年的料钱收入是四百千，衣赐包括春、冬绢各百匹，大绫二十匹、小绫三十匹、绵五百两、罗十匹；一个团练使，一年的料钱最多也只有一百五十千，衣赐包括春、冬绢各十五匹，绫十匹、绵五十两、春罗一匹。

王彦升见皇帝念及往日情谊不杀自己，暗自长长吐了一口气，表面露出感激之情。但是，他没有捞到节度使，反而被降职，心底的恨意，不知不觉又深了一层。

# 卷三

## 一

已经子时了。

赵匡胤神色严峻地看着站在自己的面前的吕余庆。

“为什么吕余庆会深夜求见？”赵匡胤没有主动问，只是静静地看着吕余庆等待他开口。沉默有时是一种心理战术。高明的沉默，往往可以产生奇妙的压力，迫使对手先开口透露真正的需求。赵匡胤并没有将吕余庆视为对手，但是，他不知道谈话之人真正动机之前，已经习惯了将沉默视为一种制造压力的武器。

“陛下，方才微臣收到一封密信，不敢耽搁，所以连夜请求觐见！”吕余庆用余光扫了一眼赵匡胤旁边的一张绣墩。皇帝没有开口，他不敢自行落座。

“什么密信？”

“陛下一定想不到是谁送来的。”

“哦？”

“是柴司空！”

“柴守礼？”

“正是。”

“信里怎么说？”

吕余庆嘴角两端微微下垂，并不作答，从怀中掏出一封信递给赵匡胤。

赵匡胤打开信封，从中抽出一张信笺。

“天下牡丹会？他究竟是什么意思？为什么他会通过你传递这封信？为什么不上劄子？”赵匡胤将手中的那封信轻轻地晃了晃，看上去像是要抖落它上面黏着的什么东西。

“你有何良策？”

吕余庆没有马上作答，在那张绣墩面前来回踱了两步。

“陛下，臣方才思来想去，斗胆说一句话：其实，柴司空已经赢了一步棋。”

“哦？”

“柴司空必然已经料到，陛下不可能回绝他通过私人书信提出的请求。”

“如何见得？”

“微臣原来想，柴司空通过微臣向陛下发出邀请，乃是因为我是陛下的潜邸旧臣。如果通过正式的劄子，经由正常的渠道层层上呈，就会少了回旋的余地。微臣先前一度猜测，柴司空混迹官场多年，他这样做，是不想陛下在群臣面前为难。即便陛下不去，大臣们也不会知道。不过，如今，深思之后，微臣觉得，柴司空并非想得如此简单。陛下，请想一想，如果陛下回绝了他的请求，或者禁止他举办天下牡丹会，他就可以将此作为一个信号，来游说那些曾受柴氏之恩和与他柴氏家族有姻亲的节度使。陛下对柴司空的不信任，必然可以成为柴司空团结这部分力量的说辞。所谓城门失火可以殃及池鱼。柴氏家族就是这部分人的城门。一旦柴氏家族遭难，他们也会担心受到牵连。五代时这样的惨剧太多了。陛下受禅时对柴氏宽宏大量，暂时稳定住了这部分力量。但是，疑惧之心还远远没有消除。这就好比大海，表面风平浪静，深处却可能是激流奔涌。所以，柴司空定然已经预料到，陛下不可能回绝他的邀请，更不可能禁止他举办天下牡丹会。”

“朝廷岂可被他所操纵？”赵匡胤沉下了脸。

“这一层，柴司空定然也想到了。这也是他采用私人书信邀约的原因。这样，天下牡丹会就成了一个民间的盛会。陛下若驾临，则是体察民情、与民同乐的善举。陛下通过私人书信接受邀约，更成为他柴司空与陛下之间达成默契的一份明证。也就是说，陛下只要给柴司空回了信同意驾临，柴司空就近似于为柴氏家族赚取了一张免死牌。陛下的驾临，反过来会成为柴司空向他的势力集团炫耀自己实力依旧的明证。所以，微臣说，柴司空自从递出这封信时，便已经赢了一步棋。”

“这么说，就是必须去了？”

“正是。不过陛下的赴会，对朝廷不是没有意义。微臣的判断是，柴守礼搞这次大会，并非想要谋反。若是想反叛朝廷，他没有必要大张旗鼓搞这样一次大会。他与李筠不一样。他一定是为了团结中立的力量，以此保护柴氏家族的安全和势力。因此，对于陛下来说，若能借此给柴氏集团吃颗定心丸，让他们在朝廷今后的军事行动中保持中立，就是小胜。若是陛下能借此次机会从中立的集团中争取到同盟者，那就是大胜。”

赵匡胤沉吟不语。

吕余庆继续说道：“根据情报，李筠最近有些新动作。微臣估计，恐怕潞州很快就会起兵。各地节度使一定会审时度势，等待着向有优势的一方靠拢。柴守礼一定担心陛下暗中猜忌他与李筠联合，所以，他想出要举办一个天下牡丹会的主意，一定是想借机表明自己的中立，如果陛下拒绝参加天下牡丹会，他恐怕不仅会向陛下这边索要条件，同时一定还会暗中向李筠一方索要条件。”

“条件？”

“柴司空一定会要求有优势的一方保证他柴氏家族日后的地位。”

“他凭什么索要这样的条件？”

“天下的节度使！还有郑王！”

“你是说朕不杀郑王是个错误？”

“不，微臣不敢！杀不杀郑王都不是关键。关键乃在于不论陛下怎么做，只要各地节度使的势力没有削弱，柴司空凭借其影响力，就有可能煽动不少节度使联合起来形成一股与朝廷分庭抗礼的力量。那样一来，他就可以向未来的帝王讨价还价！陛下，柴司空显然已经看透了这个世界。这是看实力的世界！”

“余庆——”赵匡胤插了一句话，仿佛想说些什么，但欲言又止，若有所思地点点头。

“汉末，因为汉室式微，没有实力，曹操才得以挟天子以令诸侯。唐末，节度使各自拥兵，天下混乱，皇帝有名无实。陛下，实力才是赢得天下的关键。对于柴司空，陛下应谨慎为是。以微臣之见，应想尽一切办法，赢得他的支持；再退一步，也要赢得他的中立。如果操之过急，待之太酷，恐怕会导致鱼死网破的结果啊！”吕余庆微微仰起头，眼光毫不躲闪地看着赵匡胤。

赵匡胤盯着吕余庆的眼睛，从这个温和而大胆的官员的眼中，看到了处理这个棘手问题的答案。天下牡丹会！看来是必须得去了。

# 二

“这几天，咱做的蒸饼夹爊肉太受欢迎啦！韦爷，俺算是服了您啦！”赵三柱用一种崇拜的眼神看着韩敏信，他已经开始将“韦言”称为“韦爷”了。

“若不是三柱哥的鼎力相助，咱也不能成功。”韩敏信谦逊地笑了一笑，淡然道。

他的这句话，赵三柱听在耳里，心里极为受用，脸上顿时洋溢起骄傲的光芒。

人就是这样，做再普通的工作，如果能够得到肯定，也会从中得到巨大满足。

“对了，韦爷，听说王魁这些日子悄悄找了李财迷几次，俺担心对韦爷不利啊。韦爷抢了他的肥差，他一定暗暗嫉恨韦爷呢！”

韩敏信还是笑了笑，摇头不语。

“您不信俺说的？”

“三柱哥，我怎么会不信你呢？我自有办法，不过你得帮我。”

“韦爷说就是，俺三柱赴汤蹈火，在所不辞！”

韩敏信心里一颤，盯着赵三柱那张质朴的脸呆了一下，说道：“三柱哥对兄弟如此赤诚，倒让兄弟不好意思开口了。以后，你我兄弟相称，休要再叫我韦爷了。”

“韦爷您这是抬举俺呀。小的哪敢与韦爷称兄道弟啊！”

“三柱哥要不同意，兄弟我就不好开口咯！”韩敏信满脸真诚地说。

“好，好，就冲韦爷，不，就冲韦兄弟这句话，俺三柱死也值得啊！兄弟，你说，有啥俺可以帮你的？”

“李有才是个财迷，这就是他的弱点。所以，要得到他的支持，就少不了要用钱财打点他。可是，三柱哥，你也知道，我没有几个钱，要想争取李有才的支持，我们必须先得手中有钱。”

“可是，兄弟，三柱俺也没有钱啊！”赵三柱一听需要钱，顿时焦急起来，心想：“这可到哪去找钱啊！可是，方才俺的大话已经说出去了，这可咋办啊？”

“三柱哥不要急，其实来钱很简单。兄弟我不是让三柱哥每天负责买肉吗？从今后，三柱哥只要与卖家说，如果不给点回扣，就选其他卖家供货了。你这般说，那卖家肯定舍不得丢了这单生意，必然会给你回扣！”

“可是，这——这如果让朝廷知道了，那可是要杀头弃市的呀！”赵三柱哆嗦着说。

“买肉的款子经由我手，我不向上面报告，上面怎么会知道呢？那卖家更加不愿意声张，否则，这生意就没法做了。所以，这件事，除了卖家，天知地知，你知我知，三柱哥尽管放心就是。那回扣，你一半交给我，我会用来打点李有才；另一半，你就留着给养家人吧。”韩敏信还是一副平和面容，但是他那年轻的面庞此时却透出一股令人不容抗拒的寒意。

赵三柱略微一犹豫，便点点头，低声道：“好，俺跟着韦爷——”

“哎，怎么还叫这个！”韩敏信又笑了笑。

“是，是，俺就跟着韦兄弟干！”赵三柱想到即将到来的钱财，不禁又是紧张又是激动。

韩敏信看着赵三柱，脸上依然挂着一丝淡淡的微笑。这一刻，他知道，他离自己的目标又近了一步。

几日后的一个午后，李有才挺着大肚腩，来到东厨房。他东转转，西看看，走到韩敏信身旁，盯着灶台看了半晌。

“韦言呀，你出来一下！”

“是！”

韩敏信跟在李有才身后，微微驼着背，不紧不慢地走出了东厨房。

“韦言，你可知道，我很为难呀！”李有才一边说，一边将两只肥大的手掌搁在肥大的肚腩上轻轻地拍打着，脸上显出一种装腔作势的无奈状。

韩敏信卑微地低垂着头说道：“主管的话，在下不明白。”

“你来这里没有多久，我让你当了早餐的主厨，有很多人不服啊——”

“主管，在下觉得，恐怕只是个别人不服吧！”

“放肆！你的意思，就是我说错了？”

“不，主管，在下不是这个意思。”

“那是什么意思？”

“主管，凭您的眼光，应该看得出来，在下对于您来说，比某些愚蠢的人更加有用。不是吗？”

韩敏信的这句话，说得很巧妙，前半句是拍马屁，后半句则是诱惑。李有才听了前半句，脸上不禁露出得意的微笑；待听了后半句，心中便开始动摇了。他受了王魁的好处，本想让王魁重新当早餐的主厨，可是听“韦言”这么一说，便开始重新拨打心里头的小算盘。

这个时候，韩敏信微微抬起头，瞟了李有才一眼，见他眼眸子闪了闪，立马知道自己的话起了作用。于是，他继续以一种从容不迫的声调说道:“主管，如果在下猜得没有错，一定是王魁在私下里诋毁在下。”

“你小子还真行啊！”李有才眼睛中露出了诧异的神色，他心中的天平再次开始往“韦言”这边倾斜了。

“依在下看，王魁就是一个蠢材，主管如果听信了他，要升官发财是没有指望了。”

“哦？你有什么高见吗？”

“高见可谈不上，不过，主管大人尽管可以信任在下，在下自有办法帮助主管得到更多的好处！”韩敏信说着，伸手从怀中掏出一个小布囊。

“主管，这是在下孝敬您老的。”韩敏信一边说，一边将小布囊递过去。

李有才微微一愣，眼光朝四周扫了扫，见旁边没有人，便伸出肥大的手掌接过小布囊，托在手心里轻轻掂了掂。

“以后，每个月在下都会给主管大人孝敬一点。”

李有才一听，脸上的肥肉颤了颤，露出心满意足的笑容。

“小子，有你的，你可真让我为难啊！王魁那边，我下不了台啊！我也是个讲信用的人啊。”

“主管，您放心好了。您可以暂时先让王魁当几天早餐主厨，在下自有办法不让您为难。”

“哦？既如此，我再给你小子一次机会。”

李有才用一种审视的眼光从头到脚看了看“韦言”，默默将小布囊放入自己怀中。

“你小子有什么办法，说来听听。”

“不瞒主管，在下制作的爊肉，乃是用了我钱家店的秘方，每天烧肉用香料，都是在下亲自按照一定比例配比的。这爊肉即便让王魁来做，他没有秘方，也做不出好味道。如果香料配比不对，不仅味道不对，说不定还让人吃了闹肚子！到那个时候，主管大人想要怎样处置王魁都可以。”

李有才一听，狞笑了一下，大肚腩往前一挺，拿手指点了点“韦言”：“你小子，真有一手。成！咱就说定了。别让我失望！”

李有才说完，用肥大的手掌拍了拍肚子，然后一扭身，头也不回地往北边的小门走去。

王魁重新得到了早餐大厨的位子。可是，好景不长，在那个位子上干了没有几天，李有才便装出一副无奈的样子，告诉王魁说，许多官员开始抱怨蒸饼夹爊肉的味道大不如前了，考虑到待漏院厨房的名声和经费问题，他决定重新考虑让“韦言”担任早餐的大厨。

这一日清晨，韩敏信早早起来，在东厨房里亲自蒸煮爊肉。东厨房里，烟雾缭绕，弥漫着爊肉的香味。

突然，一个清脆的声音从东厨房的门口处传来。

“嗯！味道真香！”

韩敏信正蹲在炉灶前拨弄炭火，听到那个清脆的声音，顿时像触电一般。“这个声音怎么如此熟悉？难道是她？”他的心突突直跳，那个在相国寺里遇到的女子的音容笑貌，一时间在他脑海深处浮现出来。“难道真的是她？不可能，她怎么可能进皇宫来呢？还是我听错了？”韩敏信站在烟雾缭绕的灶台背后，往东厨房的门口望去。他看到一个女子的婀娜的身影，却看不清她的面容。

“您要尝这里做的蒸饼夹爊肉，让人送到宫里就是了，您又何必亲自来呢？若是让皇上知道了，还不知如何责罚我等呢！”

韩敏信竖起耳朵，听出这是一个太监在说话。他想走过去看个真切，可是不知为什么，心里忐忑不安起来，脚下动了动，竟然一步也迈不出去。他痛苦地思考着：“怎么，难道这个女子竟然是宫里人？如果真是她，我又有什么资格去见她呢？我现在是一个没有家、没有亲人、没有钱、一无所有的可怜的厨子，我有什么资格去亲近这样一位可人的女子呢？”这种想法，使他的双脚仿佛顿时灌满了铅，寸步难移。

“哼，皇上也知道我是个喜爱美食的饕餮呢！不会责怪我的！”

那个女子的声音清脆如铃，时时敲击着韩敏信久已封闭的心扉。“这个声音真的像她啊！难道真有这么巧吗？难道是上天特意赐给我这个可怜人的缘分不成？难道这是上天安排我要与梦中人再次相会吗？”韩敏信心神恍惚地想着。这个时候，那个太监开口说话了。

“即便如此，可是，您是金枝玉叶，怎么能亲自到这个地方来呀！”

“怎么不能来了？从前，我在自家也做过蒸饼，也做过烧肉。听说这里的爊肉制作还有秘方呢，错过了岂不可惜！”

“金枝玉叶？！”这几个字再次让忐忑不安的韩敏信紧张起来。“难道这个女子是贼子赵匡胤的亲人？”韩敏信想到这一层，刚刚被点燃的内心的火焰，仿佛顿时被一盆冷水浇灭了。疑惧与愤怒像四合的乌云环绕着他。片刻间，他的内心经历了惊诧、狂喜、忐忑、震惊、伤感、沮丧、疑惧、愤怒等种种情感。他的脸被这种顷刻之间复杂变化的感情弄得扭曲了。此时，如果有人看到他那张脸，一定会以为看到了一个可怜的怪物。他一动不动地站在厨房的氤氲中，仿佛丢失了魂魄一般。那个女子与太监接下去的几句对话，他听得有些恍惚，完全没有把握住其中的意思，那些对话，就如烟雾一般，在他眼前飘过，没有留下任何清晰的意义。

韩敏信迷迷瞪瞪地站起身，迷蒙的蒸汽中，那个女子正绕过南边的一个灶台，往他这边走来。那个女子的身后，跟着一名点头哈腰的太监。太监手中，拎了一个小食盒。

“不，不可能！天呐，真的是她，一定是她！”韩敏信终于从烟雾中看到了那个女子的面容。这副面容，他已经在内心不知想过了多少遍。他知道，他不会看错，眼前的这个女子，正是他日思夜想的那个买画的女子。

来东厨房里的女子，正是赵匡胤的妹妹阿燕。在韩敏信偷偷看她的时候，她的眼光并没有注意到他，而是左顾右盼地观望东厨房里的事物。

韩敏信呆呆地望着正向他走来的阿燕，时空仿佛在这一刻凝固了。他一时之间不知道自己究竟是站在哪里，四周的一切，像是烟雾一样离他远去。在他眼前，只有他与他梦寐以求的女子。

“兄弟，你怎么了？长公主来了。别发愣了。”赵三柱见韩敏信呆呆地望着阿燕，慌忙扯了扯他的衣襟。

虽然赵三柱之前没有见过这个突然前来的高贵女子，但通过刚才那个太监与她的对话，已经知道她是当今皇帝的妹妹。此时，阿燕还没有正式获得“长公主”的封号，但赵三柱可不管这个，因为在前朝，皇帝的妹妹都是被封为长公主的。所以，赵三柱很自然地用“长公主”来称呼。实际上，按照前朝惯例，皇宫内其他人，也早已经将她这位皇帝的妹妹称为长公主了。

这个时候，韩敏信听到了赵三柱的声音，感到自己的衣袖被人扯了扯。

“哦，没事！”

韩敏信从恍惚中回过神来，强作镇定。

“不能被她认出来！”此刻，这个念头在他的心头如火花闪过，可是，怎么办呢？他急中生智，装出不经意的样子，将手往沾满黑灰的灶台上按了一把，又顺势装出抹汗的样子，往脸上抹了一把，然后垂下头，弯着腰，和赵三柱、老根头等人侍立一旁。

在韩敏信偷偷往脸上抹黑灰的时候，老根头不经意间瞥了一眼，正好将韩敏信的动作看在眼里。疑惑的光芒在老根头的眼睛里闪烁了一下。老根头没有说话，赶紧低下了头。

阿燕没有走到韩敏信的跟前，在他几步远的地方站住了。

“这里谁负责蒸饼夹爊肉的制作呀？”长公主阿燕笑着问。

韩敏信犹豫了一下，压低声音，刻意半哑着嗓子说：“是在下负责！”

“你叫什么名字？”

“在下姓韦名言。”

阿燕朝“韦言”看了看，她根本没有认出他来。其实，即便是韩敏信脸上没有抹炭灰，她也恐怕认不出他来。因为，尽管她在皇兄那儿知道了那个卖画人就是韩敏信，但是在买画的时候，她对于韩敏信的好感，只是出于心中的同情与怜悯，因此当时并没有刻意去记他的相貌。

“你做的蒸饼夹爊肉可真是香啊！听说还有什么祖传秘方呀？”

“是！”韩敏信内心忐忑地回答。他的鼻子里，仿佛再次闻到了那个女子身上的香味。不过，那只不过是他心中的美好幻觉罢了。实际上，他根本不可能闻到阿燕身上的香味，因为整个厨房里，此时都被爊肉的香味充满了。

“别担心，我可不会套你的祖传秘方。既然是祖传秘方，自然不可能向外人透露啦！我只是好奇，所以想来看看。”阿燕呵呵一笑。

“长公主见笑了！”韩敏信低着头轻声回答。

“祖传秘方就算了，今天可不可以做两个让我带着吃呢？”

“长公主要吃，那是给咱们赏脸了。您稍等。”

韩敏信说完，手脚麻利地夹好了两个蒸饼。太监将带着的小食盒递了过来。韩敏信将两个蒸饼夹爊肉放入食盒，小心翼翼地盖上盖子，垂首退到一边。

“多谢韦大厨。咱们走吧！”

阿燕说完，莲步轻摆，转身离去。

“刘公公啊，过几天，我就要陪陛下去参加洛阳天下牡丹会了。要不，你也陪我一起去？”

“小的不敢。长公主千万别这样说，让陛下知道，那小的恐怕要挨板子了！”

这是她在与那个太监说话呀！韩敏信听着远远传来的声音，嘴角不知不觉露出了微笑。多想再听到她甜美的声音啊！韩敏信在心里回味着刚才见到阿燕的那一瞬间。

韩敏信再次抬头看的时候，长公主阿燕的身影已经在东厨房的门口消失了。

“天下牡丹会？洛阳？原来赵贼要去洛阳！机会来了，我得设法通知陈骏。”韩敏信喃喃自语道。他还不知道陈骏在扬州已经对赵匡胤实施了一次刺杀了。

## 三

自从见过阿燕，韩敏信几乎夜夜失眠。每天晚上，当他准备入睡的时候，一些混乱的思想便开始折磨他。他开始质疑自己待在待漏院厨房这样的地方是否在浪费时间，浪费生命。

这个夜晚，他躺在麦秸秆铺成的床铺上，又开始胡思乱想了。“怎么会这样？她怎么会是长公主呢？这么说，赵匡胤就是她的兄长？老天啊！你难道是故意要折磨我吗？真是可笑！太可笑了！我刚刚找到了一点点操控复仇机会的感觉。我知道一定可以找到办法摧毁他，我一定可以摧毁他的整个帝国！我要让黑暗笼罩他的命运！可是如果那样，我也会摧毁她！不，我怎么能够那样做呢？她的心地多么善良啊！可是，即便我什么都不做，她也不会看得起我这样的人。我一无所有，可是她却高高在上，只要她愿意，她一定可以拥有这世间最美好的东西。我算什么？一只老鼠，一只躲在黑暗中的老鼠！一只臭虫，一只不敢见阳光的臭虫！一个丑陋的怪物，如果出现在她的面前，会把她吓得再也不愿意见到我。这个厨房里的人服从我、听我的支使，不是因为他们爱我，是因为我可以给他们带来利益。他们心里一定都瞧不起我。也许，他们每天都在诅咒我。那个王魁，是的，他一定每天都在暗中诅咒我。我也许该除掉他。不，不行。我不能因为他而破坏整个计划。我还得在这个厨房里待下去。这个该死的地方。瞧瞧这个地方，到处是油腻，到处是污渍。可是，我再也回不去了啊！好了，我该调整一下计划了。这样下去，万一再让她撞到我，她也许会认出我。可是，怎么办呢？我不能让她认出我。不能，绝不能！她是无罪的！可是，赵匡胤，你的双手沾满了我亲人的鲜血，我一定要让你得到惩罚！你好好给我等着吧！我会让你看到真正的黑暗。即便我暂时杀不了你，我也会让你和我一样生不如死。”

韩敏信想着想着，感觉到疲惫不堪。他真的希望能够进入梦乡，沉沉睡去，可是类似的思想总是翻来覆去地在脑海中盘旋。他在脑海中用不同的话，重复着同样的思想，这种可怕的状态折磨得他几乎想要放声大吼。

他听到周围此起彼伏的鼾声。这些鼾声里透着冷漠，根本没人在乎他心里想些什么。他终于从床铺上坐了起来，蹑手蹑脚地下了床，披起那件薄薄的短袄，摸黑出了房门。

韩敏信在房门前坐下来，眼睛仰望着星空发呆。夜空异常高远，银河仿佛是撒在黑色夜空中的一片细碎的闪亮的粉末。

死去的人会变成星星吗？

韩敏信痴痴地想着。

这时，韩敏信突然听到身旁几步开外有窸窸窣窣的声音。他吃了一惊，扭头往旁边看去，只见黑暗中有个佝偻的身影蹲坐在台阶上。微弱的夜光模模糊糊地勾勒出那个人的样子。他蹲坐在那里，两只手搭在屈起的腿上，一颗大脑袋像形状不规则的地瓜，鼻子高高凸起，下巴往外非常触目地突出着。韩敏信很快认出夜色中的这个古怪的身影。

“老根头吗？”

“咳咳，啊，是韦厨师啊！”那个身影晃了晃。

韩敏信心中寻思：“也不知这老根头是何时就坐在这里了，鬼鬼祟祟的，怎么看着就透着一股邪气呢？”

“啊，里头有些闷，出来换口气！”韩敏信从容地答道。

老根头的身影在黑暗中动了动。

韩敏信只听老根头的声音在黑暗中又传了过来：“好！换口气好！年轻人的心是需要透透气的。不像俺这老头儿，一切都该看淡咯。韦厨师啊，依老儿看啊，你不是一般的人，怎么会屈居在这待漏院厨房呢？”

韩敏信听了这话，心猛地跳了一下，暗想：“听着怎么话里有话？难道我什么时候露出了破绽，真实身份被这老头儿识破了？”这么一想，韩敏信的手心里不禁微微出了汗。

“老根头，瞧你说的，你这说的哪是哪啊！”韩敏信说着，呵呵一笑。

“那日说你是东华门街钱阿三店里做蒸饼夹爊肉的，俺当时一听就觉得奇怪。东华门外附近的几条街，以前俺常去，与钱阿三虽然谈不上交情，但对他店里情况是略知一二的。钱阿三开的就是夫妻店，从不曾请雇工，俺就奇怪了，你怎么就进了他的店呢？”

韩敏信听了，心下略安，当下把钱阿三收留自己的经过大概说了，至于自己的身世，自然是略去了，只将编给钱阿三夫妇听的谎话又说与老根头听。

老根头听了韩敏信的话，哈哈一笑，声音里透着诡异。

“你笑什么？”

“钱阿三夫妇都是老实人，收了你这个干儿子，也算是一种福分啊！只是，唉，不论你做什么，千万别连累了他们啊！”

老根头此言一出，不啻在韩敏信心头打了一个惊天大雷。

“老根头，你何出此言？”

“俺原来也没有在意，可是，在长公主来待漏院的那一天，俺知道，你这个年轻人绝不是普通人，你来待漏院，绝不是偶然的。”

韩敏信感觉到自己的脸皮绷紧了，感到身子底下的青石板透出的寒意一下子窜入身体，让他全身的汗毛都竖了起来。

只听得老根头继续说道：“就在那天，俺觉得，你一定认识长公主。一个认识长公主的人，为什么会出现在待漏院厨房，在这里干活呢？”

“胡说八道！老根头，你是异想天开了！”

老根头不接韩敏信的话，继续说道：“而且，如果你认识长公主，为什么要掩饰自己，装作不认识她呢？你不觉得，这很奇怪吗？”

韩敏信故作镇定，冷笑了一下：“呵呵，老根头，你究竟是什么人？为何偏要将我与长公主扯在一起？！你究竟想干什么？”

“俺本不想多管闲事，可是你可知道，看到你，就让俺想起了自己的儿子。知道俺有时能在你眼中看到什么吗？”

“什么？”

“仇恨！”

“什么？！”

“仇恨！黑色的仇恨！”

“哈哈，老根头，我看你是多心了！”韩敏信打个哈哈，掩饰自己内心的震惊。

“可是，在你见到长公主的那一瞬间，俺从你的眼神中看到了一闪而过的光芒。韦厨师，如果俺没有猜错，你不仅认识长公主，你还喜欢上了她！”

“住口！你休要胡说！”韩敏信压低声音喝了一句。

“韦厨师，你还年轻，城府之深，的确足以瞒过很多人，可是，你骗不过俺这老儿的眼睛。俺本来真的不想管你的闲事，可是俺昨日做了一个梦，梦到了曾经救过我的神。神对俺说，如果你事先看到了罪恶的苗头，就应该去努力阻止它。神说，只有这样，俺才能消除俺所犯的罪过。”

韩敏信看到老根头在说这话的时候，他佝偻蹲坐着的身子在黑暗中晃了晃，那个不规则的地瓜一般的脑袋仰了起来，望向点缀着无数颗星星的深蓝色的夜空。也许是受到了老根头的影响，韩敏信不知不觉也抬起头，盯着夜空。他看到在银河旁边，有许多星星在广阔无垠的夜空里安静地闪烁着。他突然鼻子一酸，眼泪一时间不知从哪里涌了出来，充盈了眼眶。他不知道该如何回应老根头的话，只能仰望着星空沉默着。

过了许久，韩敏信将盯着无垠的夜空的眼光收了回来，投向一旁几乎隐没在黑暗中的老根头。他尽量使自己的声音显得平静，问道：“这世上真有神吗？如果真有神，他一定会惩罚那些作恶之人吗？”

“俺原来也不相信这个世界上有神。可是，后来俺信了。那是在经过了多年劫难之后。话又说回来了，若不经历那些劫难，真神也不一定会显现啊！”

“老根头——你究竟想要对我说什么？”

“俺在你眼中看到了仇恨。仇恨会招致罪恶！是神让俺来阻止你啊！”

“你的神究竟在哪里？如果他看得见我的罪，他为什么看不见其他人的罪？”韩敏信说出这句话后有些后悔，因为他突然意识到，这后半句话，无疑默认了自己心中怀着仇恨，尽管他没有透露出这是对谁的仇恨。

“好吧，老根头，不瞒你说，我心里是有恨。不过，我恨的是我自己。我恨自己没有出息。瞧瞧这个破地方。我怎能甘心在这个地方待一辈子呢？”韩敏信想用这个借口来掩盖自己内心真正的仇恨。

“这么说，你已经有了目标了？”

为了消除老根头的怀疑，看样子不得不透露一点真实想法了。韩敏信犹豫片刻，说道：“不错，我想进入殿中省尚食局，我想成为尚食局的膳工，那样，我就可以直接为皇帝服务，为皇帝准备膳食了。那将是何等荣耀啊！”

老根头听了韩敏信的话，微微一愣。韩敏信想进殿中省尚食局为皇帝准备膳食的说法，引起了他的怀疑。因为，入宋以来，皇帝的膳食已经归御厨负责了，尚食局只是空存其名。韩敏信是通过文献查得殿中省尚食局为皇帝备膳的，他并不知道入宋后皇宫内尚食局与御厨职能的情况。“眼前这个年轻人尚认为是殿中省尚食局为皇帝备膳，这说明他对新王朝皇宫内的现状根本不熟悉，而且，自他进入待漏院以来，他显然也没有就哪个部门为皇帝备膳去打听过消息。细细想起来，这就不太合理了。他已经来到这里有一段时间了，而且有机会接触李有才。如果那真是他的野心，他一定会向李有才或者其他人打听殿中省尚食局的情况。那样，他应该早就知道如今是御厨为皇帝备膳，而不是尚食局。为什么他的脑中，依然存在着这个错误的认识呢？只有一个可能的答案，那就是他在来这里之前，已经设定了一个错误的目标，而且，在进入待漏院厨房后，他想要掩盖这个目标。可是，即便这是一个野心，又有什么值得如此小心掩盖的呢？莫非，他还有另外的动机？”老根头沉默着，不禁疑心大起。不过，他没有将自己的吃惊暴露出来。他掩藏得很好。夜色像张巨大的黑色面具，也帮了他的大忙。韩敏信没有注意到老根头神色出现的细微变化。

这是韩敏信进入待漏院厨房后，第一次向别人透露自己的真实想法。但是，他这个真实想法中所暴露的小小错误，引起了一个久经风霜的老人的怀疑。这是他没有想到的。

“如今，给皇帝备膳的是御厨，而不是尚食局哦！”老根头用尽量平淡的口吻说道。他想试试韩敏信的反应。

“哦？”韩敏信略微有些吃惊，但是他很快用不经意的语气说道，“原来已经改成由御厨负责皇帝的膳食啦。”他并不知道，老根头尽管不知道他真正的动机，但已经发现了他的破绽。

为了掩饰自己认识上小小的错误——韩敏信自己是这样想的——他不等老根头回答，便追问道：“老根头，别光说我了，还是说说你的故事吧，说说你的神是怎么一回事吧。”

韩敏信的问话像断了线的风筝飘入黑暗中。

老根头没有回应。

两人坐在台阶上，都陷入了可怕的沉默。

过了很久，老根头幽幽地说话了：“俺以前是个生意人，专门做丝绸生意，经常跑远道，很远的道，从汴京，经西安，一直远达西域。贩卖丝绸，能在那边赚大钱。俺的家就在汴京，可是为了赚钱，不得不常年在外。俺在汴京原来还开了一家丝绸店，由俺媳妇带着俺的两个儿子经营。那店就开在皇建院街上。可惜现在已经是别人的店了。后来，俺带着大儿子走西域贩卖丝绸，留下俺媳妇和小儿子在汴京掌管丝绸店。在一次出远门回来后，俺发现小儿子喜欢上了邻街一家面店老板的闺女。那家面店就在东华门街上。那闺女人长得倒也标致。可是，当时俺是鬼迷心窍了，自认为做绸缎生意赚了不少钱，心想你一家面店平日就卖些桐皮面、熟烩面、软羊面、插肉面之类的东西，是小本生意，你家闺女怎配得上俺的孩子？俺便瞧不上人家的闺女，硬是拒绝给俺小儿子去提亲。俺那小儿子也是个倔脾气，一赌气离开俺的绸缎店不干了。过了阵子，俺才听人说他被招进了待漏院厨房。那时还是周世宗在位。俺那小儿子是要存心气俺啊！不幸的是，俺那可怜的孩儿去了待漏院厨房后，依旧郁郁寡欢，不久便病死了。他娘接受不了这事实，没些日子也撒手西去。俺那时心里恨极了那面店老板一家子，心里天天诅咒他们。也不知怎的，那面店老板夫妇二人不久也双双故去。那闺女孤苦一人，操持面店，不久便破落了。那闺女有一次到俺这里来借钱，期望俺看在俺小儿子的分上，借点钱给她，让她渡过难关，可是俺当时的心被仇恨迷惑了，俺连一个铜板也没有借那闺女。没有几日，便听街坊说那闺女在自家面店内上吊死了。这——这都是俺的罪过啊！可是，即便是那个时候，俺还没有后悔，甚至心里窃喜，认为是面店老板一家子得到了该有的报应。罪过啊！罪过啊！”

消除敌人警惕心的最佳方法也是最冒险的方法，是向他透露内心真实的情感，甚至是故意暴露自己的弱点。为了探寻韩敏信的底细，老根头决定使用这个策略。他一刻不停地用尽量平淡的语气说了一大堆话，韩敏信听了，内心却不禁一阵震动，暗暗感慨世事难料。

“你说的神在哪里呢？”韩敏信不想流露出自己的伤感，他觉得那会使自己显得懦弱，于是用冰冷的语气残忍地追问道。

“那女子上吊死后，俺当时竟然感觉心头解了口恶气。可是，俺很快便遭到报应了。那一年，俺让大儿子和他媳妇一起留在汴京经营丝绸店，俺自个儿又出门去西域贩卖丝绸。那次，俺随着商队，沿着前代玄奘法师走过的道路往西而行。我们经过了一座大山，那山东西足足有两百里，至于究竟有多宽，俺也不清楚。

那片大山从远处望去，就像衣服打着褶皱，非常单调，一排一排，黄黄一片，无边无际。走近些，我们才发现那些山坳里满山遍野冒着热气，有些地方像被刀子割过，一道沟，一道堑，有些地方，还有裂口子。在裂口子的地方，雾气弥漫，蓝幽幽的火焰，仿佛从地狱中蹿上来一般。我们当时都吓坏了。可是，没有想到，在这像地狱一样的鬼地方也会有强盗。强盗像恶鬼一般从山坳里骑着骆驼狂奔出来。你没有见过骆驼吧？你肯定是没有见过。它们奔跑起来，如同雷霆卷过来一般，胆小的都能给吓死。那些强盗都穿着长长的大袍子，头上裹着头巾，把全身上下遮得严严实实。我们的商队还没有回过神来，他们便砍杀了我们好几个人。紫红色的鲜血从一个个破碎的身子中汩汩涌出来，可很快被干燥的沙漠吸干了。烈日炙烤着大地，到处蒸起浓烈的血腥味啊！俺永远忘不了那可怕的景象。后来，他们掠走了我们的货物，包括俺的丝绸。俺没有办法，跟随着商队中其他幸存者，凭着仅存的几皮囊水和少许食物往回走。不少同伴半路就倒下去，再也没有活过来。俺与另一个人在穿过一片沙漠的时候，很幸运地遇到了另一个往长安走的商队。俺终于还是活着到达了长安附近。一路回来，俺凭着记忆将沿途的地形特征、重要地标都一一作了记录，并且画了路线图。俺期望着有一天再去西域贩卖丝绸赚大钱。这张图，俺至今还保存着呢。后来，就在长安附近的周至县，俺遇到了一个来自汴京的熟人，他带给俺的消息，彻底将俺击垮了。那个熟人告诉俺，在俺汴京那家店南边的太庙街上有家妓院，有一日两拨嫖客为了几个妓女争风吃醋动起刀子。那两拨人一直从太庙街打斗到皇建院街上。不知怎么，两拨人竟然打到了俺家的丝绸店中。俺那大儿子和他媳妇不巧在两拨人的打斗中被误伤，没有几日便不治而亡了。于是俺相信，这些事情的发生，都是俺的报应啊！俺当时已经心灰意冷，便打算一死了之。俺喝了很多酒，昏昏沉沉地往一个破庙走去，准备在那里结束自己的生命。就在那个庙前不远的地方，俺脚下一绊，摔倒了。俺猛然倒下后，头重重磕在地上，立马晕死过去。不知过了多久，俺醒来时，发觉脸下冰凉一片，硬邦邦的，好像并非是泥地。俺用手在地上耙了耙，结果发现地上露出一块石碑来。那石碑的背额上刻着一个十字形的符号，这个符号下面，刻着莲花。俺的脑袋正好磕在那个十字符号的正中，那里还有俺头上流出的血留下的痕迹。俺使劲扒去那石碑上的土，发现在那莲花符号下面，露出了刻着的字。俺念过一些书，认得那几个字是'大秦景教流行中国碑'。"

"大秦？"

"是啊，是大秦。可是，俺想，这个大秦国到底是哪国啊？景教是什么教啊？俺可从来就没有听说过啊！于是，俺继续扒开泥土，那个石碑的碑身渐渐露了出来，俺发现上面刻着很多字，大部分字都是俺们中原的文字，可是在那块石碑的右侧和下面，俺看到了一些奇奇怪怪的符号。俺曾见过一些西域小国的文字，那些符号看上去不像是俺们中原的文字，却同一些西域文字有些像。"

"这么说，那'大秦'肯定不是中原的王国。"韩敏信忍不住插嘴说道。

"俺也这么想，当俺看到那些奇奇怪怪扭扭曲曲的文字时，就知道那'大秦'一定不是俺中原的王国。那么，那所谓的景教，一定也不是中原的。俺费了很大力气扒去了石碑上的泥土，发现那个石碑很大，要是立起来，比人还要高。俺当时受了巨大的打击，神志恍惚，哪有心情去细读那些文字。只是心中觉得，这个石碑在那一刻出现，定然是为了唤醒俺的良知，或者是告诉俺还命不该绝。唉，也许是俺怕死吧。反正，不管如何，俺盯着石碑上那朵莲花和那个十字符号看了很久。俺记得在寺庙里佛祖就是坐在莲花座上的，如果是那样，那么，那个莲花座上的十字符号，一定与神有关。俺觉得那个石碑的出现，对俺来说就是神的启示，它告诉俺还不该在那一刻死去。俺本想把整个石碑挖出来带走，可是它太大了，俺是肯定搬不走的，所以就用泥土重新把它盖住了。后来，俺离开了那个地方，决定到汴京，想办法进入待漏院厨房做事，因为那里曾经是俺小儿子为了抗争俺而干过活的地方。俺如愿了。俺要在这里，为自己犯下的罪过赎罪。”

老根头突然停下了，不说了。夜顿时寂然无声。

韩敏信听了老根头的一席话，心中不是滋味，不知道是酸是苦。他沉默了一阵子，说道：“老根头，可是神救不了你的亲人了啊！”

“是啊！唉！所以，俺要提醒你，因为，俺看到了你眼中的仇恨。俺不想让你被仇恨摧毁，就像它当年曾经摧毁俺一样。”

“不，老根头，我想你看错了。我没有仇恨。”韩敏信故作镇静地为自己辩解。

“但愿是俺看错了！”

韩敏信看到老根头的身影晃了晃，在黑暗中伸长了，立了起来。

“是的，你看错了！”

老根头没有再说什么，转了个身，往背后的屋舍门蹒跚走去，留下韩敏信一个人坐在屋舍门口的台阶上。

“可怜的老根头，他与我一样，是一个无亲无故的人。不，他的不幸怎能与我相比！我的父亲、母亲和所有家人，都是被赵匡胤贼子杀害的！如果我不为他们复仇，他们怎能瞑目啊！不，我要报仇，不惜一切代价！”韩敏信恨恨地想着。这时，他感到十指指尖一阵阵疼痛直袭心头，原来，他的十个手指甲已经深深抠入了台阶的木板中。

韩敏信抚摸着自己的手指头，心里盘算着：“得想法子赶紧跳出待漏院，进不了御厨，就无法毒杀赵贼。至于老根头，他已经看到了我心中的仇恨。为了保险，就只好除掉他了！还有，他说的那张西域地图，如果我能弄到手，那可真是能派上大用场啊。”

## 四

过了荥阳，赵匡胤一行沿着洛河河谷向洛阳行去。

此时正值阳春时节，洛河河谷一路是满眼的绿色。那些刚刚长出来的嫩草，更是绿得养眼。洛河河谷的那边，山脉连绵起伏，绿色笼罩的山脊被蓝色的天空衬托着，像层层叠叠新绘的画屏。在满眼的绿色中间，洛河闪烁着粼粼波光，不急不缓地向东偏北方向奔流而去，最终汇入波浪汹涌的大河。

"陛下，再往前行半个时辰，就是西京洛阳了！"楚昭辅在马背上微微直了直身子，举起一只手遥指西方。

"咱君臣到了这'天下之中'的西京洛阳，可要小心行事！"赵匡胤点了点头，在马上扭动身子，环视了一下随行人员。

·

洛阳，坐落于黄河南岸伊洛河盆地之中，自古为中原重镇。洛阳的东面，是嵩山；西面，是巍峨的秦岭。从洛阳城出发，往西出了函谷关，便是秦川。洛阳城的北面，是逶迤起伏的南北走向的太行山脉和蜿蜒流淌过黄土高坡的黄河。在洛阳城的南面，是郁郁葱葱的伏牛山。洛阳城，西扼关中要道，东控千里中原，因此号称坐九州之腹、居天下之中。自夏朝以来，洛阳及附近地区，曾多次被作为都城。夏王朝的太康、仲康和夏桀，相继将都城建立在斟鄩。

夏王朝的斟鄩即处于后来的洛阳偃师县二里头地区。夏朝灭亡后，商朝建立。商朝除了将安阳作为都城之外，还曾在西亳建立都城。商朝的西亳城，也位于后来的洛阳偃师县附近。商纣的残暴统治，最终使位于西部的周族得到了崛起的机会。在公元前1046年前后，周武王率兵灭掉商纣，建立了西周。但是，对于刚刚建立的周朝来说，都城镐京因为地理位置偏西，对于广大的东部疆域，不便进行有效统治。为了使统治力能够尽快延伸到王朝的东部地区，周武王作出了一个重要的决定。他动用军民，在河洛地区找到了一块富饶的土地，在这里建设一座小城。这个小城名字叫作雒邑。周成王继承了周武王的遗志，继续营建雒邑城，在周公和召公的帮助下，不久便建成了王城和成周两座城池，因为它们地处洛水之阳，因此被称为洛阳。自此，洛阳成为周王朝的东都。公元前771年，周幽王统治下的周王朝被犬戎攻击，幽王被杀。经历战争后，镐京衰败。太子宜臼继位，即周平王。周平王于公元前770年，将都城由镐京迁往洛阳王城，定都于此，从此开始了历史上的东周王朝。在随后的两千多年中，东汉、曹魏、西晋、北魏、隋朝、唐朝和五代的后梁、后唐都曾在洛阳建都。因此，洛阳有“九朝古都”之称。洛阳城不仅是多个朝代的政治文化中心，还是中原地区与西域通商的要地，它与长安连成一线，成为丝绸之路的东方起点。

洛阳城中的王宫，在王朝的兴衰更替中废而兴、兴而废，饱经战火，历经沧桑。曹魏时期，明帝曹叡在前代基础上大大扩建了洛阳王宫。为了使它体现帝王的威望、震慑天下，曹叡还特别派人前往长安，将秦始皇为纪念统一天下而铸造的金人、汉武帝所造铜仙承露盘搬运到洛阳。汉武帝因丝绸之路开通而铸造的铜驼、铜马也被曹叡搬运至洛阳宫苑。但是，所有这些神器、圣物都没有阻挡住王朝兴衰的步伐。西晋取代了曹魏。西晋建立后，对洛阳又进行了一次大规模的扩建。西晋扩建的洛阳城完美地体现了东方美学。当时全城建成了十二座城门，南门是正大门，贯穿南北的南门大街是城市的轴线，其他大街或与南门大街平行分布，或与南门大街交叉，二十条大街将洛阳城规划得整整齐齐。可是，西晋末年的“八王之乱”使中原大地再遭浩劫，一度繁华的洛阳城和壮丽无比的洛阳王宫毁于国殇。

洛阳，在北魏时期再次成为帝国的都城。北魏在中国历史上的意义往往被低估。这个长达一百四十八年的朝代，是由鲜卑人拓跋珪建立的。公元 391 年，拓跋珪在对柔然的一次大战中获得了巨大的胜利。鲜卑人从柔然人手中夺得了三十万匹良马，此外还有四百万头猪。拓跋珪处死了五千多柔然人，并将大批没有被处死的柔然人发配到了黄河河曲地区。这些柔然的遗民从此成了农民。拓跋珪每次都用类似的方法来对待俘虏。公元 398 年，拓跋珪又俘获和强征了高丽和慕容族民众十万多人，强行将他们迁徙到京师。鲜卑自身的部落组织也很快被拓跋珪解散，开始了定居和农耕。这时期北魏的京师不是洛阳，而是平城。北魏在文化上吸收汉文化，在经济方面，推行的重要政策之一是向农户征税。这个做法大大加强了王朝对地方的统治。国力日益强大的北魏在公元 439 年统一了中国的北方。公元 485 年，北魏颁布了均田令。这个法令在中国历史上意义重大，直接影响了此后三百年的土地政策。北魏创造的府兵制，也深刻影响了此后隋唐时期的军事制度。在均田令颁布一年之后，北魏朝廷又颁布了一个重要的诏令，要求以五家为邻，五邻为里，五里为党组织地方民众。新税法要求一夫一妇缴纳米两石、布一匹。这次诏令看起来只是对具体细微的地方组织方式和纳税方式作出规定，但是实际上使辽阔的国土内具有了一种系统的、强大的组织力。中央对地方的统治进一步加强了。公元 471 年，拓跋宏继位，是为孝文帝。公元 493 年，北魏迁都洛阳。这位年轻的皇帝作出了大胆非凡的决定。他以前所未有的力度推行鲜卑族与汉族通婚，并下令将鲜卑复姓改为汉姓。他自己也将名字改为“元宏”。究竟是什么原因促成元宏不遗余力地对鲜卑进行汉化？原因一定是多种的，拓跋宏受有汉族血统的文明太皇太后冯氏的间接影响是不可忽略的一个因素。这个汉族女人，在公元 480 年至公元 489 年之间，以坚定的信念与强有力的手腕继续推动拓跋皇室的汉化。元宏聪慧英明，文明太皇太后怕他对冯氏不利，因此曾策划废黜这个皇帝，在元丕、穆泰、李冲等人的一再劝阻下，才作罢。元宏的改革，使北魏的实力进一步增强。千万顷良田带来的富足和由此给朝廷带来的持续稳定的税收，使元宏决意抛弃游牧文明，进一步投入到更利于组织庞大官僚机构和统治巨大人口的汉文化的怀抱中。元宏本人，也对汉文化非常喜爱。这一方面出于他的性格，另一方面，恐怕也是与他受到汉儒文化影响有关。他性情淳厚、大度仁慈。对于想要废黜他的文明太皇太后也没有一点怨恨，对于元丕等人则心怀感激。侍奉饮食的人曾经不小心用热汤烫伤了他的手，他也曾经在食物中吃到过虫子和脏物，他都笑着宽恕了他们。有宦官在太后面前诬陷元宏，太后勃然大怒，打了元宏几十棍，元宏也是默默忍受，不为自己辩解。太后逝世后，元宏也没有对这件事怀恨在心。元宏总揽朝政后，处理事情英明决断。对于民众难以践行的人伦的高尚行为，他虽然处在皇宫之中，却都能够完美践行。史书称他“雄才大略，爱奇好士，视下如伤，役己利物”，很难用言辞加以称赞。据史书记载，他对于“五经”的意义，读过便能理解。至于史传百家，无不涉猎，而最善于谈论的是《庄子》《老子》，且精通佛教义理。在元宏本人身上，也体现了汉、胡文化的融合，以及儒家和佛教义理的兼容。洛阳，则成为胡汉融合的中心城市。在它的血脉中，胡人的血、汉人的血从此融为一体，不分彼此。比血液更不朽的是文化。汉文化在融合鲜卑文化的同时，也吸纳了鲜卑文化的内容，增添了一份新的生命力。北魏孝文帝时期，洛阳作为都城，再度得到兴建。这次兴建，汉魏的洛阳旧城成为内城，在它的外围，建了一座更大的城墙。这道城墙东西长达二十里，南北超过十五里。在内城与外城之间，很快也变得人口聚集，商业繁荣。

隋朝时期，洛阳为东都。这个时期的洛阳城，已经从汉魏故城的旧址往西移动了。隋朝扩建的洛阳城，包括宫城、皇城和外城三个由内到外的区域，外郭周长达五十二里，有八大城门，城内有一百零三个坊，洛水自西向东穿过洛阳城。到了唐代，洛阳成为别都的时间总计有四十多年。唐朝时期的洛阳城，规模进一步扩大，外郭周长达六十多里，城内宫殿巍峨壮观，街道上总是熙熙攘攘。洛阳，成了长安之外的天下大邑，百物荟萃，商业繁荣。但是，唐朝的强盛与洛阳的繁华，被公元 755 年爆发的“安史之乱”彻底摧毁了。兵乱中，洛阳城被摧毁，宫殿、房屋在熊熊大火中燃烧了几天几夜，几乎全部被焚毁。经历了唐末和五代，洛阳城逐渐恢复了元气，但是，已经没有了盛唐时期的繁荣。洛阳的宫殿，在五代时期得到了一定的修复。后周世宗时期，继续兴建洛阳城内的宫殿，但是因为四处用兵，兴建工程一度停顿。

洛阳白马寺门前自汉明帝时期就一直立着的石马，也许见证了洛阳的一段历史，见证了多个朝代的人们以建城、修城为手段与时光展开的竞争。但是，即便是这伫立千百年的石头马，也最终会被时光风化侵蚀。它，会被渐渐抹去棱角，马耳朵会慢慢从尖变圆，马鞍高耸的前后两端会慢慢从凸起变平坦，马甲衣上原本线条分明的甲片的轮廓会慢慢模糊，马肚带会被慢慢磨平直至消失。石马最终会从大变小，从马形的石头，变成一块似马非马的石头，再变为一块看上去什么都不像的普通的石头。然后，它可能被砸碎、被分割、被掩埋，变成一块块，甚至化为尘，化为土，与这座城市的其他残骸一起被埋入地下。不仅是一座石马，整座城市都可能遭遇同样的命运。事实就是这样。就在洛阳这片土地中，埋着夏王朝都城的斟鄩城遗迹，埋着商朝都城西亳城的残骸，埋着东周王城的断壁残垣。旧城遗址之上叠上了新城，然后新城再次变为遗迹长埋地下。东汉、曹魏、西晋、北魏、隋、唐、后梁，这些后来的统治者仿佛丝毫不在乎以不可抗拒的力量摧毁一切的时光，他们在古代都城被时光掩埋的遗迹上筑起新城，尽管这新城复又在时光与战争中遭到摧残，但是他们执拗地将它修复、扩建。这是人与无情、无垠时空的漫长角斗。在无情、无垠的时空中，不论哪个朝代，不论是伟人还是凡人，都以一种生命的本能执拗地生存着、斗争着。尽管对人而言，最终生命的一切都在无情、无垠的时空中消亡，但是，人，最终用自己的生命，在战争与和平中，在爱与恨中，在不论平凡或伟大的生与死之间，讲述了无数的故事。人，创造了超越时空内容的另一种存在——这便是人的时空、文化的世界。

宋朝，与它之前的任何一个朝代一样，也将为人的时空、文化的世界创造并留下自己的故事。宋初，赵匡胤将洛阳作为西京，实有作为“别都”之意。赵匡胤派人继续修建洛阳的宫苑，但是因为王朝初立，赵匡胤又不想大兴土木，因此洛阳内的宫苑建设一直缓缓推进，离完工尚很遥远。

为了赴洛阳参加天下牡丹会而又不引起天下震动，赵匡胤作了一些特别的安排。在离开汴京之前，他将政事委托给宰相范质。在几个后周大臣中，范质是他最为放心的人。同时，他令侍卫马步军都指挥使、同平章事、天平军节度使韩令坤在荥阳一带部署了数万大军，这是为了一方面监守汴京，一方面威慑西京洛阳。此外，他又将归德军节度使石守信、义成军节度使高怀德召回皇城督领禁军，以备不测。

汴京的政事与守备安排停当后，赵匡胤特别点了几个人随行赴天下牡丹会，他们是赵光义、李处耘、楚昭辅、吕余庆、窦仪。皇妹阿燕听说皇兄要去洛阳看牡丹，便嚷嚷着要一起去。赵匡胤拗不过阿燕，只好准她同行。李处耘担心阿燕一个女子路上烦闷，便提出让自己的次女雪霏陪同。赵匡胤老早就听说李处耘有两个女儿，大女儿温柔贤惠，知书达理，小女儿伶俐可爱，尤为讨人喜欢。既然李处耘主动提出来，也便一笑同意了。除了这些人之外，令很多人不解的是，赵匡胤还特别带上了定力院的住持守能和尚。李神祐等内侍自然也随行。所以，赵匡胤这一行，有男有女，有文臣有武将，还有和尚，有内侍，倒确实像是一个踏春的队伍。

有了韩令坤在荥阳的大军和石守信、高怀德坐镇汴京，赵匡胤心中有了底。经历了扬州之险，赵匡胤这次不再冒险，尽管他与近身的扈从和侍卫都是微服出行，但是一切保卫工作都做了周密的安排。在去往洛阳的路上，赵匡胤令五百衣甲鲜明的禁军骑兵在前面远远开道，在后面半里之外，则用了五百禁军殿后。

“又回来了！”赵匡胤望着远处洛阳城楼被蓝色天空勾勒出来的轮廓自言自语道。

赵匡胤盯着远方看了一会儿，微微低下头。一些模模糊糊的影像如同碎片，在他脑海里闪了闪。小时候在洛阳夹马营的日子，他之前几乎早已经淡忘，可是，此时它们却以碎片的方式不知道从哪个角落中飞了出来。这些回忆的碎片令他感到有些心酸。他想在心里面将那些碎片拼成完整的图画，可是试了几次都没有用。他知道，那些自己很小的时候的生活画卷是再也不可能复原了。如今，他只记得父亲为了让他们躲避战乱，将他们安置到了距离洛阳几十里地的一个村子里。那个村子最终也没有躲过悲惨的命运。少年时代留给他的最美好记忆，除了同自己兄弟的嬉戏，就是与阿琨姑娘两小无猜的耳鬓厮磨。可是，他的美好的少年生活，他的阿琨，都被战争夺走了。他在马背上扭头看了看旁边的兄弟，有那么一瞬间，他看到的是一个十二三岁的孩子的脸。可是，就在他想要对那个从未改变模样的年少的兄弟说些什么的时候，那个年少的兄弟突然消失了。他看到的是一张略带困惑的、皱着眉的脸。他顿时清醒过来，意识到年少的时光流逝了，再也回不来了。

想到这些，赵匡胤感到一股愤怒之情在心底升了起来。他呼喝了两声，策马往前飞奔起来。

“陛下，太快了！小心！”楚昭辅双腿用力一夹身下的枣红马，紧紧跟了上去。吕余庆见皇帝纵马飞驰，心中一紧，也慌忙抽了马儿一鞭，追赶而去。其他几位随行官员也是慌慌忙忙催马前行。

赵匡胤心中惆怅，不顾楚昭辅的呼喊，双脚用力蹬着马镫，手中将马缰绳松开抖了几抖，任由着胯下的枣红马往前驰骋。

吏部尚书张昭坐在书房里的胡床上，抚着花白的胡须，手中拿着一封信，眼睛盯着信笺，双眉紧锁。他正为一件事情犯难呢。

写那封信的人不是别人，正是致仕后长居洛阳的司空柴守礼。

“这可如何是好？这柴老儿致仕多年，偏偏这个时候关心起了朝政，来向老夫打听朝中大臣的情况。郑王已经移居洛阳，这柴老儿明知守着个火药桶，还给老夫写信，不知是何居心。这要是让陛下知道了，老夫是跳入黄河也洗不清啊！”张昭拿着那封信，心里暗暗叫苦。

张昭的胡床前，放着一张长几。长几上放着一个青瓷茶壶，几个茶盏，其中一个茶盏中斟满了茶水。可是，那杯茶摆在那里，从冒着氤氲，一直摆到发凉，张昭一口都没有喝。他是没有心情喝茶了。

张昭正发呆时，一个老仆在书房门口探身道：“大人，刘熙古大人求见！”

“哦？快快，快快请进来！”

张昭与刘熙古相善，平日来往颇多。刘熙古曾是赵匡胤任宋州节度使时的节度判官，赵匡胤即位后，招刘熙古为左谏议大夫。张昭自然是知道刘熙古与当今皇帝的这层关系的，因此一听刘熙古来访，心中一喜，急匆匆想见到这位不请自来的客人。

“张尚书，别来无恙啊！”刘熙古一进书房门，便大声地与张昭寒暄。

“熙古老弟，你来得正是时候哦！”张昭迎上几步，拽着刘熙古的衣袖，拉他在胡床上坐下。

刘熙古看着张昭，只见他微微驼着背，显得不仅苍老而且疲惫，脸颊上的皮肤皱皱巴巴，沟沟坎坎，仿佛是被雨水冲刷过的山坡，两只不大的眼睛在深陷的眼眶的阴影中藏着，微微泛出岁月打磨出来的精光，但是，在这精光中，似乎还藏着深深的忧虑。

这位尚书大人不知遇到什么事情了？刘熙古暗想，他的眼光往胡床上一扫，瞥见胡床上搁着几张浅黄色的信笺，心知张昭正在读信，忙客气地说道：“张尚书，在下不请自来，多有打扰啊！”

“哪里，哪里！”张昭摆摆手。

他正想开口向刘熙古诉说烦恼，略一迟疑，说道：“熙古老弟啊，你匆匆而来，看来是有什么事情啊！”说话间，随手将几张信笺从胡床上拿起，若无其事地在手中略微拢了拢，轻轻放在面前的茶几一角。将信放好后，张昭方才拿起青瓷茶壶，往一个空茶盏中注了茶水，突然发觉茶水似乎已经冷了，便让仆人上热茶水。

张昭再次为刘熙古倒上了茶水。

“先喝口茶，喘口气！我喝茶不讲究，就这么冲泡了喝，熙古老弟将就着用哦！”张昭带着歉意说道。

刘熙古侧身端坐在胡床边上，却不端茶来喝，咳嗽了一声，说道：“张尚书客气了啊。唉，弟昨日去拜见范相，被他当面斥责了一通。现在想起来，也还是心中惭愧啊！”

“哦？却为何事？”

“弟一直以来在编《历代纪要》一书，去见范相，本来是打算就编写中遇到的有关问题向范相请教。可是，没说上几句，范相便斥责在下身为言官，又是陛下旧日幕府从事，不能提醒陛下谨言慎行以国事为重，实在是尸位素餐啊！当时，我被突然而来的斥责弄得莫名其妙，不知所措，憋着口气不敢说话，再听下去，方才知道范相是因为我未能劝谏陛下不要去洛阳赴天下牡丹会而动怒啊！”

“天下牡丹会？”

“唉，张尚书有所不知，这次洛阳的天下牡丹会乃是柴守礼司空一手策划的。最近，坊间已经议论纷纷，说该会乃是今春天下第一盛会。据说，不少节度使也会赴会。陛下定然是听到了风声，想去探探洛阳的底细。您想，郑王现在洛阳，陛下心里能不担心吗？范相对于陛下此次去洛阳，那是有看法的。他是担心柴守礼玩弄花招，令陛下深陷险境啊！张尚书，我也知道范相的担心有道理，可是我毕竟只是一个谏议大夫，在陛下那儿，有时也说不上话的！陛下一旦拿定主意，也不是容易被人说动的啊！张尚书，我这是向你来诉苦了啊！”

张昭听了，手捻着花白的胡须，说道：“熙古老弟，范相的担忧不是没有道理。你可知道，老夫也正在因柴守礼这个老儿而头痛呢！你瞧瞧这个！”

说着，张昭拿起茶几上的那几张浅黄色的信笺，递到刘熙古面前。

刘熙古伸出双手，恭恭敬敬接过信笺一看，不禁脸色大变。

“这柴司空究竟是想干啥啊？他一直懒于涉入朝政，如今却突然热衷于打探朝廷官员的动向。难道他想惹祸上身不成？！”

“熙古老弟，你看这信如何处理为好？老夫是定然不能回的。可是，你想，若让陛下知道了，我也说不清楚啊！毕竟，柴守礼是给老夫写了信啊！”

刘熙古听张昭这么一说，马上明白这是张昭希望让自己做个证人，表明自己对今上的忠心不二。

“这可如何是好？如今我也知道了此事，那就是与张昭成了一根绳子上的蚱蜢了呀！”刘熙古拿着那几张信笺，眼光停留在侧墙上挂着的一幅山水画上，沉吟不语。

过了片刻，刘熙古收回目光，盯着张昭的眼睛，说道：“张大人，您将此信示我，乃是对我的信任，弟由衷感激。只是，在下估计，这柴守礼也不是真想通过大人了解朝廷官员的动向，而是另有打算。在下猜，他是想要在陛下与重臣之间挑起猜疑。陛下一旦失去各位重臣的信任，将难以通过他们之手调动天下的事务。这样一来，柴守礼便可凭自己的威望，在朝廷官员之间左右逢源，游刃有余。所以，为今之策，张大人最好是速速向陛下禀明此事。”

“老弟的意思是，我修书一封，同时将柴守礼这封信速递给陛下？”

“正是。”

“只是，这样一来，陛下一定猜疑柴守礼为何单单写信给老夫了啊！”

“张尚书，您是前朝老臣，与柴司空之前的交情，陛下也是知道的。正是因为如此，让陛下知道这件事，才可以减少陛下对您的猜忌啊！若不然，即便张尚书烧毁柴司空的信笺，万一柴司空放出风声，大人您就更说不清楚了啊！”

刘熙古的话令张昭心中一震，捻着胡须的手也禁不住重重一颤，竟然从自己的下巴上扯下数缕花白的胡须。

“唉，也只好如此了！”

“张尚书，范相那边，弟也恳请您代为解释几句。”

“熙古老弟，这个放心。范相当面苛严，爱斥责人，却是心底却是宽宏之人。想当年窦仪因事冒犯世宗，世宗想要斩杀窦仪，多亏了范相苦苦求情，世宗才饶了窦仪。范相斥责你，那是还看重你啊！他也是提醒你不该过于恬淡，身为朝廷官员，尤其身为言官，该站出来时还得站出来啊！”

刘熙古听了，面有愧色，站起身作揖道：“在下愚钝，不知范相的厚爱！多谢张尚书提醒！在下铭记在心！”

“来来来，坐下喝茶！”张昭微笑着示意刘熙古落座，心里已经开始盘算着如何给皇帝写信。

# 五

赵匡胤此次赴洛阳，事先便决定不在洛阳宫苑内居住。这一方面是因为洛阳的宫苑尚在兴建中，另一方面也因为他不想让此次之行具有官方色彩。所以，他事先已经让西京留守做了一些安排。赵匡胤入城后，西京留守向拱根据赵匡胤的意思，将一行人接入了自己的府邸。向拱的心里是既激动，又感到紧张。一国之君驻跸在自己的府邸，那是何等荣耀的事情啊！可是，他也担心，要是万一有个差池，自己的乌纱帽恐怕就要没了，说不定，连项上的这颗人头，也会落地。

皇帝下榻的次日一早，向拱早早起来，挺着大肚腩，坐在书房里那张四出头扶手木椅上，手中把玩着当地富商送给他的一块价值连城的和田玉，心里琢磨着天下牡丹会上如何保证皇帝的安全。

这时，门口传来一阵急促的脚步声，抬头一看，一个身材粗壮的穿着绛红锦袍的汉子已经出现在书房门口。他识得来人是楚昭辅。

“向大人，陛下请您过去一下。”楚昭辅在书房门口一抱拳，微微欠身说道。

向拱应了一声，不敢停留，慌忙出了书房，跟着楚昭辅，沿着雕梁画栋的抄手游廊绕过客厅，出了前厅的门，下了四级石砖台阶，绕过前厅，往后厅而去。

后厅本是向拱的卧房，此时已经让出来给皇帝赵匡胤住了。向拱的府邸位于洛阳城的南部，府邸的大宅门朝着南面，进大门后是一个前院，前院东西两边是东厢房和西厢房。穿过前院，可以来到府邸的前厅。前厅由客厅和书房两部分组成，客厅在南，书房居北。所以向拱从书房出来，必须经过前厅的客厅。府邸的后厅是原来向拱的卧房和会见熟客的内客厅，卧房在北，内客厅在南。后厅位于前厅的北面，向南开了一个门，面对着中院。后厅内客厅的门口，两边各植着一株高大的柏树。因此，这府邸的后厅显得格外幽静。向拱府邸的前厅、后厅均建成古色古香的宝箧印塔式样。在府邸中院的东西两侧，各开了一个便门。府邸的东北角和西北角，各有个茅厕。向拱将东北角的茅厕专门安排给了皇帝和女眷用，西北角的茅厕，则留给皇帝的随行及自己的一家子用。向拱跟着楚昭辅绕过前厅西墙走在去后厅的路上，心里七上八下，不知道皇帝一大早召见自己是为了何事。

向拱随楚昭辅来到后厅的内客厅，抬眼一望，只见内客厅北面的那张四出头扶手木椅上正坐着皇帝赵匡胤，内客厅的东西两侧的木椅上几乎是空荡荡的，只坐着昨天刚刚认识的守能和尚。赵光义、李处耘、吕余庆、窦仪、长公主阿燕和李处耘的小女儿雪霏则都不在内客厅里。

“向拱，你这宅子建得还真不赖啊！”赵匡胤微笑着说道。

向拱一听，面露愧色，背脊上顿时冷汗淋漓，战战兢兢地说道：“陛下过奖了，陛下过奖了！”他在宅邸修建上花了不少钱财，私下还挪用了朝廷一部分税款，做贼心虚，唯恐皇帝已经发现了自己的不法勾当。

“如今我朝初立，身为朝廷大员，还要约束自己啊！对了，这些时日，柴司空那边有什么动静吗？”赵匡胤轻描淡写地提醒了一句，话锋一转，问起柴守礼的事情。

向拱暗暗喘了口气，回道：“自郑王迁居柴司空府中，下官就安排了一些人特别注意柴府动向。最近，柴府的人都在张罗天下牡丹会的事情，除此之外倒没有发觉什么异常之处。哦，对了，柴司空前些日子倒是出门了一些日子，看样子是游山玩水去了。”

赵匡胤面无表情地点点头，扭头看了看守能和尚。向拱不知道皇帝点头是何意思，也琢磨不出来皇帝看守能和尚是何意思，于是谨慎地打住了话头，不再往下说。

“朕专门设立了武德司，该司的卒子都是由朕亲自从禁军中挑选的，朕派他们潜行远方，暗察天下诸事。近来，朕派出的武德司卒子来报，从柴府出去了不少人，都是赶往几个节度使镇所的啊！”赵匡胤淡淡地说道。

原来皇帝还派了察子暗中监视柴府。向拱听了，心中一震，双膝跪地道：“陛下，下官失察，请陛下恕罪！”

“这也怪不得你，毕竟你留守府人手也有限，不能专为此事大动干戈。以前，你为世宗立下过汗马功劳，如今，你能为朕稳住洛阳的民心，也算你的一大功啊！这九朝古都，若是在我朝再受摧残，那就是朕的罪过了。向拱，你可知你肩上的重担？今后，你可要盯紧些啊。起来吧。”

“谢陛下！”向拱摇摇晃晃地站了起来。

“柴司空的天下牡丹会准备得怎么样了？”赵匡胤又换了严厉的口气，继续问道。

“柴家在洛阳城南一片牡丹园大肆张罗，还特地在白马寺内栽了许多牡丹。天下牡丹会的一个重要观花园就设在白马寺了。”

“白马寺，好啊，朕也要借这机会去看看天下第一佛寺啊！天下牡丹会！好！‘云想衣裳花想容，春风拂槛露华浓。’让人想起诗仙李白的牡丹佳句啊。对咯，要说起来，这洛阳也是朕的故乡啊。可是，朕却从来没有去过白马寺。向拱，这次你多派些人手，将那里都盯紧了。如果人手不够，可让昭辅那边配合安排一下。至于花会那天，朕会安排刘廷让他们带兵去警戒。”

赵匡胤一直喜欢直呼楚昭辅的名。从楚昭辅跟随在赵匡胤身边起，赵匡胤就这样称呼他。赵匡胤很喜爱他的耿直性情。楚昭辅原先跟随太子太师薛怀让，曾被薛怀让视为心腹。薛怀让令楚昭辅调入赵匡胤的帐下，用意乃是替世宗监视赵匡胤的一举一动。但是在陈桥兵变的关键时刻，楚昭辅做出艰难的选择，忍受着良心的谴责，站到了赵匡胤一边。薛怀让之所以器重楚昭辅，也是喜爱他的耿直性情。楚昭辅的耿直性情，在他年轻时跟随华州帅刘词时期就已经表现出来了。他不止一次向刘词进言，纠正了刘词在行政带兵中的错误决策。因此，尽管楚昭辅总是直言不讳，刘词却一直对楚昭辅信任有加。楚昭辅对于刘词也是投桃报李、赤胆忠心，跟随着刘词，一直到刘词去世。

向拱揣摩着赵匡胤的口气，知道楚昭辅一定深得这位新皇帝的信任。

“是！”向拱友善地向楚昭辅看了一眼，干净利索地答道。

“另外，你要确查一下，到底有哪些节度使会来。这事，我也会令武德司卒子暗中关注。你是洛阳留守，以接待为由确查，名正言顺！”

“陛下放心！”向拱见皇帝将武德司卒子的行动也告知自己，显然对自己信任有加，回答的声音也响亮起来了。向拱也知道，赵匡胤一方面让武德司的耳目暗中调查，一方面又让自己在洛阳以接待来确查，乃是先通过武德司的人随时掌握各节度使的动向，最后再由他负责在洛阳设下防备措施。这样的安排，显然是为了做到万无一失。

“你先去安排吧。昭辅，你送送向大人，自己也下去歇息一下吧，然后陪窦仪大人出去转转，他的父亲就葬在洛阳，你陪他去祭拜祭拜！”赵匡胤用鼓励的眼光看着向拱。

向拱应了一声，便退出了内客厅。楚昭辅跟着他走了出去。

赵匡胤坐在那里，看着向拱和楚昭辅迈出门槛，下了台阶，绕过了粗大的侧柏慢慢走远。过了一会儿，赵匡胤方缓缓转头望向守能和尚。

“守能，你救过朕母亲与一家子人的性命，朕没有什么想瞒你。朕有一事想让你帮忙。”

“哦？”

“不瞒你说，朕登基之后，前思后想，深知宫廷祸患一直是历代动荡的祸源之一。我大宋王朝，在外的隐患是各地拥兵自重的节度使；在内，现在则看不清楚。为了防范朝廷外面的祸患，朕特别安排武德司卒子作为暗中的察子。针对朝廷内部可能潜在的祸患，朕则另外让李处耘物色了一批人，安插在皇城内部。这些察子，与从禁军中挑选的武德司察子不同，他们不是从军中挑选的，而是全部来自民间，他们都没有亲人，无牵无挂。因为没有亲人，原本又不是军人，所以他们的身份更加保密，除了朕、李处耘等少数几个人之外，没有其他人知道他们的身份。他们都发过誓，会绝对忠心。他们人不多，有一个潜伏在待漏院，有几个潜伏在诸班禁卫之中。一直以来，李处耘负责与他们联络。但是，朕今后会有其他事情需要交代给李处耘处理，因此需要另外找个人来负责领导和联络这些秘密的察子。为了保密，朕想要找个朝廷之外的人来领导他们几个。”说到这里，赵匡胤打住了话头，拿眼盯着守能。

光明与黑暗、白与黑在同一个人身上呈现出来。守能盯着赵匡胤，庆幸自己在这个人身上看到光明的色彩占了上风。但是，那种黑暗的力量，尽管微弱，那种黑色，尽管微小，却显得异常刺眼，散发出一种令人震慑的寒意。

“陛下的意思，是让贫僧负责联络皇城内的秘密察子？”守能问道。

“正是。如果你能负责此事，这些察子的处境就会更加安全一些。毕竟，那些察子在皇城内身份低下，如果暗中与朝廷大员接触，迟早会引起人的怀疑。”

“哦？陛下，守能已经是出家人，不欲过问俗事了！”

“师父是要陷朕于不义吗？”赵匡胤扬起头，哈哈笑了起来。

“陛下——”守能有些困惑。

“师父应该知道高僧鸠摩罗什吧？”

“陛下说的是六百多年前的鸠摩罗什和尚？”

“不错，朕说的就是那个‘年始二十，识悟明敏，过目必能，一闻则诵’的鸠摩罗什。朕爱读书，读过这位高僧的故事，印象颇为深刻。鸠摩罗什游历沙勒国，改信大乘佛教，从此名动西域，还被奉为国师。可是，未料到前秦王苻坚对鸠摩罗什很感兴趣，希望能为己所用。于是，苻坚派骁将吕光攻破龟兹，把鸠摩罗什抓了起来。后来，吕光割据凉州，自立为王，鸠摩罗什于是只得滞留凉州。那个吕将军真是异想天开，竟然强迫鸠摩罗什破戒成了亲。说起来，这鸠摩罗什也是对死亡还心存恐惧啊。不过，鸠摩罗什对破戒深感痛心，这倒是真的。所以他常常把自己比喻成臭泥，又说臭泥中也可生莲花，莲花说的就是佛法，又让人取莲花而勿取臭泥也。后来，年近六旬的鸠摩罗什历经千难万险到达长安，译经达三百余卷，《金刚经》《法华经》和《维摩诘经》那都是这位破了戒的大和尚的功劳啊！鸠摩罗什圆寂前发誓：‘若所传无谬者，当使焚身之后，舌不焦烂。’令人惊奇的是，当时按照西方的方法，以火焚尸，薪灭形碎，鸠摩罗什的舌头竟然没有焦烂。这鸠摩罗什有一首诗，诗曰：

心山育明德，
流薰万由延。
哀鸾孤桐上，
清音彻九天。

这个大和尚是参透了佛法啊。佛法之根基在于明德，明德就要忍受孤独与磨难，哪怕不被世俗所理解！”

“贫僧岂能与鸠摩罗什高僧相比呀！”

“哈哈，难道师父要逼朕做吕光不成？”

“贫僧岂敢。只是——”

“佛家以慈悲为怀，俗世的苦难不除，佛终不成为真佛。帮助俗世免除苦难即是佛家的责任啊！师父难道还看不透这一点吗？况且，师父您不是也曾以‘我不下地狱谁下地狱’的话劝勉过朕、激励朕为了天下太平而忍受苦难吗？”

守能闻言，悚然一惊，感觉浑身十万八千个毛孔在一刹那各个都张开了。他沉默片刻，神情肃穆地颔首道：“陛下一言，胜过贫僧念经十万，陛下有真佛之心啊！既如此，守能又怎能拒绝陛下的请求呢！”

守能默默地点点头。他对这个昔日的友人、眼前的皇帝，又增添了许多敬畏之心。

赵匡胤看到守能的神情，叹了口气，说道："朕知道派察子暗中行窥探之事，的确不是光明正大之举，但是目前是非常之时，朕没有其他的选择。望大师体察朕的苦心！"说着，赵匡胤缓缓站了起来，走到内客厅的门口，幽幽望着中院里一株高大的侧柏出神。

到洛阳的第二日，赵匡胤便令赵光义以亲戚身份去看望周太后。来洛阳之前，赵匡胤本想备些礼物亲自去探望一下，但是考虑到目前实际处在与柴氏集团谈判的处境，如果主动前往探望，倒是显得有些示弱，所以想想还是作罢了。作为一个变通的办法，赵匡胤便令弟弟承担起这个探望的责任。

听说夫君要随皇帝赴洛阳参加天下牡丹会，小符感到有些意外，却又非常高兴。她在赵光义出发赴洛阳前，精心准备了六大箱礼物。她曾经暗中将自己的姐姐作为嫉妒的对象，可是如今，却对姐姐的处境充满了同情。嫉妒的火焰已经熄灭，亲情的甘泉慢慢从心底涌起。这六大箱中，有两箱是布帛、绸、绢等，有两箱是让裁缝按照姐姐的身材精心裁制的各种衣物，有两箱是送给柴宗训兄弟的衣物。准备这些礼物，小符是出于真心，所以挑得很仔细，不管是什么，放入箱子中时都小心翼翼，摆放得整整齐齐。

赵光义正是让人抬着小符准备的六大箱礼物去探望周太后的。

周太后事先得到了通知，知道妹夫要来，心里忐忑不安，因为她不知道作为皇帝弟弟的妹夫，是真心来看她这个姐姐，还是出于皇帝的意愿，作为耳目来刺探她目前的状况和心态。她，前任君主的皇后，儿子失去了皇帝宝座和国家的女人，又能怎么想呢？她心神不安地来来回回换了几次衣服。穿什么好呢？不能太华丽了。太华丽，未免引起现在皇帝的猜忌。但是也不能太简朴吧！太简朴，是不是又会被现在的皇帝理解为韬光养晦、暗中欲图有所作为呢？她的心，被许多彼此矛盾的想法折磨着、煎熬着。老天似乎还要加重她的这种心理煎熬。在赵光义要来拜访的这天下午，天色忽然阴暗下来，不久便下起了大雨。电闪雷鸣的时候，她正在反复地试装。倾盆大雨疯狂地击打着屋顶的瓦片，发出持续的啪啦啪啦的声响，弄得她又紧张，又烦躁。屋内渐渐陷入昏暗，气温也渐渐降低，黑暗与阴冷包围了她。她不得不让丫鬟点起了几支羊脂蜡烛，在昏黄的烛光中继续试换衣服。最终，她决定换上一套绛红色的半旧的褙子。选好了外衣，她突然想起自己的发髻尚未打理。在磨得有些模糊的青铜鉴前面，她听着疯狂掉落在屋顶的雨滴的声响发了好一阵子呆。丫鬟见她神不守舍，壮起胆子将她从恍惚中唤回现实。她于是让丫鬟给她梳起一个简单的圆髻，插上两支朴素的碧玉凤钗，又戴上两颗小小的朴素的白玉耳环。然后，她照着晦暗不明的青铜鉴，慢慢地给双颊施了点淡淡的胭脂。她的眼光，并不想在青铜鉴上停留太久。她渐渐不喜欢自己的样子了。

赵光义到了后，柴守礼便让人到后庭居室去请周太后出来。周太后在仆人的引导下往前庭会客室行去。长长的回廊，在阴雨天显得格外阴暗幽长。仆人没有打灯笼，因为毕竟还没有黑到要打灯笼的地步。巨大的雨滴从墨黑的空中如密集的飞箭往院子射落。箭雨无情地射落在已经积满了雨水的天井里，溅起无数白色的水花。修竹在雨箭下沙沙乱响，当季盛开的各种花的花瓣，被雨箭射得七零八落。风在此时突然变得更大了，一会儿往东吹，一会儿往西吹，一会儿又不知究竟往哪个方向吹。当狂风大作之时，周太后在仆人的导引下，正沿着回廊往前庭走去。冷飕飕的阴风卷着冰冷的雨滴，从侧面不停地往她身上袭来。走到回廊中段的时候，她已经感觉到自己的脸上都是细碎的、冰冷的雨花，她靠近天井一侧的褙子和裙子，已经被雨水打湿了，冰冷的感觉透过衣服，侵入她的肌肤，侵入她的身体，慢慢刺入她的内心。她感到沮丧极了，几乎在半路就哭出声来。但是，她知道，现在必须忍住，忍住，不能哭，不能哭。

当赵光义在前庭会客厅见到周太后时，他几乎认不出她了。只是短短的两三个月啊！世事剧变竟然将一个曾经美丽雍容的女人彻底变了样。他看到在被雨水打花的淡淡的胭脂下，是枯黄黯淡的脸颊；他看到原来那张珠圆玉润的脸瘦了好几圈，颧骨令人刺目地高高凸起；他看到一双充满惊恐却努力装出镇静的眼；他看到被雨水打湿了半边的衣裳包裹着一个微微颤抖的身体。他冷酷坚硬的心，在这一刻也不禁为眼前这个女人感到悲哀了。

“大姐，别来无恙！”赵光义尽量用平淡的语气说出了第一句问候。他面对着这个可怜的女人，抱着拳，微微弯腰，从容地鞠了一躬。

“这大雨天的，烦劳妹夫了！”周太后站在那里，愣愣看着赵光义。说话时，尽量克制住不让声音发抖。

柴守礼站在一侧，此时赶紧招呼两人落座，自己也坐入一张紫檀靠背椅。

“快上热茶，快上热茶！”柴守礼对旁边侍候的婢女小梅说道。

小梅利索地应了一声，便扭着婀娜的腰肢下去了。赵光义不经意地扭头看了小梅的背影，心中暗道：“没有想到柴守礼府中还有如此佳人。”柴守礼此时正盯着赵光义看，将赵光义看小梅的眼神瞧在眼中。

“大姐，陛下特意安排我来探望你，还特意叮嘱，让你们母子都保重身体！”赵光义收回盯着小梅的眼光，对周太后说道。

周太后闻言，慌忙起身，微微低首回答道：“谢陛下百忙之中尚惦记着我母子。请妹夫回去代为致谢啊！”

“快坐快坐，大姐不用这般客气，都是自家人嘛。”赵光义哈哈一笑，招呼周太后坐下。

“小符这些天是天天念叨着你呢，这不，大姐你瞧，这是小符托我给你带来的礼物！”赵光义指着尚摆在会客厅一侧的六只大箱子说道。

“我这妹子，如今也恁客气了！”周太后想起亲妹妹，枯黄的脸上，稍稍露出了一丝笑意。

于是，赵光义接过话头，细细将所准备的礼物介绍了一通。这当中，小梅端着茶托给三人上了热茶。赵光义再次用眼光瞟了瞟小梅丰满窈窕的身体。这一切，柴守礼都看在眼里。

赵光义仔细问候了周太后和郑王柴宗训的近况。周太后自然都说挺好。随后，赵光义又问起在陈桥兵变那天失踪的柴宗训的两个弟弟找到了没有。周太后一听，便不禁潸然泪下。赵光义一见，即知两人尚未找到，便好好将周太后安慰了一通。他的心里，也确实是暗中着急，盼着赶紧找到这两个人的下落。周世宗的两个小儿子流落民间，毕竟是未来的巨大隐患。

聊了一些家常后，赵光义便起身告辞。周太后欲送他到大门，赵光义再三劝阻。柴守礼也一同相劝，周太后方才作罢。

当赵光义起身走向大门时，周太后站在会客厅前门屋檐下，默默地望着这个妹夫，心底冒出一个念头：“也许，今后我们母子，就要靠他了。”

赵光义正要迈出柴守礼大门门槛时，突然感到衣袖被什么轻轻一扯，扭头一看，见是柴守礼。

“柴司空，您可有事？”赵光义略感惊诧。

“光义，老夫看你好像对那端茶的婢女有点意思，要不老夫让人今晚送她到你下榻处伺候你？”尽管旁边没有其他人，柴守礼还是压低声音，神秘地说道。

赵光义一愣，哈哈一笑。

“柴司空，您老厚意，光义心领了。这次来，我与陛下都在向留守府邸暂住哦！柴司空，您老快回吧，光义这就告辞了！”赵光义微微欠身，扶托着柴守礼的手臂。

“是，老夫欠考虑了。这样子，等你回汴京后，老夫差人暗中到汴京城内别置一屋，然后将那婢女送到京城。光义，你要给老夫这个成人之美的机会哦！”柴守礼听出赵光义没有拒绝的意思，便巧妙地提出了方案。

赵光义微微一笑，说道：“再说，再说！告辞了！”说罢，抱了抱拳，便走进雨里，旋即钻入等候在几步外的马车。

柴守礼站在屋檐下，望着赵光义的马车离去，脸上露出一丝淡淡的笑容。现在，他知道自己在暗中又下了一步好棋。

# 六

自从那天晚上对话之后，韩敏信就开始处处留意老根头。

在待漏院厨房的食手宿舍的中央，摆着一张很旧的大木桌。木桌上摆着一个铁铸的烛台。桌子的一角，摆着一块瓦砚、一块已经用了三分之一的劣质松油墨，一杆笔头已经参差不齐的狼毫笔平时就架在一个普通页岩打磨成的笔山上。那块瓦砚的旁边，放着一沓粗糙的毛边纸。这些书写工具，是给厨房管事写食材清单准备的。当然，膳工们要写家信，也会用上这些笔墨纸砚。待漏院东厨房里，能识字写字的人不多，“韦言”来之前，只有老根头会写字。因此，老根头就成了东厨房里代同僚写家信的人。因此，老根头几乎成了这桌上那套笔墨纸砚唯一的主人。每隔几天，老根头就要趴在木桌上，照着一本《金刚经》认认真真地抄上几页。老根头常常与人说，他信的不是佛，但是，他相信通过抄佛经，可以让他同救过他性命的神更加贴近。因为，当年那个神就是通过在寺庙附近的石碑给他以启迪的。他发现，每当抄写佛经时，他便能感到心灵的安宁。

那次对话之后，老根头抄写佛经的行为引起了韩敏信特别的兴趣。几天后的一个晚上，当众人都已经入眠后，老根头轻身下了床铺，披上夹衫，慢慢走到木桌旁，点燃了蜡烛，埋头于烛光下抄起了佛经。韩敏信躺在自己的床铺上假装睡着了，偷偷眯着眼斜睨着老根头的举动。

韩敏信的床铺并没有那木桌高，所以他看不见老根头在写什么。不过，根据动作判断，韩敏信知道，老根头每抄一页便把纸张放在桌子的一角。可是，老根头有个举动却显得有些非同寻常。韩敏信看到，老根头放下了毛笔，小心翼翼地将一页纸折了起来，又仿佛卷了几下才塞入了怀中。老根头将那纸卷放入怀中后，还向四周警惕地看了看。

“他为何如此神神秘秘？”韩敏信顿时起了疑心，一阵恐惧让他的心猛烈地收缩起来，“莫非——莫非他是朝廷的耳目？”

正当韩敏信被恐惧困扰之时，老根头已经摸黑回到了自己的床铺。

韩敏信在黑暗中睁开了眼睛，盯着黑黢黢的屋顶，听着自己的心扑腾扑腾地跳动。

“看样子，还不能马上除掉老根头，万一他是皇帝的耳目，除掉了他，就会使事情变得复杂，我很可能就会把自个儿给暴露了。一定得先查出个究竟！”

次日午后，当待漏院厨房的众人都在迷迷糊糊午睡之时，老根头慢腾腾地走向待漏院厨房院子的北小门。他朝北小门旁站着的那个禁卫点点头，搭讪道：“这个困呐！里面待着太闷。俺就到门口坐坐。”

那个禁卫早就与老根头熟了，呵呵一笑，下巴一扬，示意老根头出去就是了。

老根头出了北小门，拐上往东去的通往待漏院的那条石子铺成的小路。稍稍偏西的太阳，在老根头的脚下投射出一个短短的人影。

老根头慢慢地带着他那团短小的人影移动着，并没有走到那条小路的尽头，而是在快到尽头时离开了小路，又往北走了五六步。那里，沿着皇城的城墙种有一排油松。

老根头在靠着小路的第一棵油松的阴影下站住，他那短小人影与油松的阴影融在了一起。他蹲下了身子，坐在树下的一块石头上。静了片刻，他把背靠在那棵油松深褐色的树干上。树皮鳞状的裂块隔着棉布夹衣让他觉得有点硌。

油松的枝干有的长长地往外平展，有的微微向下斜着生长，绿油油的针叶密密地簇生在枝头，遮住了阳光，在地上形成大片大片的阴翳。老根头仰头看看上面，看到密集的针叶形成的墨绿色的阳伞。

“它的花也快开了啊。到了秋天，它的球果和种子就会成熟了。可是，春夏秋冬对于俺这样的一个人来说，几乎没有意义了。若不是李大人，俺是熬不到现在的。神啊！如果俺现在所做的，能够让俺的罪过减轻些，就请您保佑俺吧！”老根头脸色木然，隐藏了沉甸甸的忧伤，默默地在心里念叨着。

老根头低下头，往自己四周看了看。他的背后，是皇城长长的东城墙，城墙一直往北延伸。城墙根没有人。他右侧的一排油松静静地站在城墙下，这排树下也是连个鬼影也没有。他的左侧后是通往待漏院的小门，他知道小门外有两名禁卫。但是，这两名禁卫不在他的视野之内。老根头将眼光停在前方。在他的前方不远处，是几棵高耸入云的大槐树。在枝叶浓密的大槐树后面，透出巍峨殿宇的一部分屋顶和廊柱。那是明堂。

老根头仔细地盯着明堂方向看了一会儿，也没有看到人。待漏院厨房门口的那个禁卫，此时正背对着他。他确信，在这个时候，没有人在看着他。于是，他将左手伸入怀中，掏出一个纸卷，微微扭动身子，用右手挪开自己坐着的大石头旁边一块巴掌大的石头，极为迅速地将那个小纸卷塞入大石头的底下，然后又将那块巴掌大的石头放回原处，盖住了那个隐秘的小洞口。

做完这一系列动作，老根头深深呼吸了几下，让自己的心松弛下来。

“韦言这个人实在有些诡异。他一定认识长公主。可是，他又为什么要掩饰自己呢？他到待漏院厨房来，一定不是偶然。难道他像我一样，是李大人奉陛下之命，安插在待漏院厨房内用以暗察百官和厨房的察子？可是，有什么必要在一个地方安插两个人呢？俺把这个情况报告给李大人，会不会是俺多心了呢？如果韦言确实是个普通人，俺岂非冤枉了无辜之人？好吧，且等李大人那边的答复。俺且继续盯紧韦言就是了。只是，如果他一直没有行动，俺又怎能判定他的意图呢？”老根头眼睛盯着明堂前面的一棵大槐树，思绪飘忽不定。

这时，老根头看到对面的大槐树顶部有处枝叶不同寻常地颤动了一下。他心里一惊，险些从大石头上纵身而起。他压制住内心的惊惧，定睛看着那个地方，这才发现，原来是一只长着长长尾巴的灰喜鹊突然停在了大槐树的一个枝头。

“见鬼！吓了俺一跳。原来是只鸟儿。”老根头暗暗骂了一句，突然又想，“是了，如果他有问题，迟早会有行动，那时他就像那只鸟儿，只要它在枝头一落，就会引发不同寻常的迹象。只要俺留心盯着，他一定跑不掉。”老根头不禁微微笑了笑，心情放松了许多。于是，他将背靠在油松灰褐色的树干上，惬意地感觉着树皮鳞片状的裂块硌着背脊，就像有一只手在他的背上来回轻柔地按摩。

韩敏信眯着眼睛，瞄见老根头走出屋门，过了一阵子又慢腾腾地走了回来。老根头在自己的床铺上坐了下来，下意识地往韩敏信那边扭头看去。韩敏信慌忙闭上眼睛，假装正在沉睡。他听见老根头那边发出窸窸窣窣的声响，过了一会儿又没了声息。

“估计是睡着了。他方才往我这边看过来，绝对不是偶然的。看他神情，是怕我察觉到他方才出去的行动。这里面一定有问题。”韩敏信仰面躺着，闭着眼睛琢磨着方才老根头看似平常却显得神秘的举动。

过了好一阵子，韩敏信从床铺上翻身坐起。他从床头一沓衣服中挑了件半旧的皂衣穿在身上，又走到屋角，从腰带上解下一把铜钥匙，打开分配给自己的那个储物柜。他从柜子的最下面，拿出一个包裹麻利地打开。包裹里面是一堆铜钱，这些钱，一部分是他挣的工钱，一部分是让赵三柱收回扣获得的。他从中取了七八百文，放入一个小包裹负在背上。接着，他走到赵三柱的床铺面前，见赵三柱正仰面躺着，张着大嘴，嘴角流着口水，睡得正香。

“三柱，三柱！醒醒！今日晚上的那顿饭菜，你代我张罗一下。我去向李主管告个假，出去一趟。喂！醒醒！记住了啊！”韩敏信使劲拍拍赵三柱的脸，直到赵三柱懵懵懂懂地睁开了双眼。

韩敏信用眼角余光，往老根头那边斜睨一眼，见老根头脸冲着墙壁睡着，一动不动。韩敏信瞪着眼，看着赵三柱，又故意大声地将方才说过的话说了两遍。

“啊？哦，是！是！”赵三柱终于听明白了，嘟哝着迷迷糊糊地答应了。

韩敏信出了屋子，走下台阶，站在台阶前往对面西厨房和整个院子看了看。

他走到李有才的那间屋子门前，敲了敲门。

李有才很爽快地答应了韩敏信的告假，允许他回家里去看看干爹干娘。他多次收下了韩敏信的好处，对于韩敏信的好感那真是大大增加了，告假出皇城的请求，对他来说是小事一桩。

“老根头方才神态，显然是想掩饰什么。难道，昨晚写的那张字条是密信，他方才出去转了一下是去送信？可是，就这么一会儿，他能去哪儿呢？一定没有走远。如果老根头真的是察子，方才真的是去送密信，就一定还有接头人，可是，谁会是接头人呢？如果有接头的人，禁卫一定会看到。难道禁卫之一就是接头人？或者——或者，是将密信藏在某处了？”

韩敏信手中攥着从李有才那里领到的出入皇城的通行牌，脑子飞快地转着。他开始感到这个行事诡异的老根头正在对自己的行动构成潜在的威胁。“我必须想出对策，不能坐以待毙！”他往院子的北小门看去，见一名站岗的禁卫正站在那里发呆。他认出了那名禁卫。他在待漏院厨房已经待了有些日子，他从没有放过任何一个机会来记住他见过的每个人的脸孔。这个几乎封闭的院子里的每一个人的脸，都早已经深深地烙印在了他的脑海中。

“嗨，还没换岗呢？”韩敏信开始从禁卫那里套话了。

“啊，早着呢！”

“真是辛苦啊！大半天也没个说话的，这站岗也够枯燥的吧？”

“可不是。这是要出城吗？”

“是啊！”

韩敏信给禁卫看了通行牌，走出了北小门，从右手的那条石子路往皇城的东南小角门走去。走了没几步，他仿佛想起了什么，匆匆走回到待漏院厨房的北小门，一脸严肃地向那名禁卫说道：

“对了，昨日厨房里莫名其妙少了些食材，你帮忙盯紧些，莫要让人揩油。你若看到有人从这里鬼鬼祟祟出去，一定要告诉我。另外，这件事你先别向别人说，我也不想因这种小事就砸了人家饭碗，只是希望找到这人，先警告一下，莫要等出了大事不好收拾。你也肯定知道，前些日子皇城酒库被监守自盗，皇上还下令斩杀了几个呢！”

“韦押司放心，我一定留意！”那个禁卫说道。

“韦言”待人客气，又在待漏院厨房内建立起了自己的威望，因此连禁卫也客气地称他为“押司”。“押司”其实是隶属御厨的公吏，专门负责承办御厨事务及检点文字，押司官地位低的公吏有“手分”“书手”。“手分”是隶属御厨抄写文书并兼差搬运物料等杂事的公吏，“书手”则是隶属御厨负责抄写的吏人。“书手”之下才是“食手”。韩敏信其实只是一个“食手”，而且整个待漏院厨房尽管隶属御厨，由御厨监管，但是实际上算是编外人员，因此说到底，他这个“食手”，也是非正式编制的“食手”。

“顺便问一下，今早到现在，都有谁走出过厨房的院子？”

“之前不晓得，自我午后接岗以来，只有老根头出过这院子门。他也只是在那边松树下溜达了一下，好像并未出皇城。韦押司是怀疑老根头私下偷了食材？可是，当时他可是空着手的啊。这我可以作证。”

“老根头？不可能，不可能，绝对不会是他。得了，待我回来后再细查吧。”

韩敏信装出一副无奈的样子，向那名禁卫摆摆手，再次往皇城东南角门走去。这次，他的眼光一直没有离开皇城根的那排油松。

“原来老根头果然走出过北小门。如果真有密信，很可能就藏在这附近了。”

韩敏信回头瞥见那名禁卫并未站在北小门外面。他停住脚步站了一会儿，确定自己已经不在那名禁卫的视野之内。他又看了看皇城东南小角门外的禁卫，那个禁卫脸朝外站着，显然也看不到他。于是，他便装出漫不经心的样子，走到石子路北边的油松下。油松的树枝往外优雅地伸展着，挡住了午后的阳光，形成一片阴翳。韩敏信站在最南的第一棵油松下，揣摩着老根头可能的行动。他用眼光仔细扫视着油松的树干，看不出有任何异样。这时，他看到了松树下的几块大石头。他注意到其中一块大石头上有一块地方比其他部分显得更加光滑，心中一动："这块石头上一定经常有人坐。老根头会坐在这里吗？"

韩敏信走到那块石头跟前，仰起头，看到细细的阳光一缕一缕穿过松针的缝隙照射下来。他慢慢蹲下身子，坐在了那块石头上，将攥在右手心的通行牌暂时放入怀内，双手垂在身子两侧，抚摸着石头。他又低头往脚边看了看。这时，他突然一惊。他看到了隐约残留的一部分脚印！

"一定有人来过，是老根头吗？这石头下面倒是藏密信的好地方。如果这石头下藏有密信，但愿还没有取走。"

韩敏信的眼光终于停留在大石头的底部。那里有一块小石头。小石头旁边，散布着几颗颜色较深的土壤颗粒。

有人翻过这石头！

韩敏信的心暗暗收紧了。他觉得自己的手有些颤抖！他想："看情形，那老根头一定是个秘密察子，而且刚才八成是来藏那张卷起来的密信了。如果下面没有密信，就可能被人取走了。如果是那样，我就必须马上出皇城，再也不能回来了，不能再待在这里面冒险了。"

他轻轻地掀开了小石头，看到石头根部露出一个小小的洞口。

他稳住呼吸，弯下身子，将手指伸入洞中。

果然有一个纸卷！

他小心翼翼地取出纸卷，顿时感到自己的心在胸腔中突突地跳动了起来。他看了看四周。没有人。

这纸卷正是老根头昨晚在蜡烛下偷偷写好又藏起来的密信。韩敏信打开了纸卷，不禁暗暗吃惊，只见上面只草草写了一行字：

事可疑盼面禀

“老根头果然对我起了疑心。不过，看这情形，他并没有任何证据。这密信如若被他上司知道，必然会展开调查。怎么办？”

韩敏信呆了一下，把密信收入怀中。

他寻思着：“取密信的时间一定是双方约好的。而且一定会很快来取。取密信的人来了，没有密信，一定会误以为这段时间没有密报。但是，如果没有回复，老根头很快就会起疑。我必须在老根头再次写密信和他上司起疑前清除这个威胁。”

韩敏信下意识地使劲地咬了咬牙关，站起身来，坚定地往皇城的东南小角门走去，心里渐渐冒出一个冷酷无情的主意。

# 七

韩敏信出了皇城东南小门，沿着一条小巷往东行了片刻，来到了皇建院街。皇建院街是条南北走向的大街，一直往南，便是太庙街、马道街。韩敏信拐个弯，顺着皇建院街往南走去。午后的大街有些冷清。韩敏信往南一直走到马道街南口。

整段路上，韩敏信一边走，一边在心中仔细盘算除掉老根头的计划。沿路中，除了有几个玩耍蹴鞠的小儿曾稍稍引起了他的注意，他所有的心思都放在那个冷酷无情的计划上。路过那几个蹴鞠小儿时，他曾停下脚步看了片刻。嬉戏的快乐已经离他很遥远了。他痴痴地盯着几个孩子的笑脸，听着他们的笑声，看着他们无拘无束地跑动。蹴鞠在几个孩子脚下、胸前、头顶欢快地弹来跃去，他的心也不禁随之跳动。在那一刻，韩敏信暂时忘记了他心中的计划，忘记了老根头，忘记了他的仇人赵匡胤。

但是，当他的思绪重新回到现实时，他不禁感到一种更加沉重的悲伤。那些美好的东西啊！那些天真的、单纯的日子啊！再也不可能出现了。韩敏信这样悲伤地想着，离开了那几个蹴鞠小儿，继续往南走去。

韩敏信走过了寺桥，又往南走了片刻，在马道街南口拐了弯，走上东西向的小纸坊街。他在一家书铺门口停住了脚步。在他进入待漏院厨房之前，他知道让陈骏去钱阿三的蒸饼店与他联络已经不合适了。他不能让自己的干爹干娘知道他有这样一个朋友。他花了点时间，物色到了这家书铺。这条小街沿街有书铺、丝绸店、瓷器店等各类店铺，平日里人来人往，非常热闹。让这家书铺的老板代收书信，绝不会引起别人的怀疑。他事先给这家书铺的老板留下二十文钱，告诉书铺老板，今后每次他来取信，都会再给老板二十文钱。理由很充分、很自然：因为他要进皇宫待漏院厨房做事了，不便在皇城接收书信。这对于书铺老板来说，是一件没有成本的美差，自然毫不犹豫地答应了。于是，这家书铺便成了韩敏信与陈骏的新的联络点。

在他安排陈骏去洛阳游说柴守礼之后，韩敏信已经抽空来过这家书铺一次。按照原计划，陈骏应该在半个月内回到汴京城内，然后按照计划与他联络。但是，那天，陈骏的信并没有在书铺出现。韩敏信知道陈骏没有出现，一定是遇到了什么情况。当然，他还不知道陈骏为了抓住机会刺杀赵匡胤，此前已经昼夜兼程往扬州去了一趟。

所以，在前往书铺的路上，韩敏信特别担心这次又收不到陈骏的音讯。如果那样，他就不得不在待漏院厨房内自己动手除掉老根头，或者，就是彻底改变计划，从此就从待漏院厨房消失。当书铺老板将一封信交到他手上的时候，韩敏信大大地嘘了口气。现在好了，陈骏已经回到汴京城内，老根头这件事，就可以交给陈骏来办。在拆开信封前，韩敏信就已经这样打定了主意。他将说好的二十钱交给了书铺老板，便站在书铺高高的柜台前撕开信封。

韩敏信抽出信纸，面无表情地读完信，又将信纸折好，向书铺老板道了别，便沿着小纸坊街往西行去。他的新目标，是东大街的林家菜馆。原来，陈骏在信中告诉韩敏信，他已经于数日前回到汴京城，在东大街的林家菜馆里找到了一份做伙计的工作。白天，他就在这家菜馆里干活，晚上便住在这家菜馆老板给雇工安排的阁楼上。在信中，陈骏当然不会提到去洛阳说服柴守礼的事情，更不会提到他在扬州的冒险，他只让韩敏信见信后如有需要，可去林家菜馆里找他。

韩敏信从小纸坊街走到南北走向的南门大街，沿着这条大街往北，他来到了位于州桥南端的东大街。因为稍南一点就是大相国寺，所以东大街非常热闹，沿街满是菜馆和卖各色物件的店铺。林家菜馆里，不论是否饭点，都有人来吃饭或吃点心。韩敏信走到林家菜馆时，虽已是午后未时，但是还有很多客人在菜馆内不慌不忙地吃饭聊天。有几桌客人更是撤了残羹冷炙，点了茶水慢慢享用。

陈骏似乎对韩敏信的到来并不惊奇。为了方便说话，韩敏信以朋友的身份来找陈骏。陈骏向老板知会了一声，便出了菜馆。陈骏言简意赅地将在洛阳劝服柴守礼的经过告诉了韩敏信。韩敏信听后，心里暗暗高兴。这说明，他已经成功地煽动了柴守礼等人对赵匡胤的戒备之心。不过，令他自己有些意外的是，当他听说陈骏在扬州刺杀赵匡胤未遂时，竟然没有感到遗憾，似乎还感到一丝庆幸。“怎么会这样？难道我不希望杀死赵匡胤吗？还是我不希望他死在陈骏手中？难道是我觉得简单地刺死他，是便宜了他？我怎么会对陈骏的刺杀失败感到有一丝庆幸呢？”韩敏信对自己内心的这种感觉感到异常震惊。他有些迷惑，但是，他没有将这种震惊表现出来。此时，韩敏信没有意识到，孤苦伶仃的他，自全家被屠杀后，一直将杀死仇人赵匡胤作为生活中最主要的目标，这就是他全部的生存意义。一旦赵匡胤真的死了，他也就失去了生存的意义。这才是他方才听到陈骏刺杀未遂反而感到庆幸的真正原因。这个原因，如此隐秘地潜藏在他的心底，他还没有意识到。人常常会被自己的目标所迷惑，当他们过于执着于该目标时，不论这种目标是正当的、美好的，还是不正当的、丑恶的，不论是针对人，还是针对事，在制造人生意义这方面，它们似乎没有区别。人生的意义，就是这样被各种各样的目标所影响。也许，这便是人的宿命。

韩敏信将自己遇到的麻烦告诉了陈骏。陈骏很赞同韩敏信的判断。他们相信，老根头一定不是普通人，有可能就是皇帝安插在待漏院的耳目。因为，待漏院厨房的食手，不仅要负责做早餐，同时也要担负往待漏院送餐的职责。这就使他们有机会在送早餐期间听到诸多官员的议论。皇帝在这里安插耳目，确实能发挥他们暗察群臣的作用。如果老根头认为“韦言”的存在是某种威胁，一旦向他上级汇报，正式的调查就会马上开始。因此，必须尽快采取行动。

“你说得没错，不能延误了！”陈骏听了韩敏信的分析，与他达成了共识。

“明天一早就行动吧。”韩敏信说这话的时候，没有什么表情。韩敏信这种看似平静的表情，总是有一种可怕的杀气。

“一会儿回去后，我会安排老根头明日一早与原来负责买肉的人一同去买肉。我有很好的理由。如今，来待漏院吃早餐的官员多起来了，我们需要更多的鲜肉来做爊肉。多派一个人算是帮把手。我还会让他们推辆独轮车，推车的会是老根头。我会给赵三柱七百文买肉的钱，这是笔不小的数目。老根头身上不会有钱。你先击晕赵三柱，然后再杀老根头。推独轮车的老根头反应不会太快，你会有充足的时间。随后，你要取走赵三柱身上的钱，造成抢劫的假象。等赵三柱醒过来，他会以为他们遭劫了。至于老根头被杀，会被赵三柱解释为在抗拒中发生的悲剧。赵三柱会成为很好的证人。另外，搜一搜老根头的身，可能他随身还带着一张西域的地图。这张图说不定以后能够用上。记住，他们应该在四更左右出皇城。你尽量不要被人看到。不过，即便被看到，你也不要停留，一般人不会管闲事的。杀了老根头，就赶紧离开。不要看附近的人，尽快离开就好。那个时候，天还未大亮，即便有人看到你，也不敢追你的。”韩敏信冷静地对陈骏说。

商量好对策后，韩敏信向陈骏仔细描述了赵三柱和老根头的相貌和体态。对于陈骏来说，要在一大早冷清的街上跟踪这样两个特征明显的人，并非是难事。

两人商议了计划后，韩敏信告别离开。

第二天四更，赵三柱带着老根头，按照韩敏信的吩咐，早早出了待漏院厨房，往热闹街去买肉了。

韩敏信像往日一样照旧干着自己的事情。

到了五更左右，天已经放亮，但是，赵三柱和老根头还没有回来。如果他们已经买到了肉，此刻就应该回来了。

待漏院厨房内，除了韩敏信之外，没有人知道赵三柱和老根头发生了什么事。众人尽管焦急，但也不知该如何是好。看样子，今早的早餐是要耽误了！韩敏信假装慢慢露出焦急的样子，吩咐厨房内的诸位食手先动起来，按照往日一样制作早餐，一边做蒸饼，一边等待赵三柱和老根头。同时，韩敏信主动找到李有才，说明了赵三柱与老根头出去买肉至今未回的情况。

“难道他们会为了七百文钱而跑掉不成？”李有才有些恼怒，立刻安排了两个人出去寻找。

不一会儿，只见那两个人回来了，身后跟着两个开封府差役，还有一个用布条裹着头的赵三柱。消息带回来了。

他们遭劫了。老根头死了！他当胸被刺了一刀。这次，他的神没有来救他。他死了。

韩敏信本以为自己早有心理准备，但是当他听到老根头已死的消息时，他发现自己竟然感到一种从未有过的震惊。是他，正是他，设计杀害了老根头。他杀害了一个他认识的人！一大早，这个人还活生生地在他眼前，可是，如今这个人已经不在了。韩敏信觉得自己前面仿佛出现了一个黑色深渊，深不见底，他一脚踏空，落了下去，身子便往下直坠。他想要呼喊，却喊不出声；他伸手乱抓，想要抓住什么，但是什么都没有抓到。他感觉到自己就这样无声地坠落下去，一直往下坠落，无边无际的黑暗向他包围过来。

# 八

湘水从南面滚滚奔流过来，在山谷之间发出巨大的轰鸣声。夕阳的光芒照射在奔涌的青绿色江面上，这儿一片、那儿一片地调和出瑰丽的蓝紫色。

“刺史大人，你以为杀了他就有用吗？”周远站在山崖边望着江面，冷冷地问。他的额头很宽，长着一个矮矮的鼻头，穿着一件打了补丁的灰色长衫，腰间系着粗粗的用马皮做成的腰带。他微微抬着右臂，在右臂上，停着一只灰色羽毛的鹰隼。那只鹰隼颈部，环绕着一根细细的皮带圈，皮带圈下垂着一条细皮索，它的另一端系在主人的右手手腕上。

“行了，我又没有让你去刺杀他。”衡州刺史张文表露出一副不以为然的表情，薄薄的嘴唇说完话便紧紧闭着，一双小眼睛闪着鹰鹫般的光芒盯着周远的背脊。

“哦？那你想我做什么？”

“天下牡丹会过些日子就要开始了。据我安插在汴京的探子来报，大宋皇帝届时会赴洛阳参会。我暗中建议南平王也去赴会，这绝对是个联络各地节度，伺机谋取中原的好机会。可是南平王竟然拒绝了我的建议。真是鼠目寸光！”

“高保融的脾性你是早就知道了。对于此事，他恨不得躲得远远的。他正害怕大宋的皇帝拿他开刀呢！只是，你是湖南王周行逢的属官，为何不直接建议周行逢赴会以图天下，而偏偏欲驱使南平王呢？更何况，你还是周行逢早年的结拜兄弟。”

“周远兄，你有所不知。周行逢对兄弟我是多有猜忌啊。他生性多疑，就在不久之前，几个大将私下有作乱之议，被他察觉，便暗中设局，诱他们及其随从入局，不分主从，当场全部杀死。随后，又找借口杀了一批，其中还有当年的结拜兄弟。我如助他图得天下，他必杀我以绝后患啊。”

“好了，别绕弯子了。你想让我做什么？”

“周远兄，小弟知道你的能耐和手段，只要你出手，这事一定办得成！”张文表往前挪了两步，脸上突然现出谄媚的神色。

“我早已不是从前的那个我了，现在只不过是个山野村夫罢了。打打杀杀我早已经厌倦了！”

“我知道你厌倦打打杀杀，我也知道，你一定能够忍受寂寞和困顿做个山野村夫，可是，你想想，你难道愿意嫂夫人跟着你一辈子在这里受苦吗？瞧瞧，你穿的都是什么！这也叫衣裳，都成破布了！凭你的身手，锦袍玉带也不为过啊。还有，你愿意你的孩子们也跟着你在这穷山沟里窝一辈子吗？你愿意看着他们生了病也没钱买药吗？你还是醒醒吧！瞧你活得这窝囊劲儿！”

张文表一边说，一边仔细观察着周远的情绪变化。他知道自己的话起作用了。因为，他看到随着他口中吐出的一句一句话，周远脸颊上的肌肉不断地抽动着，攥着那细皮索的拳头也越来越紧，几乎都可以听到指节发出咯嘣咯嘣的响声。

“够了，别说了！”周远愤怒地咆哮道。

“我还以为你连这点脾气都没有了呢！”张文表眼中闪动着狡

黠的光，趁机继续刺激着他的“猎物”。

“说吧，你想让我做什么？”

“大宋皇帝与他的随行们差不多也该到洛阳了。在他的随行中，有他的妹妹。我要你把她弄到衡州来！”

“让我绑架皇妹？”

“正是！”

“你究竟想干什么？”

“你是我的结拜兄弟，告诉你也无妨。我想，你不会不清楚目前的局势吧？”张文表早已经将周远的性格摸透了，他知道，这个人不可能出卖自己，只有彻底与他谈清楚此事的利害关系，才能赢得他的信任。

“请明示！”

“大宋皇帝赵匡胤绝不是一个守成之人。如果我没有猜错，天下将避免不了一系列的战争。当年，周世宗就曾想统一中原，可是未能如愿。我看赵匡胤绝不会就此罢休。你想想，如果赵匡胤发动吞并战争，南平国这个弹丸之地能有啥好结果？且不说大宋，即便是它东面的南唐、南面周行逢的湖南、西面的后蜀，这几个小国，不论哪一个对南平国下手，它都有灭亡的危险啊！可恨！南平王高保融简直就是个无能之辈，连政事也懒得处理，都交给了他弟弟高保勖。高保勖还算有些能耐，处理政事倒也利落，也能笼络一部分人心。若不是这样，我早已离了周行逢，偷袭南平取而代之。不过，这高保勖也有个弱点，那就是贪好女色，荒淫无度，我就要利用这个弱点毁掉他。到那时，高保融这个南平王就成了孤家寡人。哼哼，要对付他，那就容易了。”

周远微微扭头，斜睨了张文表一眼，问道：“你莫非想将大宋皇帝的妹妹绑来献给高保勖？”

“你说对了一半。我是要让大宋皇帝以为是高保勖绑架了他亲爱的妹妹。这样一来，大宋皇帝必然会拿高氏兄弟开刀。哈哈！据说，大宋皇帝的妹妹可是一个美人哦！”

“恕我直言，你这不是惹火烧身吗？况且，哪怕绑了大宋皇帝的妹妹来，高保勖也不一定敢接。”

“你错了！大宋的火，烧的人将是高氏兄弟。而我，则可以‘讨误国之君’为口号，赢得大宋的支持，趁乱起兵，到那时，我取了南平，再回师灭了周行逢，随后再联合潞州李筠，逐鹿中原！取天下亦未尝没有可能。你不知道吧，潞州的李筠早已经蠢蠢欲动了。至于如何让高保勖接下赵匡胤的亲妹子，我自有妙计！”张文表说着，仰天狂笑了数声。

“我有两个条件。”

“只要能把大宋皇帝的妹妹搞到手，你就是有一千个条件，我也满足你。你说吧！”

“第一，为我准备十万贯铜钱。事成后，交人时当面再给十万贯。”

“‘马之千里者，一食或尽粟一石。食马者不知其能千里而食也。’不过，我是知道你的千里之能的！兄弟，我可是你的伯乐啊！你值这个价。只要能办成大事，再多也可以。好！随后我就让人送到你山中的住处。”

“不，不要都送到山里。你安排三拨人，第一拨人带上三万贯飞速赶到洛阳。第二拨人带三万贯去成都府。第三拨人带三万贯去汴京城。让你的人在三地找地方租住下来。你先安排好人，把他们的名字和租住的地方告诉我。去洛阳的人的姓名和住处要尽快告诉我。汴京与成都府那边的消息，在事成后，再告诉我也不迟。我会让我的人，到洛阳先领取一部分酬金，事成之后，我会让他们前往成都和汴京两处领取剩余的酬金。具体的接头方式，你那边安排好后，我再告诉你。另外，还有一万贯，你安排三个身手好的，扮作客商与仆人，与我一同赴洛阳，随时备用。记住，别耍花招。如果我拿不到钱，我会要你的人头。如果我的人拿不到钱，他们会把你撕成碎片去喂狗。”周远说着这些话时，是一副漫不经心的样子。可是，这种漫不经心，却让张文表感到浑身发凉，尽管他知道，数丈之外，还站着十数个保卫自己的亲兵。

“你会拿到的。第二个条件呢？”

“交了人，我拿到钱后，再也不要让人找我！”

“放心吧，周远！你们拿到人后，尽快赶到邓州穰县的顺阳客栈，今日别后，我就会安排人在那里接应，随时等待你们到来。”

“好！从此刻起，没有周远这个人，只有‘黑狼’！‘黑狼’会回来一段时间，直到事情办成，才会离去。”

周远扭过头，用冷酷的眼神，咄咄逼人地瞪着张文表。

张文表哆嗦了一下，感到背脊上汗毛刹那间竖了起来，忙颤声道：“是，‘黑狼’！我都快忘记这个名字了。”在张文表的记忆中，“黑狼”是一个来自遥远草原的冷酷无情的杀手，他还有一帮与他一样冷酷无情的搭档。如今，“黑狼”的那些搭档，究竟躲藏在何处，只有“黑狼”才知道。张文表很庆幸当年自己偶然救了落魄的“黑狼”，并且与他结拜为兄弟，现在终于可以派上大用场了。

“记住，事成后永远不要再找我。”

张文表微微一愣，旋即说道：“好，一言为定！”

待张文表带着众人离开后，周远方才缓步往一条山径走去。他穿过一片被夕阳笼罩着的浓密的山林，来到一个仿佛刻意隐藏在密林之中的山坳。在这个小小的山坳里，有一间小小的屋子。屋子外面，围着一圈竹子篱笆。屋子是周远用木头、树藤和各种枝叶搭起来的。在用树枝和细藤搭起的屋顶上，覆盖着好些黑毡子。这些黑毡子都被周远用牛脂浸过了，因此可以挡住雨水。

周远轻轻推开篱笆的门，走进自己家的“院子”，径直往木屋走去。

他还没走到木屋门口的时候，木屋的门便慢慢打开了。

门内站着一个穿着棉布衣的年轻女人。女人的鼻子小小的，长着一张圆脸。她看起来正被某种情绪所困扰，眼中流出担忧的神色。

“回来啦。”女人见到周远，脸上露出欣喜的表情。

“方才没有人来过吧？”周远警惕地问了一句。

“没有。”

周远在木屋门前将右手手腕上的细皮索解了下来，将鹰隼系在门旁的一个木架子上。随后，他沉默着走进屋子，轻轻掩上屋子的门。木屋里一股浓重的中药味。显然，有人刚刚在屋内煎完中药。

“孩子呢？”

“睡着呢。估计一会儿就醒了。”女人扭头往屋子一角望了一眼。那边，一个用藤条编织的摇篮用树藤悬空挂着，正在那里微微晃动。

“他一定睡得很香。”

周远说着，伸出两只粗大的手，搂住自己女人的肩头。他盯着她的眼睛，贪婪地望着她。

“今天你喝药了吗？”周远问。

“刚喝过，好多了。”女人回答道。

“你真美！”周远眼睛盯着自己的女人，柔声说道。

“你又取笑我了！从小就没有人说我美。我知道自己很丑。”

女人虽然口中这样说，但是眼中却显出欢喜的神情。

“不，你在我的眼中，就是最美的。在我家乡，你也一定会是令众人钦慕的美人。”周远深情地说。

“你会带我回你的家乡吗？”

周远没有马上回答，他半眯着眼，盯着女人的眼睛。过了好一会儿，才开口说话。

“等我办完这件事，我也许就能带你回我的家乡了。”

“什么事？”女人有些吃惊，脸上又现出忧惧的神色。

“张文表来找我了。他请求我帮他办一件事。”

“你不是多次与我说，张文表不是个好人吗？”

“不错，他不是好人。但是他救过我的命，是我的结拜兄弟。”

“他又让你去杀人吧？远哥，他这是在利用你啊！你不是答应我，再也不去打打杀杀了吗？”女人有些幽怨地说。

周远听了，垂下眼帘，沉默片刻，说道：“不，这次不杀人。真的，不杀人。”

“真的吗？”

“真的。不杀人。如果这次事成了，我就会赚到一大笔钱，那时，我就可以带你回我那遥远的家乡。你知道吗？那里很美。那里有辽阔的草原，不论冬夏，还是春秋，咱们都可以骑在马背上，成群的牛羊会像云朵一般陪伴在咱们的身边。冬天，咱们可以到南边温暖一点的地方放牧；夏天，咱们可以去那曾下雪的地方，因为皑皑的白雪，可以给咱们与牛羊带来珍贵的水。咱们会有木头制成的宽大的车子，圆圆的巨大的车轮会载着咱们去往草原的任何地方。在咱们的车子上，我会搭起帐篷的架子，在这个架子上，我会覆盖上厚厚的白毡，然后用白泥土抹在这些白毡上，这样可以挡住风雨严寒。在帐篷的顶部，我会开出一个口子，那是一个烟囱。你可以在烟囱周围的白毡子上画上美丽的图案。在门口的毡子上，你也可以绣上你喜欢的树、花儿还有鸟儿。这样，咱们就有了一个温暖的家，不怕草原上的风，不怕草原上的雨，也不怕草原上那恶魔般的响雷。到那个时候，你可以为我生下一大堆娃子。在寒冷的日子里，你与我，还有咱们的孩子们，可以在温暖的帐篷里围着火盆，煮着香浓的马奶子。它的香味，会冒出烟囱，散向那辽阔的草原。”周远抱住了自己的女人，缓缓地轻轻地诉说着，仿佛已经置身于那一望无际的美丽的大草原——他那遥远的家乡。

周远没有发现，他怀中的女人，已经默默地流下了热泪。

# 九

李处耘匆匆走上台阶，三步并两步走进洛阳留守府邸后厅的内客厅。

此时，正是薄明时分，两三只喜鹊在内客厅门前两棵侧柏的枝头飞来跳去，偶尔发出清脆的鸣叫声。

赵匡胤平时已经习惯了四更起床，五更去前殿上早朝。因此，这个时候，他已经洗漱完毕，正在内客厅里点起两支羊脂蜡烛，拿了册书坐在椅子上翻阅。他身侧的案几上还摆放着一块沉泥砚，一块墨，一只小狼毫则静悄悄地搁在笔山上，还有几张备用的宣纸和空白的诏书折子。砚台中已经磨好了一些墨汁。他翻着书，不时拿起小狼毫在书页上勾勾画画。

李处耘依然按照在军队中的习惯，在赵匡胤面前行了个简单的单膝跪礼，一边行礼，一边用双手举着两份劄子，呈到赵匡胤面前。

“陛下，这是吴枢密派人星夜送来的密劄。还有，这是吏部尚书张昭送来的劄子。”

“起来说话。”

赵匡胤将手中的书一合，放在了旁边的案几上，这才从李处耘的手中接过劄子。

他先打开了吴廷祚送上的密劄，将它凑到蜡烛底下看了起来。片刻后，他将这份劄子轻轻合上放在一旁，又打开张昭的劄子，聚精会神地看起来。





“处耘，你去将他们几个都叫过来。别惊动了阿燕和雪霏，让她们多睡会儿。也别惊动向拱。”赵匡胤看完张昭的劄子，却不合上，抬起头，不动声色地对李处耘说道。

“是！”李处耘应了一声，匆匆走出内客厅。

不一刻，李处耘陪同着皇弟赵光义、翰林学士承旨陶谷、给事中吕余庆、兵部侍郎窦仪进入，随后，楚昭辅与守能和尚一起走了进来。

“好，都来了。快坐下，有事得议议了。”

众人见皇帝面无表情，话语却凝重，知道肯定发生了什么事，当下纷纷落座，沉默着等待着皇帝发话。

“吴廷祚在劄子里说，南唐近日在黄州、江州一带的长江上增加了许多精锐水军，估计有五六万人，但不知有何意图。他已经向范质、王溥、魏仁浦做了呈报，并且也议了议。魏仁浦推测，南唐可能是为迁都在做准备，因为怕我军偷袭，才增加了长江一带的布防。你们怎么看？”

众人听了，一时间沉吟不语。

“莫非南唐知悉陛下西赴洛阳，故猜测东部兵力可能空虚，因此想要趁机图谋淮南失地？”楚昭辅见众人不语，心想自己与其他几位大臣相比资历尚浅，便开口先说了意见。

“不是没有这种可能性。”赵光义低下头沉吟道。

“陶谷，你怎么看？”赵匡胤问道。尽管他从内心不喜欢陶谷，但还是觉得此人颇有见识，所以也想听听他的意见。

“据微臣所知，南唐的小朝廷内部，土著出身的官员与北方出身的官员两股力量彼此钩心斗角，简直是势不两立。所以，他们内部对于我大宋的意见肯定难以统一。只是——”

“只是什么？”赵匡胤问道。

“只是，微臣担心，假若南唐真的内乱了，那些驻扎在长江上的南唐军队是否会失控。另外，假如淮南节度使李重进与南唐联手，那么我大宋东面、南面将受到极大压力，这恐怕将于我大宋极为不利。”

“李重进！不错，朕也担心这个李重进啊！”

“陛下，只要咱先做防备，也不怕南唐和李重进折腾出什么风浪！”楚昭辅道。

“窦仪，你有何想法？”赵匡胤点了窦仪的名字。

“微臣认为，以目前的局势，我军当暗中备战，但表面做出以不变应万变的态势。”窦仪略一沉吟说道。

“如何备战？又如何以不变应万变？”赵匡胤问道。

“微臣认为，当暗中调动兵力，西边于郢州集结，东边于和州集结，一旦南唐军队有渡江或沿江北上的行动，我军就可东西首尾两处，相互呼应，予以打击。南唐如果选择黄州段强渡长江，我朝就可派大军西出郢州，东出和州，如钳子一般，在随州、光州一带截击敌人，将南唐军打回去。如果南唐水军从长江进入汉江北上，我军则直接在郢州拦截。”

赵匡胤听了，微微点头，又拿眼睛看看守能和尚。

“陛下，您可别看我，贫僧于行军打仗可不懂！这脑瓜子里，可没有装啥神机妙算。这种事情，陛下就别指望我咯！”守能哈哈一笑，拿手拍着光溜溜的脑壳。

“朕看你倒是气定神闲啊！”赵匡胤笑了笑，将眼光投向赵光义和吕余庆。

“我看窦侍郎的策略不错。”赵光义道。

吕余庆却是微微低着头，沉吟不语。

“吴廷祚的劄子里，也汇集了他与三位宰相的意见，与窦仪不同的是，魏仁浦建议于西边在襄州也增加驻军，在东边，他则建议在和州西南的舒州驻军。既然如此，朕看就结合各位的意见，在西边的襄州、郢州增加水军，东边的舒州、和州则同时增加马步军和水军。朕决定令襄州的山南东道节度使总领襄州与和州的长江防御。此行中书舍人不在。这样吧，陶谷，你负责起草诏书，把朕的意思写清楚。来，这里就有笔墨纸张，凑合着用吧。这里不是内廷，没有条件，你就坐在一旁起草。”

“是，陛下！”陶谷慌忙屈身上前，战战兢兢地挪动椅子，对着案几的一角，浅浅地坐下，这才拿起案几上的小狼毫，微微一沉吟，便下笔如飞地写了起来。

不一刻，陶谷将起草的诏书捧在手心，递给赵匡胤。

赵匡胤接过来，仔细看了看，颇为满意地点点头，然后抬起头望着吕余庆说道：“余庆，你是给事中，该发表点看法，你看看，这诏书起草得妥否？”

吕余庆起身走到皇帝面前，恭恭敬敬接过诏书，举到眼前，又微微侧了侧身，以便让蜡烛的光能够照到宣纸上。

“陛下，恕微臣直言，微臣认为有些不妥。”

吕余庆此言一出，赵匡胤微微一愣，其余人都变了脸色。

“哦？怎么不妥？是写得不好，还是你有不同意见？”赵匡胤脸上露出不悦之色。

“不是陶大人的文字不好，而是——微臣左思右想，一直也拿不定主意。就在方才，拿着这份起草的诏书看时，微臣才觉得大家议论的策略有些问题。”吕余庆不慌不忙地说道。

“你说说看。”赵匡胤神色颇有不悦。

“陛下，如今南唐在黄州、江州一带的江面增加水军，无论其最终目的是什么，有一点是无法否认的，那就是南唐的确忌惮我大宋。郢州、襄州的确最靠近黄州，如果我军在郢州、襄州增兵，显然可以给南唐巨大的压力。但是，陛下，这样一来，肯定也会刺激南唐。如果南唐内部的好战派将我军的这一举动视为我大宋将要入侵南唐，就有可能以此为借口真的发动战争。这样一来，我大宋就会在一个最不合适的时机与南唐为敌。另外，在东边，和州背后就是淮南，如果我军现在往和州集结，当然可以防备南唐，但也有可能直接刺激淮南。如果李重进以为陛下着急对淮南动武，说不定会趁西部李筠有异动的时候提前起兵反叛。这样一来，我大宋很可能同时挑起了对淮南的战争——”

“那就意味着，除了对付李筠，我们还会同时掀起对淮南和南唐的两场战争？是这样吗？”赵匡胤打断了吕余庆的话。

“不错！”吕余庆斩钉截铁地说道。

“这么说，朕不该往南面增兵？”赵匡胤神色严峻地问道。

“不，微臣不是这个意思。微臣建议，陛下可令大军在襄州北面的邓州集结，然后在长江上适当增加巡逻的水军。这样一来，不论南唐渡江还是沿江北上，我军在邓州皆可进退自如，游刃有余，也不会过分刺激南唐。同时，陛下也可在东边的舒州适当增兵，以作呼应。与和州相比，舒州离淮南有一定距离，不会直接刺激李重进。在舒州适当增兵，会被李重进理解为主要是为了防御南唐。做了适当增兵防御的同时，陛下还可修书一封给南唐国主，开诚布公地说明陛下的用意，同时警告他不要挑起战端。微臣认为，这样安排，可能会稳妥一些。”

赵匡胤听着听着，脸上的不悦之色渐渐地淡去了，恢复到一种面无表情的状态。

吕余庆说完，静默而立，从容地望着赵匡胤。

“好！你这个给事中果然尽职尽责，说得很不错。你的意见朕听了。陶谷，你赶紧另行起草一份诏书，朕令武胜节度使宋延渥总领黄州、江州、舒州段长江防御事，在邓州增兵五万，同时令他在该段江面增加两千水军，加强巡逻。另外，令舒州刺史司超配合宋延渥防御江面。就这样定了。”

陶谷听令，随即起草了新的诏书。赵匡胤让吕余庆再次过目，这次吕余庆并没有提意见。赵匡胤这才自己又拿起来读了读，改了几处措辞，让陶谷正式誊抄了。

“处耘，你让人急送尚书省，让他们赶紧落实此事。光义、陶谷、窦仪，你们几个下去歇息歇息吧。吕余庆和大师，你们两个留一下，再陪朕聊聊天。”赵匡胤将诏书递给李处耘，用温和的眼神看了看吕余庆和守能和尚。

李处耘、赵光义等几人离开后，赵匡胤问吕余庆：“余庆，这两天柴守礼那边有何动静吗？”

“微臣正想禀报陛下，柴司空那边还是在按计划筹备天下牡丹会。他遣人来要求觐见陛下。陛下，您看——”

“还是不见为好，之前已经让他不要到城门口来接，就是为了少些动静。他若这会儿来，不是一样引人注目嘛！还是等天下牡丹会时再见为妙。”

“是。”

“朕倒是要看看这次哪些节度使能接受柴守礼的邀请前来赴会。柴守礼若是正式觐见，那帮子人恐怕都会赶来，这个会就没那么有趣咯！”

洛阳城定鼎门大街上，一个衣衫褴褛的老人，穿着一件土灰色的破棉短褐，戴着一顶破得已经不像样的草帽，摇摇晃晃地走着。老人手中托着一个沿上缺了口的碗，不时在路人面前停下来，低垂着头，弯着腰，颤颤巍巍地点着头，口中含含糊糊地念叨："行行好！行行好！给点吧！给点吧！"

赵匡胤见那老乞丐慢慢向自己迎面走来，心里不是滋味。"洛阳也是个千古名城，繁华闹市之中，还有这样流离失所的老人啊！"他将手伸入袖中，摸出几个铜钱，准备迎上去。正在这时，李处耘挡在了他的面前，抢先掏出几个铜钱，丢在了老乞丐的破碗里。那老乞丐听到了破碗里叮叮当当的声响，顿时抬起头来，眼中闪耀出感激的泪光："谢谢大爷！谢谢大爷啊！"

"去买点吃的吧！"李处耘说着，侧过身护住了赵匡胤。

赵匡胤侧着脸，看了老乞丐两眼，本来颇好的心情沉重起来，叹了口气，继续往前走去。他是有意私服逛逛洛阳，尽管早有心理准备，但还是因那可怜的孤独老人而生发了悲悯之情。

阿燕跟在兄长的旁边，雪霏拽着阿燕的袖子，两个人东张西望，兴趣盎然地看着沿街各色摊位。沿街各种摊铺确实颇为热闹：一个卖孟津梨的担子面前，梨贩子正和一个买梨的人就斤两问题吵得面红耳赤；梨担子旁边，有一个卖胡辣汤的摊铺，三五个食客正围着一张小木桌，吃得满头大汗，指手画脚不知谈论着什么；一个卖羊肉汤、牛肉汤的摊铺前，有一个风尘仆仆的男人正咧着嘴，从摊铺主人手中接过一碗热腾腾的羊肉汤；羊肉汤摊铺的旁边，是一家卖浆面条的摊位；在浆面条的摊位旁边，是一家卖玉的铺子，摊子上铺着青色的苎麻布，密密地摆满了大大小小的玉玦、玉佩、玉扳指；玉器铺子的旁边，是一家陶瓷器具店，架子上摆着碗、碟、酒注子等各种实用或观赏用的陶瓷器具，在那个瓷器店的架子上，有几个红、绿、蓝三色的马和骆驼陶瓷动物。雪霏一路逛过去，觉得开心极了。她想拽阿燕停下来，可是阿燕却被前面一家洛绣店吸引了，拽着她快步往前走去。

她俩来到那家洛绣店中，在绣着人物花卉、飞禽走兽、山水园林等图案的一卷卷精美的洛绣面前驻足，唧唧喳喳说了好一通，直到走在前面的赵匡胤停下脚步，扭头呼喊了两声，她俩才恋恋不舍地离开了洛绣店。守能和尚、吕余庆两人跟在阿燕和雪霏几步远的地方，一路上聊着对柴守礼的看法。赵光义、陶谷、窦仪三人则远远地落在守能、吕余庆的后面。向拱担心赵匡胤等人的安全，特别安排了十数个便衣军校，分散在这群特殊游客的周围。

“我想吃那个！”雪霏走着走着，用力扯了扯阿燕的衣袖，指着一个路边摊说。

阿燕停了脚步，往旁边一看，原来是个炸丸子的摊位。

“好啊，走，咱买去！”阿燕拉着雪霏，往炸丸子的摊位走去。

摊主人笑眯眯地盯着两个新客人走来。

“我们要十个炸丸子，一人五个。”雪霏口齿伶俐地说道。

“好嘞！”摊主声音洪亮地应了声，用一个大漏勺从放生丸子的大铁盆中一舀，舀出一堆生丸子倒入旁边的油锅中。那粉白色的生丸子在温油锅中一滚，顿时变得黄澄澄、金灿灿了。

阿燕往锅里看去，只见那摊主舀出的丸子不多不少，正好十个，不禁大为赞叹：“师傅，你这一舀就是十个，不多不少啊！”

“手熟罢了，手熟罢了！”摊主听到夸赞，满脸得意，嘴上却是谦虚地回应。

“这丸子是什么做的啊？”雪霏问。

“这些丸子啊——粉条先涨发好，然后切成细碎，再加上面粉、盐还有少许香料，和在一起再做成丸子。”

“用什么香料呢？”

“这可是俺的祖传秘方，小姑娘，你做了俺家的媳妇，俺才能告诉你哦！”摊主笑着逗雪霏。

“哼，有啥稀罕的！还不晓得好不好吃呢！嘻嘻，说不定看着好看，吃着臭呢。”雪霏也不恼，笑嘻嘻地回敬摊主。

摊主一边用一双长竹筷子拨着油锅中的丸子，一边笑着说：“哎哟，不好吃不要钱。”

“焦了，焦了！”这时，阿燕喊了起来。

雪霏往油锅里瞧去，只见那些小丸子果然仿佛一瞬间就从金黄色转变为金褐色了。“哎呀，是啊，焦了，焦了！”她也喊了起来。

雪霏这一喊，走在前面的赵匡胤与李处耘都停下了脚步，转过身往炸丸子摊位看过来。

“真是嘴馋！”赵匡胤笑着摇摇头。

李处耘皱了皱眉头，说道：“照这样子，咱中午也走不到天津桥！”

“不打紧，不打紧。趁她俩吃着，咱到那边的书铺瞧瞧去。”赵匡胤说着，往附近的一家书铺指了指，不等李处耘回答，便迈着步子往那边走去。李处耘往阿燕雪霏那边看了一眼，摇摇头，便跟着赵匡胤朝书铺去了。

雪霏那边正瞪着眼睛瞧着油锅里的丸子由金黄色慢慢变成焦黄色。那摊主却不急，笑眯眯道：“那就对了。知道不？这就叫焦炸丸子，就得炸成外焦里嫩，才能干香味美啊！你们瞧，这会儿才算炸好呢。”说话间，摊主已经将左手的长竹筷放在案上，顺手抄起了一个青瓷盘，右手则拿着漏勺，往油锅里一掏，捞出了五六个金褐色的炸丸子，变魔术般将它们倒在青瓷盘内。阿燕、雪霏正盯着那先起锅的几个丸子看时，摊主已经将剩下的几个焦炸丸子舀出倒入青瓷盘了。

雪霏年纪小，嘴馋，伸手想去抓青瓷盘中的焦炸丸子吃。

“慢着，慢着！小姑娘不知道这丸子咋吃的吧？”摊主将拿着青瓷盘的手一缩，另一只手往旁边一指，说道，“两位客人去旁边坐。儿子，快，给两位姑娘舀两碗汤！”这后半句，却不是冲着阿燕与雪霏说的。

这时，阿燕、雪霏才看到摊位旁边有几张小木桌，每张桌子中间摆着一个竹筷筒，筷子筒里面戳着竹筷子。一张桌子上已经坐了两人，另三四张桌子上还空着。

摊主的身边，有一口大锅正冒着热气。一个十六七岁的年轻人——显然是摊主的儿子——正在大锅旁站着帮忙料理。他听到呼喝，飞快地从手旁的大锅中舀出了两碗汤，放在一张空着的小桌上。

摊主端着盛满焦炸丸子的青瓷盘走到那张小桌边，用手中的漏勺从青瓷盘中将五颗炸丸子拨入一碗汤中，又将剩下的拨入另一碗中。

“焦炸丸子得这样吃才香呢！”摊主说。

“这是什么汤啊？”雪霏问道。

“这是酸辣汤，焦炸丸子趁热放入酸辣汤中吃，那味道，才叫美呢。两位姑娘慢用啊！瞧，又有客人来了。”摊主说着，往油锅走了回去。

阿燕与雪霏看了旁边一眼，果然见来了两个新客人，便不再与摊主说话，高高兴兴地坐了下来，端起汤碗，开始品尝。

“哎呀，果然好吃啊！我还是第一次吃到这样味道的丸子呢！”雪霏咬了一口焦炸丸子，仿佛吃到了人间最佳的美味，瞪大眼睛，在嘴边扇动着一只小手，兴奋地叫起来。

“是啊，酸酸的，辣辣的，真是太妙了！真该叫大家也来品尝一下！”阿燕回应道。

两位新来的客人在阿燕和雪霏对面的一张小桌上坐了下来。阿燕不经意地抬眼看了看对面两位新来的客人，只见那两个男人都是寻常打扮，一个刀削脸，一个方脸，均是矮矮的鼻梁，显得有些沧桑，两人的脸色都很黑，闪着古铜色的幽光。那俩人也注意到阿燕在看他们，两个人都回看了阿燕一眼，但眼光都只在阿燕脸上停留了一下子便避开了。阿燕只觉得对面两个人的举止有些异样，却又说不出什么原因来。也许是因为与陌生人对视就会产生这样的奇怪感觉吧！阿燕这样一想，将眼光移开了。

摊主很快将两碗炸丸子汤端到了两位新来客人的桌子上。那两人也不说话，低头吃了起来。他们吃得很快，彼此也不说话。阿燕和雪霏则是细嚼慢咽，一边吃，一边天南海北地聊开了。

不一会儿，两个后来的男人吃完了炸丸子，在桌上放了几枚铜钱，与摊主招呼了一声，便起身离开了。他们不紧不慢地走着。待离炸丸子摊十来步开外后，其中一人压低了声音对同伴说道：“目标样子可记清楚了？”另一人也用极低的声音说道：“化成灰也忘不了。就按照‘黑狼’的计划行事吧。”两人交换了意见后，头也不回地往大街的一头走去，很快消失在洛阳街头熙熙攘攘的人群中。

# 十

天下牡丹会，一个在洛阳城举办的赏花盛会，最终成了引发天下布武的导火索。

各地的节度使、刺史、团练使们从各地蜂拥而来。这些人，各怀心思，各有打算。柴守礼发出请柬之时，已经说明皇帝届时将大驾光临。正如吕余庆所料，柴守礼对自己下的第一步棋早就心里有数。他吃准了赵匡胤的性格与心态，知道赵匡胤如果想继续平稳地统治新王朝，舍此没有其他选择。这样一来，在赴会的各色人中，与柴氏家族有着姻亲关系的节度使们将这次盛会视为与柴家结盟以稳固自身的机会。柴守礼早已经向他们晓以利害，只有联合起来，在新王朝中，他们才能形成有效的力量，以免遭清洗。那些曾经受到周世宗重用和善待的节度使们，则在是否出席上有些犹豫，但是他们考虑到连皇帝也要给柴家这个面子，他们如果不去赴会，也许不仅得罪柴家而且会得罪皇帝，还可能背上一个忘恩负义的骂名。那些刺史、团练使，有的是受节度使之令随同赴会，有的则是想借机主动攀附节度使甚至皇帝，从而获得未来的晋升机会。这部分人对于参加这次盛会也是满怀热情，因为他们自认为通过这次盛会，可以结识一帮新的实力派。他们清楚地知道，只要能够争取到更好的政治资源，即便无法晋升，也算是重要的收获。

在所有来赴会的节度使、刺史、团练使以及各类大小官员中，拥有兵权的节度使们的心情，是最为沉重的。他们知道，这次赴会，是新王朝各方力量在一个非正式场合的实力的较量。既然是天下牡丹会，而不是一次谈判，就在礼仪上给了参会者各种限制。明目张胆地带领重兵前往洛阳是不现实的。这一点，柴守礼在请柬中已经暗示了。但是，各个节度使也很清楚，如果不做任何军事的部署而贸然赴会，则是愚蠢的。因此，赴会之前，他们都在各自的势力范围内整饬军备、加强警戒，同时都各派亲信，将各自的精锐调防到关键的地方。

即便是皇帝赵匡胤，也不敢掉以轻心，在赶赴洛阳之前，在军事上也做了充分的安排。对于那些与自己关系最近、最值得信任的节度使，赵匡胤更是亲自做了部署。于是，当洛阳城内正在热火朝天筹备牡丹盛会之时，中原大地的各个地方，军备在悄然加强，军队在悄然部署。各地的刀枪正在被磨亮，弓弩正在被调试。但是，与五代时期不同的是，天下的人心在悄然变化，大多数人，即便是一些深信用武力可以解决所有问题的人，也暗暗希望不要再发生大战——当然前提条件是，确保自己的势力范围和利益不受到侵犯。

昭义节度使李筠已经向柴守礼明确表示，不会参加天下牡丹会。但是，他至少已经获得了柴守礼的保证，那就是一旦他起兵征讨“逆贼”赵匡胤，柴守礼会联合柴氏集团保持中立。那就意味着，有些节度使的军力，即便是皇帝赵匡胤，也无法轻易地调动了。

慕容延钊没有来，但是派了他的一个儿子参加天下牡丹会。

赵匡胤与柴守礼都将慕容延钊视为自己军事集团的一员。慕容延钊的特殊地位使他得以在赵匡胤代表的新王朝势力和以柴守礼为核心的旧王朝的遗存势力之间找到了自己的平衡点。赵匡胤必须依靠慕容延钊的实力来防御契丹、北汉，并且在李筠的东面形成牵制力量，而柴守礼则将慕容延钊视为柴氏集团的一根重要支柱。在真州定州之间，慕容延钊屯驻精兵十多万，北防契丹，同时威慑周围诸多节镇。

赵匡胤对自己掌握的核心军事力量——他的结拜兄弟们的军事力量进行了充分部署：

为了制衡慕容延钊，同时也为了防备北面坐镇镇州的郭崇，赵匡胤令自己的结拜兄弟之一——时任检校太尉、安国军节度使的李继勋在邢州加强军备。邢州东西二百八十二里，南北一百三十里，南至汴京六百余里，西南至西京八百四十里。唐代开元年间，邢州有户五万八千多，宋初户主一万五千多，客居户主一万四千多，百姓人数约二十万。李继勋坐镇邢州，拥精兵三万，是这一地区一股重要的军事力量。

李继勋早年是周祖郭威部下。广顺初年，补为禁军列校。后来，因多次立功，升迁为虎捷左厢都指挥使、领昭武军节度使。之后，又改领曹州。周世宗因为李继勋质朴率直而特别喜爱他。李继勋随周世宗出征淮南时，因疏于防御，被淮南军打败，攻城的洞屋、云梯等器具几乎被烧尽，后周军死伤数万。但是，周世宗认为此次败绩不能完全归罪于李继勋。因此，在将李继勋调离禁军岗位后，依然任命他为河阳三城的节度使。可见，周世宗对李继勋是何等信任与器重。这种信任，使周世宗最终获得了回报。显德四年的冬天，李继勋随同周世宗出征淮南，受命率领黑龙船三十艘在江口滩头大败淮南军，还缴获了两艘敌船。李继勋因为这次功劳而大大出了口恶气。周恭帝即位后，李继勋被授为安国军节度使，加官检校太傅。赵匡胤在周世宗征淮战役中与李继勋结成了生死之交。他因为李继勋与自己性格相投而对李继勋信任有加。入宋后，他让李继勋继续担任安国军节度使，驻防邢州一带。

作为赵匡胤最为信任的结拜兄弟，归德军节度使石守信被调往汴京防卫京城。赵匡胤信任有加的年轻将领、义成军节度使高怀德也被暂时调往汴京，与石守信相互配合，加强汴京的防卫。义成军的镇所在滑州。滑州东西三百零九里，南北一百五十七里，南至东京二百二十里，西南至西京一百五十里。唐代开元间户口五万三千多，宋初有户主一万二千左右，客居户主一千六百左右，百姓人口数近十万。高怀德坐镇滑州，带甲两万，人数不多，但皆为精锐之军。归德军的镇所在宋州。宋州东西二百二十五里，南北二百六十五里，是一个大州。宋州西至东京三百里，西至西京七百二十里。宋州人口众多。唐代开元年间，户主达到十万三千，经过五代战乱，虽然人口剧减，但是相较于许多州来说，依然算是人口较多的。在宋朝初年，宋州户主二万一千多，客居户主二万四千多，百姓人口约三十万。石守信坐镇宋州，拥精兵五万，于京城南面形成拱卫之势。天下牡丹会之前，赵匡胤将石守信、高怀德调至京城，令两位将军各分一半兵马，前往京城之外屯驻，与汴京的禁军一起协防。此举，名为防卫汴京，实际上乃是威慑西京。赵匡胤还秘密提醒石守信，令他的另一半兵马从宋州南移，屯驻亳州之西北，以遥防忠正节度使杨承信在寿州有异动。

泰宁军节度使王审琦被命令赶往洛阳赴会。王审琦字仲宝，祖先是辽西人。他是赵匡胤年少时的好朋友。陈桥兵变之前，王审琦任职殿前都虞侯，赵普、赵光义说服他配合时任殿前都指挥使的石守信在京城作为内应，在兵变过程中，迎接赵匡胤从陈桥回军。兵变那夜，赵普、赵光义派人从陈桥给石守信和他带来了兵变的密令。从此，他的人生，便与一个新王朝——宋朝的命运紧紧联系在了一起。可以说，王审琦是建宋的重要功臣之一。入宋后，他被赵匡胤提升为殿前都指挥使、泰宁军节度使。此次天下牡丹会，王审琦一接到赵匡胤的命令，便清楚地知道，又一个重要的时刻来到了。他带着自己的长子王承衍赶赴洛阳。不过，带长子赴会，倒是他自己的主意。王审琦自己就是一员猛将，他的长子王承衍不仅精通音律，通晓经典，而且擅长骑射，有百万军中取上将首级之能。带长子赴会，也是王审琦左思右想后的决定。他心里很清楚，参加天下牡丹会，的确有一定的风险，但是，留在驻地就没有风险吗？他希望借着这次机会，能让皇帝赵匡胤认识自己这位勇武且富有才干的儿子，从而为家族在王朝中的地位奠定良好的基础。

龙捷右厢指挥使刘廷让带领精兵负责白马寺内的警戒。刘廷让字光义，原来是后周太祖郭威的部下。周世宗即位后，刘廷让跟随世宗征讨淮南。在战斗中与赵匡胤结交，成为赵匡胤的“十兄弟”之一。淮南战役后，周世宗将刘廷让提升为雷州刺史，随后又升为涪州刺史，领铁骑右厢。赵匡胤登基后不久，任命刘廷让为江州防御使，领龙捷右厢。赵匡胤去洛阳赴会，在路途中，令刘廷让带领禁军龙捷右厢的精干五千人负责殿后。天下牡丹会召开的当天，刘廷让率军在白马寺内遍布岗哨。

禁军龙捷左厢都校韩重赟负责率领精兵在白马寺外警戒。韩重赟入宋后因拥戴赵匡胤有功，被提升为龙捷左厢都校，领永州防御使。他早年便因勇武而闻名，最初隶属后周太祖郭威麾下。后来，周世宗即位，韩重赟跟随周世宗在高平作战，因战场上表现奋勇而提升为铁骑指挥使。周世宗征讨淮南时，他在一次攻城中率先登上城楼垛口，被乱箭射伤，因而改任都虞候。随后周世宗又将韩重赟提升为控鹤指挥使，领虔州刺史。这次，赵匡胤为了在他的履历上创造新的业绩，特意安排韩重赟带领龙捷左厢的一部分骑兵，作为前往洛阳的开路部队。天下牡丹会召开的那天，韩重赟率领的禁军龙捷左厢五百人驻扎在白马寺之外，以备不测。

赵匡胤的其他几个结拜兄弟杨光义、刘守忠、刘庆义、王政忠等人资历较浅，尽管不是禁军首领和节度使，但是赵匡胤实际上都令他们手中握有精兵。在天下牡丹会期间，赵匡胤传令他们几个，务必在他们各自的驻地加强戒备，防备各自周边的节度使的军事动向。

至于安排在荥阳的韩令坤，虽然赵匡胤与他之前因为在周世宗征淮南战争中产生过节，但是赵匡胤在陈桥兵变之前已经给了他重要的承诺，没有什么比这种信任更能够拉拢韩令坤这种人了。所以，尽管赵匡胤知道韩令坤的父亲韩伦乃是洛阳城中柴守礼的死党之一，但是，他相信韩令坤一定会站在朝廷这边。至于韩伦与柴守礼的密切关系，说不定因为韩令坤这层关系，在关键时刻还能派上用场。这就是赵匡胤将韩令坤大军安排在荥阳的原因。赵匡胤心里很清楚，韩令坤的大军，在柴氏集团看来，似乎是一支比较中立的力量，但是，这支大军，一定会以他赵匡胤马首是瞻。

柴氏阵营的力量与赵匡胤所直接掌控的军事力量相比，也不弱。与赵匡胤掌握其力量的方式不同，柴氏集团的力量是在周世宗时期依赖姻亲关系和恩赐关系建立起来的，这种关系虽然没有依靠朝廷律法确定的上下级关系那么正式，却有很强的稳固性，而且在某些时候这种关系发挥作用的途径，恰恰是经由朝廷层面显现的正式的上下级关系。

柴氏家族最重要的一个盟友是天雄节度使、魏王符彦卿。周世宗的妻子，也就是现在的周太后符氏，是符彦卿的长女。周世宗柴荣是后周太祖郭威的养子，实际是柴守礼的亲生儿子。因此，柴家与符家其实是实实在在的姻亲关系。柴守礼私下已经与符彦卿就可否举办天下牡丹会交换了意见。符彦卿听了这个主意后，辗转反侧，考虑再三，认为在洛阳举行天下牡丹会，如果皇帝能够驾临，那就不仅对柴家有利，而且经由柴家的这层关系，符家的势力也可以进一步在新王朝中得以确认，符家与柴家的结盟，将远比各自单独在王朝争取家族利益更为有利。柴守礼非常确信地告诉符彦卿，赵匡胤一定会接受邀请驾临洛阳。作为交换条件，符彦卿答应利用手中的兵力作为柴家的后盾，他本人愿意亲自赶赴洛阳参加天下牡丹会。但是，柴守礼却反而建议他不用亲自参加，而是向赵匡胤上个劄子，以防备契丹为由推辞参加洛阳牡丹会。柴守礼只要符彦卿作出联盟的承诺即可。符彦卿立刻明白了柴守礼的意思，知道柴守礼是将他作为一张底牌，让他表面上处于柴氏阵营与赵匡胤集团之外，以期在最关键的时刻发挥作用。

柴守礼还私下游说了晋州的建雄节度使杨廷璋、镇州的成德节度使郭崇、陕州的保义节度使袁彦以及寿州的忠正节度使杨承信。为了确保杨廷璋对柴氏家族表示支持，柴守礼是亲自去的。

建雄节度使杨廷璋的姐姐是后周太祖郭威的妻子，因此经由郭威和柴荣的养父子关系，也便形成了一种并非建立在血缘基础上的特殊关系。建雄节度的节镇在晋州，领临汾、洪洞、襄陵、神山、霍邑、赵城、汾西、冀氏、岳阳、和川等县，东南至东京九百里，东南至西京六百二十四里。晋州唐代开元间有户主六万八百多，宋初有户主二万八百余，客居户主四千七百左右，百姓人数近十五万。当地人民性情刚强，多豪杰，可谓民风剽悍，而且对于礼节不太看重。杨廷璋坐镇晋州，经过精心调教，训练了一批精兵。赵匡胤派出的监视杨廷璋的荆罕儒已经见识过这支精干强悍的河东之军。杨廷璋虽然无意于反叛新朝廷，但是经由柴守礼的游说，意识到如果不能找到很好的联盟，自己在新王朝中的地位将很难稳固。因此，他答应了柴守礼的要求，只要赵匡胤驾临洛阳，他一定会出席。杨廷璋为了防备荆罕儒留在晋州有异动，便命令他随同到洛阳赴会。对于晋州的子弟兵，杨廷璋则向亲信做了交代："一旦朝廷向晋州动用武力，务必坚守不出，以期其他节度使支援。但是，若朝廷对柴家动武，则立即联络大名府的符彦卿将军，共同发兵，挺进洛阳城，拥戴后周恭帝复辟。那时，将会与其他几处节度使一同出兵。"

坐镇边陲镇州的成德节度使郭崇与符彦卿关系甚好。周世宗时期，郭崇在战斗生涯中与符彦卿结下了友谊。当年，并军侵犯潞州，周世宗令符彦卿与郭崇出兵在固镇抵御并军。后来，周世宗亲自出征，郭崇作为符彦卿的副将，任行营都部署。周世宗班师还朝后，给郭崇加官，在当年冬天，郭崇任真定尹、成德军节度使。周世宗征讨淮南时，契丹趁机派出一万多骑兵劫掠后周的边境，郭崇临危不惧，率军在束鹿县苦战契丹军，终于大败契丹，斩首数百而归。周恭帝即位后，郭崇加官检校太师，依然坐镇镇州。

郭崇感念周世宗恩德，经常于追思之际流泪。监军陈思诲此前已经密报赵匡胤郭崇有反叛之心，赵匡胤认为郭崇只是感于周世宗的恩义，并不是真想反叛。赵匡胤估计得不错，郭崇确实并不想反叛，但是当他耳闻赵匡胤对他的评价后，反而对赵匡胤心怀戒惧。他担心皇帝表面上对他毫无防备，暗中却打算设计除掉他。此前，陈思诲密奏郭崇有谋反之心，这件事被王祚的儿子王溥知道了。柴守礼通过王祚知道了此事后大喜。随后，柴守礼建议符彦卿劝服郭崇达成军事协议。符彦卿秘密约见了郭崇，双方说好，郭崇去洛阳参加天下牡丹会，一旦朝廷对柴氏动武，郭崇会令本部兵马在镇州起兵前往拥戴后周恭帝，符彦卿将同时出兵洛阳。

镇州是河北地区的大镇，领真定、藁城、石邑、获鹿、井陉、平山、灵兽、行唐、九门、元氏、束鹿、古城等县，西南至东京九百五十里，至西京一千一百三十里。镇州在唐代开元年间有户四万二千多，宋初户主三万八千多，客居户主一万余。百姓人数二十多万。如果镇州和晋州一同兵向洛阳，将从东北、西北两个方向，同时对洛阳形成压力，与此同时，也将威胁到大宋王朝的都城开封。当然，赵匡胤已经在镇州之南的邢州令李继勋加强了军备，以防郭崇，同时也牵制在大名府的符彦卿。郭崇所处的镇州，西边是太行山，毗邻北汉。郭崇很清楚，他所驻防的镇州，是防御北汉的战略要地，就凭这一点，朝廷既会对他有所忌惮——忌惮他联络北汉，也会对他以安抚为主，因为需要他防备北汉。但是，如果朝内有人在皇帝耳边挑起谣言，他处在这个位置就岌岌可危了。往洛阳赴会之前，郭崇特别将富有将才的次子郭允恭叫到跟前，嘱咐他要在土门口加强防备，以免北汉偷袭。原来，土门口也叫井陉口，它在井陉县西南约十里处，是出太行的八陉的第五陉，地形四面高，中间低，好比井口一般，所以叫井陉口。当年，韩信带兵击赵，成安君陈余将兵马聚集于井陉口，号称有二十万之众。李左车向陈余献策道："臣闻千里馈粮，士有饥色，今井陉之道，车不得放轨，骑不得成列，师行数百里，其势粮食必在后。愿足下假臣奇兵三万人，从间道绝其辎重，足下深沟高垒勿与战。彼不得还，吾奇兵绝其后，使野无所掠，不至十日，两将之头可至麾下。"成安君没有听从李左车的建议，结果败绩。郭崇向次子允恭讲了成安君的故事，提醒允恭一旦发现北汉兵进入井陉口，就可早作打算，间道攻击入侵之兵的后方，或可以提前阻止入侵之兵。郭崇做好了这些安排，方才放心地带着长子郭守璘赶赴洛阳。

柴守礼还派人秘密与保义节度使袁彦取得联系。陕州东至西京只有三百五十里，东至东京七百里。唐代开元年间，陕州有户主四万七千左右，宋初，陕州有户主一万二千余，客居户主近五千,百姓人数近十万。袁彦的陕州军不到万人，虽然人数不多，但是个个勇武无惧，可以一当十。因此，柴守礼知道，如果得到袁彦的军事支持，就会对前来洛阳赴会的赵匡胤产生实实在在的威慑。当时，赵匡胤已经派了潘美在陕州监视袁彦。袁彦是周世宗帐下一员猛将，在多次战争中，都表现英勇，深得周世宗的信任。不过，袁彦有一个弱点：为人轻率，而容易为环境左右。这个弱点，柴守礼很清楚。柴守礼秘密派人向袁彦游说，告知他其间的利害关系。袁彦很爽快地答复柴守礼，同意带着潘美前来洛阳赴会。袁彦还说，如果朝廷不对他动武，他就不会反叛朝廷，但是，不论怎样，他愿意在西边暗中支持柴氏家族，条件是，柴氏家族也必须利用影响力，保证他在陕州的势力范围。

柴守礼还不远千里派人暗中联络了忠正节度使杨承信。当时，杨承信镇所在寿州，乃东向与扬州遥相呼应的要害之地。寿州南北长，东西窄，南北五百六十里，东西一百七十里，西北至东京八百五十里，至西京一千二百里。寿州在唐代人口众多，户主在开元全盛之际达到二万多户，经历五代之乱，在宋初只有户主七千左右，客居户主二万六千,百姓人数十多万。寿州当地人躁急剽悍，勇猛轻进。杨承信在寿州带甲三万余。柴守礼得到了杨承信的保证，如果朝廷对柴氏动武，他将联合淮南李重进一起出兵汴京，以牵制朝廷在汴京部署的石守信和高怀德的大军。

于是，在汴京、西京的四面八方，柴氏集团的力量与赵匡胤集团的力量形成了错综复杂、环环制衡的局面。从各方集团所掌握的土地、人口数、军队数目来看，可谓势均力敌。这个时代，不以头衔来论王寇，土地、人口、财富、军队，才是实力和话语权的真正体现。





一场没有硝烟的战争，在中原大地上，以谋略为刀，以胆识为盾，在一种表面热闹欢庆而暗中剑拔弩张的气氛中展开了。

欢笑出现在盛会上，刀剑暗藏在山壑间。

这是赵匡胤政治军事集团、柴氏政治军事集团，以及已经成形的李筠等反叛势力三大力量之间的博弈与较量。在这种较量中，赵匡胤集团要面临李筠反叛势力的挑战，同时要防备柴氏集团对李筠势力的支持。李筠，尽管是一方节度使，所拥有土地、人口、财富和军队都有限，但是其凭借与北汉的特殊关系，以及与淮南形成的呼应，成为不论是赵匡胤集团还是柴氏集团都无法轻视的力量。所以，在中原大地上，看似是一场中央朝廷与地方势力的较量，实际上是一次新的险恶的中原逐鹿。

赵匡胤终于意识到，王彦升屠杀韩通一家的暴行，如同一根地毯下的导火索慢慢燃烧，最终可能酿成一次巨大的爆炸，把短暂的、表面的稳定与和平，炸得灰飞烟灭。

他不无歉疚地想，这也许真的是他的错。如果当时韩通全家没有遭到屠杀，就不会出现天下各地节度使惴惴不安甚至各怀鬼胎的局面。至于此前试图将李筠调任青州，或许也是操之过急了。这使得这位后周的重臣猛将在调令面前别无选择。如果这个天下牡丹会在他向李筠发出调令之前就举办了，如果他退一步接受李筠保留在潞州一带的势力范围的条件，是否就可以避免李筠的反叛呢？但是，选择一旦作出，就意味着选择了一种命运。过去的已经改变不了了。赵匡胤想到这里，感到有些困惑。他再次意识到，其他的选择也许会导致另外一种结果。“但是，无论如何，或早或晚，这种地方割据的局面必须消除。或许，我应该先借各地节度使的力量，逐一平定荆湖、后蜀、南唐、北汉这些外部的王国。这样，一方面可以使各地节度使意识到朝廷看重他们的实力；另一方面，可以通过这些军事行动，将各地节度使团结起来在一个共同目标之下，一同对外，那就是开疆拓土，统一中原甚至统一天下。至于消除内部割据势力，待此后，一定可以慢慢想出办法。”

# 十一

洛阳，这座东周王城、千年帝都，与牡丹结缘，始于隋代。当年，隋炀帝下令在洛阳兴建西苑，为了装点西苑，他同时下令大量种植牡丹。一时之间，洛阳城内不论富人还是穷人，都纷纷开始种植牡丹。人们喜爱牡丹，不仅仅因为隋炀帝的命令。花朵大而色彩艳丽的牡丹，有的雍容华贵，有的富丽端庄，有的娇艳妩媚。一处居所、一处园林，只要有几株牡丹点缀，顷刻之间便显得明亮起来，新鲜起来。牡丹花馥郁的芳香，更是让人陶醉。隋朝很快灭亡了，但是在洛阳城，种植牡丹却成了一种民间的传统。到了唐代，洛阳成为东都，牡丹在洛阳城内更是被普遍种植。不仅皇家园林大量种植牡丹，即便是寺院、民宅，也大量种植牡丹。武则天当政时期，因为牡丹花为武则天所好，更是在洛阳城内盛极一时。当时，洛阳城内的皇家禁苑、上阳宫、上林苑汇聚了天下最为珍稀的牡丹品种，在白马寺、香山寺、景明寺几大寺院内，人们也可以看到一些非常珍贵的牡丹。民间宅院之内，牡丹花也是争奇斗艳。每年四月，洛阳城内牡丹花花开千树、芬芳四溢。洛阳牡丹甲天下，绝非虚名。

唐代诸多诗人写了无数诗词颂扬牡丹。

王建有《赏牡丹》诗云：

此花名价别，开艳益皇都。
香遍苓菱死，红烧踯躅枯。
软光笼细脉，妖色暖鲜肤。
满蕊攒金粉，含棱缕绛苏。
好和薰御服，堪画入宫图。
晚态愁新妇，残妆望病夫。
教人知个数，留客赏斯须。
一夜轻风起，千金买亦无。

韩琮有《牡丹》诗云：

桃时杏日不争浓，叶帐阴成始放红。
晓艳远分金掌露，暮香深惹玉堂风。
名移兰杜千年后，贵擅笙歌百醉中。
如梦如仙忽零落，暮霞何处绿屏空。

李白有《清平乐》诗云：

名花倾国两相欢，常得君王带笑看。
解释春风无限恨，沉香亭北倚阑干。

刘禹锡有《赏牡丹》诗云：

庭前芍药妖无格，池上芙蕖净少情。

唯有牡丹真国色，花开时节动京城。

唐代诗人来鹏有诗云：

中国名花异国香，花开得地更芬芳。
才呈冶态当春画，却敛妖姿向夕阳。

徐凝有《牡丹》诗云：

何人不爱牡丹花，占断城中好物华。
疑是洛川神女作，千娇万态破朝霞。

唐代的诗人令狐楚有首诗题名《赴东都别牡丹》，诗歌看似写牡丹，却是写思念洛阳与故人的深情。诗云：

十年不见小庭花，紫萼临开又别家。
上马出门回首望，何时更得到京华。

刘禹锡写了一首和诗《和令狐楚公别牡丹》。诗云：

平章宅里一栏花，临到开时不在家。
莫道两京非远别，春明门外即天涯。

皮日休有《牡丹》诗云：

落尽残红始吐芳，佳名唤作百花王。

竞夸天下无双艳，独立人间第一香。

牡丹，在唐代不仅成为人们热爱的欣赏对象，也成为人们彼此寄托情怀的媒介。五代时期，牡丹依然被诗人大量吟诵。

五代诗人裴说有《牡丹》诗云：

数朵欲倾城，安同桃李荣。
未尝贫处见，不似地中生。
此物疑无价，当春独有名。
游蜂与蝴蝶，来往自多情。

今年，新的王朝——宋王朝建立了。今年，是洛阳城内的牡丹花在新王朝的第一次盛开。洛阳城内，人们听说柴司空发起天下牡丹会，无不是兴高采烈，早早期盼着这次盛会的召开。天下牡丹会召开的那天，洛阳城内，人们相携出游，四处赏花。张家园、月陂堤、栗棣坊、长寿东街等处更是欢声笑语、笙歌四起。即便如佛门清净之地，这一天也不太清静了。寺院里挤满了赏花的游人。一个庭院内，只要有一两株名贵牡丹，人们就会不远数里、数十里前来观赏。

为了凸显天下牡丹会的盛况，柴守礼联合洛阳城“十阿父”，或强征，或低价收买，或友情邀约，在很短时间内从民间征集了十数万盆牡丹，在洛阳城内专门设置了几处牡丹园。一时之间，几个牡丹园成了名品汇聚的花团锦簇之地。这几处牡丹园内，处处是开得正盛的牡丹，姚黄、魏紫、豆绿、洛阳红、金屋娇、念奴娇、紫玉奴、金缕衣、醉西施、夜光白，各种牡丹名品，争奇斗艳，令人眼花缭乱应接不暇。姚黄、魏紫这两种最为名贵的品种周围，围观的人最多，一个个都是瞪大眼珠子，伸长脖子，啧啧称奇，对难得一见的名品称赞不已。

观光赏花的人中，也有好议论朝政的。

“听说，这次牡丹会邀请了许多节度使、刺史来观赏啊！”

“可不是嘛！这几天，洛阳城内的不少客栈都被一些官员包了。几乎所有客栈都住得满满的。”

“这回客栈老板们可发财了啊！”

“告诉你啊，何止是节度使来了，听说当今皇帝也秘密驾临洛阳了！”

“真的吗？”

“那能假？你难道没见到？这两日有衣甲鲜明的军队已经开往白马寺那边驻扎。据说，那些都是皇帝的亲兵啊！”

“柴司空是这次这天下牡丹会的发起者，这本身恐怕就是一个暗示吧。”

“哦？说来听听。”

“据说，在一个大雪纷飞的隆冬之日，唐后武则天在皇家园林中饮酒作诗。几杯酒下肚后，武后乘着酒兴作诗，诗云：

明朝游上苑，火速报春知。

花须连夜发，莫待晓风吹。

这可不就是在向百花下诏吗！所以啊，一夜之间，百花齐齐绽放，偏偏那牡丹抗旨不开。武后见独有牡丹胆大妄为，心生恶念，怒将牡丹贬到了洛阳。这牡丹还偏偏来劲了，到了洛阳便朵朵怒放。这下子武后更被激怒了，她下令用大火烧死牡丹。可是，不可思议的事情发生了，第二年，被烧焦的牡丹却开得更加旺盛了。”

"兄台，你的意思是？"

"在下想啊，柴司空搞这个天下牡丹会，恐怕就是为了暗示陛下不能凭一己之喜好来统治天下吧。"

"有道理，有道理！"

这些人一边在牡丹园赏花，一边悄声议论着。

皇帝、朝廷大员和节度使们赏花的地点是白马寺。这里是天下牡丹会的主园区。天下牡丹会期间，白马寺禁止平民进入。在白马寺后的一片空地上，柴守礼专门令人搭建了帐篷，以供皇帝接见臣子们使用。大帐的周围，摆满了珍奇名贵的牡丹花。

赵匡胤在白马寺门前的那尊石马前站了一会儿。这尊白马和整座白马寺，是汉明帝为了纪念那匹从西域驮回经书（翻译后相传即为《四十二章经》）和佛像的白马而建设的。赵匡胤定睛注视着那尊石马。它谦恭温顺地站着，微微低着头，眼泡微微鼓起，仿佛正沉默地等待主人。他忽然注意到石马的额头上，有一个小红点在动。是一只小虫子，有红色带黑斑点的壳。它慢慢地在石马的额头上爬动。当他盯着它看时，它不动了，仿佛也在看他。

死的比生的更长久，静的比动的更不朽！在这只虫子的眼中，我是什么呢？在这只虫子的眼中，我与一朵在它头顶飘过的云有分别吗？我与一片在它眼前晃动的树叶有分别吗？我与一头在它旁边经过的牛有分别吗？我与一个在它前面停留的另外一个人有分别吗？这些奇怪的问题在这一刻突然莫名其妙地出现在赵匡胤的脑海中。

他扭过头，看了看山门东南面不远处的齐云塔。它在那里静静地立着，像个冷静的巨人。蓝色的天空中，白云被风吹着，安静地、缓缓地移动。"多么宁静的天空啊！石头马、齐云塔、飘浮在蓝色天幕上的白云，多么宁静的一切啊！它们几乎是不朽的，在我们这些活着的人都死去之后，它们也许还是像此时此刻那样宁静啊！我们的祖先，是否也曾经像我一样，如此这般地看着它们呢？是否也像我一样，感受到这近乎不朽的宁静呢？也许，我的子孙们，还会看到这样的飘浮着白云的蓝天，看到这石马、这高塔，也许还会看到与这一模一样的虫子。虫子啊，你可知道它们与人的分别？”思绪静静盘旋在他的脑海，他又将眼光从齐云塔移到近处，看了看跟随着他的人。他看到赵光义正向他这边看来。他的眼光与赵光义的眼光碰在了一起。“在这只虫子眼中，我与另外一个人会有分别吗？”这个问题再次在他脑海中涌现，在脑海中卷起惆怅的浪花。

他再次看了一眼石头马额头上那只小虫子。它在那里一动不动，仿佛正在看着他。

他愣了愣，扭过头，不再去看那小虫子和石头马。

一大早，致仕司空柴守礼带着洛阳“十阿父”的其他九人，已经来到白马寺大门前等候皇帝驾到。王溥的父亲王祚、王彦超的父亲王重霸、韩令坤的父亲韩伦等九个人，是柴守礼的死党，在这么重要的时刻，怎会不出面呢？殿前都指挥使、泰宁军节度使王审琦也早早带着自己的长子王承衍，与柴守礼一同在白马寺大门口迎接皇帝赵匡胤。西京留守向拱等人则是一早陪同赵匡胤从留守府邸前往白马寺。

王审琦远远望着赵匡胤的车驾到来，想起不久前陈桥兵变那个夜晚，不禁感慨万千。在他心里，赵匡胤不仅仅是皇帝，也是在最紧要关头一起奋战的战友。那个夜晚，直接给他密令让他在京城接应的人是赵普、赵光义，他对于这两人也有一份特殊的感情。所以，当知道赵光义这次随同赵匡胤一起来洛阳，他心里也对与赵光义的再次见面充满期待。他在白马寺门前看到赵匡胤、赵光义的那一刻，他的眼眶中不禁涌起了热泪。他真想冲上前去拥抱赵匡胤、赵光义，问问他们是否吃得好睡得香，不是因为他们更尊贵的地位，而是因为他们与自己一起创造了一段最为激动人心的时光，他们就是他的战友。不过，王审琦克制住了自己的这种内心的冲动，他以庄重的礼节迎接了赵匡胤等人的到来。令他感到欣慰和激动的是，在他跪拜赵匡胤起身的那一刻，他感到了赵匡胤伸过来扶起他的双手的力量与温度，他看到赵匡胤的眼中，隐隐也有晶莹闪烁的热泪。他知道，这是一种战友间的默契、兄弟间的默契，胜过千言万语。

在向拱、柴守礼、王审琦等人的陪同下，赵匡胤缓缓走入白马寺的大门，继续往前走去。他知道，来赴会的各地节度使们以及大小官员们已经在等他。可是，此刻，当他缓缓往前行进的时候，他的思绪忽然回到了两天前的那一刻。

那天，他突然来了兴致，想抽空去洛阳香山寺看一看。天下牡丹会尚未开幕，赵光义、陶谷、吕余庆、楚昭辅等人见他难得有闲情逸致，便陪同他一起前往，当然，也少不了阿燕和雪霏。李处耘受命在向拱府邸留守，负责处理各种事务。

午饭时，赵匡胤怀想唐代大诗人白居易，不禁颇为感怀。他兴致一来，便问陶谷："白居易可写过颂扬牡丹的诗？"

陶谷道："香山居士有不少颂牡丹之诗。"

"可否记诵一两篇？"

这个问题，正中陶谷下怀。其实，陶谷在来洛阳之前，还真是专门背诵了一些唐代诗人颂扬牡丹的诗歌，本来是打算在天下牡丹会上应酬皇帝或其他与会者用的。这也是陶谷的精明过人之处。事先多做准备以讨好皇帝，正是他的拿手好戏。

“是，陛下，白居易曾写过一篇题目为《牡丹芳》的长诗，臣愿为陛下一诵。”



“好！诵来便是！”

于是，陶谷满怀深情地背诵起白居易的《牡丹芳》：



牡丹芳，牡丹芳，黄金蕊绽红玉房。
千片赤英霞烂烂，百枝绛点灯煌煌。
照地初开锦绣段，当风不结兰麝囊。
仙人琪树白无色，王母桃花小不香。
宿露轻盈泛紫艳，朝阳照耀生红光。
红紫二色间深浅，向背万态随低昂。
映叶多情隐羞面，卧丛无力含醉妆。
低娇笑容疑掩口，凝思怨人如断肠。
浓姿贵彩信奇绝，杂卉乱花无比方。
石竹金钱何细碎，芙蓉芍药苦寻常。
遂使王公与卿士，游花冠盖日相望。
庳车软舆贵公主，香衫细马豪家郎。
卫公宅静闭东院，西明寺深开北廊。
戏蝶双舞看人久，残莺一声春日长。
共愁日照芳难驻，仍张帷幕垂阴凉。
花开花落二十日，一城之人皆若狂。
三代以还文胜质，人心重华不重实。
重华直至牡丹芳，其来有渐非今日。
……

陶谷尚未背诵完长诗，李处耘一脸紧张地跑了进来。他是专门从向拱府邸赶到香山寺的。李处耘当时的表情，赵匡胤现在也没有忘记。紧张、困惑、焦急、无奈，很多复杂的感情都浓缩在李处耘当时的表情中。一定出了什么事！这就是他见到李处耘的第一反应。

他记得，当时李处耘悄悄请他离开众人，压着声音说道：“待漏院厨房的一个食手两日前突然死了。开封府的人说，是在当天凌晨去买肉的路上遭到劫持的，他的同伴被击晕，醒来时身上的钱不见了。被杀的食手当胸被刺，应该是在抵抗中被杀死。开封府尚不知道那个食手的秘密身份。那个被杀的食手，正是我安排的秘密察子。不过，在他被杀前，负责与他联络的察子并没有收到任何特别值得注意的情报。看起来，确实是一起偶然事件。”

赵匡胤现在还记得听到那消息时的反应——脑袋轰然一响，整个身子都仿佛麻木了。现在，当他在向拱、柴守礼等人的拱卫下，慢慢行走在白马寺内的甬道上时，两天前那一刻身子发麻的状况再次出现了。他感到双腿、双脚有些发麻，一种说不出道不明的疲惫感从脚底心一直蔓延到头顶。那个死去的秘密察子，他至今不知道他的名字。他很后悔当时为什么没有问一下他的名字。那个人就这么死了。看起来是一起偶然事件，没有任何线索，开封府草草结案。一个没有名字的人，就在这个世界上无声无息地消失了。这是一个人的死亡。他的爱，他的恨，他的痛苦，他的欢乐，他的悲伤，他的忧虑，他的思想，连同他的死亡，一起永远地消失了。只有李处耘或许知道那个秘密察子的一切。可是，当时他为什么就没有问问呢？赵匡胤现在想起来，有些后悔，有些愧疚。那个秘密察子的死，也许真的不是一次偶然。如果是那样，那个秘密察子，就是为了实现中原统一、天下太平的宏愿而牺牲的。他怎么能让那位牺牲者死得不明不白呢？此刻的赵匡胤，脑子被这个念头折磨着。难道，那个秘密察子的被杀，可能是一次谋杀吗？背后可能是谁指使的呢？对朝廷有叛心的李筠？南唐的刺客？可是，如果背后是他们，为什么偏偏挑一个秘密察子下手呢？这么说来，如果是一次精巧的谋杀，那么策划者一定已经识破了秘密察子的身份。这意味着，整个秘密察子构成的情报系统的一部分甚至全部已经暴露！没有想到，我让守能接手领导秘密察子，一开始就遇到如此诡异之事。

赵匡胤已经安排守能带着他的密令，赶回汴京，负责接管秘密察子构成的情报系统。“不知道现在是否已经有了新线索？”赵匡胤默默地想着，一步一步往前慢慢地走着。“那个秘密察子，是当胸被刺死的。这说明，他当时是面对凶手的。他当时说了什么呢？他也许认识凶手，也许知道是因什么而被杀。他没有逃，他一定就是那样坦然面对着死亡的。他真是一名勇士啊！”赵匡胤想着想着，感到胸口发热，眼睛发酸。

“他死前说什么了？”老根头被刺杀后的一个午后，韩敏信与陈骏在汴州桥上秘密碰头。他有一股莫名的冲动，想要了解老根头被杀时的反应。他抑制着自己的感情，向陈骏提出了这样一个问题。

“他就推着独轮车站在那里，眼神一开始好像很吃惊，随即像想到了什么。”

“哦？”

“当时他问我是不是‘那个年轻人’派来杀他的。因为我知道他要死了，所以我说，是的。他听了，继续问，‘他究竟是谁？’我说他没有必要知道答案。他用平静的眼光看着我，对我说，‘请至少告诉我，那个年轻人潜伏在皇宫里的目的吧！’我当时心里有些可怜他，便告诉他，你潜伏在皇宫里是为了复仇。他听了，仿佛并不感到意外，只是叹了口气，然后说，但愿神饶恕众生。他说完这句话，便平静地看着我。我知道，时候到了。你说得没错，他不是个普通的老头。至少，他很勇敢。他没有惧怕死亡。他盯着我的眼睛，我盯着他的眼睛。我静静地将匕首刺入了他的胸膛。于是，他就这样死去了。周围没有人。我从他胸口拔出匕首，确认他死了才走。”

韩敏信听完，一句话也没有说。那种踩入无底深渊的感觉再一次袭击了他。他眼睛死死盯着汴桥下流淌不息的青色河水，用自己也感到吃惊的声音，冷酷地说道：“这个世上，没有神。”

白马寺内，四处是争奇斗艳的牡丹花。赵匡胤在绚烂多彩的牡丹花团中穿行，在柴守礼等人的陪同下，穿过天王殿、大佛殿、大雄殿，绕过清凉台、藏经阁，慢慢往寺后空地上临时搭起的大帐走去。他为纷乱的念头与思绪所困扰，对于周围缤纷的色彩几乎是视若无睹。对于哪些节度使前来参加天下牡丹会，赵匡胤早已经心里有数。他心中暂时将秘密察子突然死亡事件放在一边，开始考虑该如何在会上与柴守礼进行讨价还价，以及如何争取更多中立的节度使在今后给予朝廷更多的信任。至今，柴守礼还未提出任何要求。

阿燕、雪霏自觉不便去大帐内参与议事，未等赵匡胤开口，便主动要求在白马寺内自行赏花。赵匡胤当然不会反对。王承衍主动提出保护长公主，赵匡胤甚是高兴地笑了笑，却让他一会儿在大帐外护卫。王审琦一听这个安排顿感欣喜，他知道皇帝这是给自己的儿子一个护驾的机会。这可是一个重要的履历啊！他如何不为自己的儿子高兴呢！于是，他赶紧给自己的儿子使了个眼色，示意他赶紧谢恩。王承衍会意，当即表示定然不负圣望。赵匡胤甚觉满意，另行安排了两个贴身侍卫跟随阿燕、雪霏在寺内赏花，又叮嘱她俩，如果遇到什么事，就找负责白马寺内警戒的刘廷让将军。

“陛下放心吧，有刘廷让将军警戒，长公主放心去赏花就是了！”阿燕、雪霏离开时，陪同在赵匡胤身边的柴守礼乐呵呵地说道。

“这次盛会，柴司空真是劳心了啊！”赵匡胤微笑着回应道。

此时，接近大帐，柴守礼突然一把抓住赵匡胤的手臂，微笑着说道：“陛下，借一步说话！”他微微笑着，面容很平静。

跟在赵匡胤身后的赵光义、吕余庆、王审琦、李处耘、楚昭辅等人见状大惊。最着急的是王承衍，他见柴守礼一把抓住赵匡胤，便立马噌的一声抽出了腰刀。李处耘、刘廷让也被柴守礼的举动吓了一跳，他们的手也都按在了腰刀上，两人都往前走了两步。

赵匡胤扫了王承衍、李处耘和刘廷让一眼，微微摆摆头，使了眼色，示意他们都退下。

柴守礼眯着双眼，脸上挂着笑容，拉着赵匡胤的手臂缓缓走到一边，低声说道：“老臣不是要上演荆轲刺秦的戏，陛下无需多虑。陛下，在进大帐之前，老臣有个不情之请，还望陛下成全。”

“哦？说来听听。”赵匡胤没有料到柴守礼会在这样的场合私下提出请求。他原来以为柴守礼会在众多节度使面前给他施压。

“陛下是聪明人，应该知道老臣发起这次天下牡丹会的用意吧？”

“共赏天下牡丹名品，确实是一件美事。”赵匡胤不想按着柴守礼的节奏来展开话题。

“陛下受周禅而得天下，如今天下有州一百一十一，县六百三十八，近百万户，但是节度使割据各地，各自称雄一方，老臣发起这次天下牡丹会，乃是想为朝廷稳定中原尽些绵薄之力啊。”

“嗯——柴司空心念天下，令朕感佩啊！”赵匡胤心中暗骂柴守礼真是一只狡猾的老狐狸，口上却说出感佩之言。

“老臣心知有些节度使尚对朝廷不服，所以决定，斗胆不惜以我这老朽之躯，去劝服那些拥兵一方的节度使拥戴朝廷。陛下也知道，凭着我柴家的影响力和实力，还是能够劝服一些节度使的。”

“嗯，好！”赵匡胤心想，这不是明目张胆的威胁吗？你的意思不就是你柴家也有能力劝服有些节度使与朝廷对抗吗！他这样想着，尽量按捺住胸中的怒气，面无表情地看着柴守礼。

柴守礼察言观色，知道说出条件的机会来了。

他握住赵匡胤手臂的那只手猛然使上了大劲，顿时青筋暴胀，骨节嘎嘣作响。赵匡胤感到自己那只手臂已经被抓得有些发麻了。尽管作为武将出身的他有足够力量甩开柴守礼的手，但是，他不想那样做。因为，他知道，这次参加天下牡丹会，目的就是要与柴守礼讨价还价。

“不过，陛下，若想劝服那些节度使，老臣有个条件。”柴守礼不再遮遮掩掩，脸上的笑容也几乎消失了。

“说来听听。”赵匡胤说道。

“老臣要向陛下索要一样东西、一个承诺。”

“什么？”

“免死铁券！”

“这有何难！”赵匡胤微微喘了口气。

“陛下请听老臣说完，老臣向陛下索要的，不是普通的免死铁券，而是我柴氏一族直系后代的永久性免死铁券。老臣向陛下索要的承诺是，不再觊觎与我柴氏交好的节度使的兵权。”

赵匡胤听了，心中一沉，前面说的免死铁券还好答应，但是后面这个条件，可是与他心中的战略思路是相左的。无论如何无法再容忍各地武力割据了，朝廷不能名存实亡！

沉吟片刻，赵匡胤道："莫非李筠也是与柴氏交好的节度使？"

柴守礼哈哈一笑，说道："李筠，他自有主意。老臣不想介入朝廷与李筠的争斗。"

赵匡胤心想，看样子柴家真如吕余庆所说，只想保护本家族和相关节度使的利益。要争取柴氏说服有关节度使出兵帮助朝廷恐怕行不通了，但是至少可以消除柴氏集团反朝廷的潜在威胁，并得到他们中立的保证，也算不枉此行。于是，他低沉着声音，盯着柴守礼的眼睛，一句一顿斩钉截铁地说道："好！朕答应给柴家免死铁券，只要我大宋王朝在，你柴家就有免死特权。但是，国有国法，家有家规，如果柴家人犯了大罪，死罪可免，活罪难逃！至于节度使兵权，朕只能向你承诺，朝廷不主动向与你柴氏交好的节度使动武。这是朕的底线。"

柴守礼盯着赵匡胤的眼睛，他从中看到了无丝毫动摇可能性的坚定。他知道，自己再也不可能得到什么额外油水了。

"成！有陛下这句话，老臣也放心了！"柴守礼说道。

"不过，朕也要柴司空的一句承诺。"

"陛下请说。"

"如果李筠真的出兵反叛朝廷，朕不希望与柴氏交好的任何节度使给李筠提供支持。朕希望，一旦李筠出兵，与柴氏交好的各大节度使立刻对李筠进行封锁，不向潞州运送粮食，不与潞州通商，更不能暗中资助钱粮。可否？"

柴守礼略一沉吟，答道："行，成交！"说完，柴守礼松开了赵匡胤的手臂。

赵匡胤听了，微微一笑，便拔腿往大帐走去。

“且慢！”柴守礼立在原地，突然补了一句。

“陛下，老臣希望陛下在大帐内公开宣布赐予我柴家永久的免死铁券！”

赵匡胤定睛看了看柴守礼，一字一句说道：“好！朕答应你！”说完，他扭过头，大步往大帐走去。

柴守礼拔腿跟了上去。吕余庆、陶谷、李处耘、楚昭辅等人见状，也跟着往大帐走去。吕余庆心里很清楚，陛下一定与柴守礼达成了某些重要的交易。

白马寺对面的街口，停着一辆马车。周远穿着那件打了补丁的灰色长衫，腰间依然系着用马皮做成的粗腰带，那只灰色羽毛的鹰隼还是停在他的右臂上。不过，今天他多披了一件带着风帽的灰色大氅。他背靠着马车，斜眼瞄着白马寺的大门。他的两个同伴，一个穿着黑布衣，一个穿着灰布衣，两人腰间都扎着一条灰色的腰带。这两人站在周远的身旁，装出心不在焉的样子四处张望。

“黑狼，我看目标不会出寺去别处观花了。是不是可以行动了？”灰衣人小声问道。

“嗯，那就执行第二套方案。不过，咱们再等等，多等一会儿，里面才会松懈下来。人就是这样，当习惯了一种状况，心和身体就都容易松懈了。咱们耐心一点。”

“是！大哥说得是。”灰衣人低声说道。

“骆驼，用皂角子替代马兜铃，行得通吗？”周远扭头，问那个黑衣人。显然，“骆驼”是那个黑衣人的绰号。

“没有问题，试过很多次了。”“骆驼”回答道。

“嗯，那就好。到时按计划行事。骆驼，等寺内大佛殿那边一行动，你赶紧完成你的任务。山鹰，你与我一起负责接应。”周远又将眼光投向白马寺门口。

白马寺门口，站岗的禁军士兵依然警惕性很高地盯着路过白马寺门口的每一辆马车、牛车和每一个人。几队禁军士兵手持刀枪往来于白马寺门口。

大约又过了三炷香工夫。“山鹰”性子急，渐渐显出不耐烦的神色。周远和“骆驼”却是面不变色，冷静地盯着白马寺门口的一切状况。

突然，轰隆一声巨响，仿佛天地都要裂开一般。周远一惊，抬眼望去，只见白马寺内升起一团红色的火焰，黑色的浓烟也随着这团红色火焰升腾起来。

“好！成了！俺说嘛，皂角子粉替代马兜铃粉，与硝石、硫黄混在一起，一样可以炸飞大佛殿。”“骆驼”压着嗓门，兴奋地说道。

这时，白马寺门口已经乱作一团，赤红色的大门很快被从里面打开了，一队禁军士兵混乱地拥了出来。门口的禁军士兵都被剧烈的爆炸声吓晕了，不知道里面究竟发生了什么，见到里面的士兵拥出大门，一时之间都乱作一团。过不多久，只见有一些和尚跑了出来，再接着有些官员模样的人，在一些持刀士兵的簇拥下混乱地跑出寺门。

在白马寺周围的街道上，人们也被寺内传来的剧烈爆炸声和高高升腾的火焰与浓烟吓坏了。一时之间，到处是慌乱奔跑的人，到处是女人的呼叫声和孩子的哭喊声。有些胆子大的，竟然还往白马寺门口跑去，想要靠近一些看个究竟。

“骆驼，快，现在看你的了！”周远冷静地对“骆驼”说道。

身材高大强壮的“骆驼”答应了一声，从马车中取出一个巨大的灰色包袱，装出慌慌张张的样子往白马寺东南方向跑去。

周远的眼光跟着“骆驼”往那边看去。他看到“骆驼”很快跑到了离白马寺山门不远的齐云塔脚下。这座古塔，最初乃是汉明帝时所建，底座是砖砌的，塔身则是木头结构。塔高九层，飞檐吊角，直耸云霄，虽然经历了多年风霜，也遭到多次战争之火的摧残，但是它经过几次重修，依然高高挺立着。周远冷冷地看着那座历经岁月洗礼的古塔，眼中没有一丝一毫的敬畏和怜悯。

此时，很多人在慌乱中奔跑，除了周远，并没有人注意到“骆驼”的行动。周远看着“骆驼”将那个巨大的包袱放在齐云塔的砖砌须弥底座下。随即，“骆驼”的身子蹲了下去。当“骆驼”直起身跑开时，周远看到他的身后，一小簇微弱的火光闪耀着，飞速地往那个巨大包袱游动而去。“骆驼”仿佛使出全身的力气，飞快地往回跑过来。周远盯着“骆驼”的脸，几乎可以看见他脸上那由于飞速跑动而在风中颤动的肌肉。

“骆驼”跑到距离马车二十步远时，惊天动地的爆炸声响了。随着这爆炸声，周远看到了一个个令人感到恐怖的景象。那砖木结构的齐云古塔，几乎被炸去了半边，在黑色的浓烟和红色的火焰中，砖石、木块四处乱飞。不巧就在附近的禁军士兵，白马寺周围慌乱跑动的男人、女人、老人、孩子们，被砖石的碎块和木头的碎片打得鲜血淋漓。顿时，尖叫声、呼喊声、哭喊声响成一片。周远在火焰升腾的时候，冷冷地抱着双手，眼神木然地看着升腾而起的大火和烟尘。黑色的浓烟使火焰的红色显得特别刺目。火光与浓烟的笼罩下，是一个炼狱般的世界。扭曲的面庞、鲜血淋漓的躯体、撕心裂肺的呼喊，与黑色的浓烟与红色的火焰交织在一起，搅拌成一团。整个白马寺门口，彻底地混乱了。被炸去了半边的齐云古塔剩下的半边没有在黑烟和火焰中坚持多久，噼里啪啦的恐怖的断裂声、坍塌声接连不断，它最终在轰隆隆的巨响声中倒下了。于是，更多的砖石碎块、木头碎片以及更多的浓烟四散开来。被炸瞎了眼睛的人、被砖石碎块打得头破血流的人、被木头碎片刺破身体的人仿佛到了世界末日，四处疯狂地跑动，凄惨地呼号着。

周远冷酷地看着眼前的惨象，尽管心里感到震惊，但是依然冷静地等待着将要发生的一切。到目前为止，一切都在他的计划中。

终于，周远看见在浓厚的黑烟中，四个禁卫士兵押送着两个女人跑了过来。计划成功了。此时，“骆驼”也从浓烟中跑到了马车旁边。

“快，上马车！”周远喝道。

被带来的两个女人，一个是皇帝赵匡胤的妹妹阿燕，另一个是李处耘的小女儿雪霏。

阿燕、雪霏慌乱地登上了马车。

“在说好的地方碰头！山鹰，你驾车。骆驼，跟我上车。你们四个，到指定地点等我们！”周远沉着嗓子，冷静地对那四个禁军打扮的人说道，说完便招呼“骆驼”登上马车。

“是，大哥！”四个人齐声应了一声，跑开去了，身影立刻消失在浓烟与漫天灰尘中。

原来，那四个禁军打扮的人是周远的人。此前，周远已经令他们用重金贿赂了白马寺的两个和尚，至于什么目的，却没有明确告诉和尚。受贿赂的和尚拿了重金，哪里还管其他的事情，只是按照吩咐做事。在天下牡丹会召开两天前，周远的四个兄弟便通过接受贿赂的两个和尚，混入寺内，藏在清凉台上一个废弃不用的厢房中。这四个人之前早就备好了四套禁军士兵的装备和一大包用硝石、硫黄、皂角子以及一些炼丹用的药粉制作的黑火药。

在天下牡丹会的一大早，当刘廷让的禁军开入寺内警戒清场时，他们便换上了禁军的服装。他们早就知道，刘廷让这次带到洛阳来的禁军，乃是从禁军左厢各队中挑出的精锐，因此，这些被挑选出来的士兵，彼此之间并不是都很熟悉。这样一来，他们也就不用担心会被轻易识破了。他们兵分两路，三个人负责寻找皇帝的妹妹，剩下一个则负责到大佛殿放火。他们约定，当三个人找到目标后，由三个人中的一个赶到大佛殿通知同伴点着炸药；然后，趁着爆炸制造的混乱将目标绑架出白马寺。当大佛殿爆炸后，他们谎称是刘廷让将军亲自派他们接长公主出白马寺，并且让两名侍卫赶回去保护皇上。原本跟着阿燕和雪霏的两个侍卫，被大佛殿的爆炸吓得有些慌了神，听这般一说，慌忙将阿燕、雪霏交给了这四个前来接应的"禁军士兵"，然后匆匆忙忙往寺后空地上的大帐跑去。只有一点，超出了周远的预期，四个假禁军士兵本想绑走长公主，但是，为了避免被怀疑，他们不得不多带走了一个雪霏。

周远看到目标之外多了一个人的时候，稍稍感到意外，但是他很快想到了其中出现的变数。他没有表现出一点惊讶。

"快离开这儿！"周远尚未在马车中坐定，便又催了一声。

"驾！驾！""山鹰"大喝两声，用力鞭打马儿。

马车迅速远离混乱中的白马寺，顺着街道，往南绝尘而去。